经典文学名著金库
名师精评思维导图版

LITERATURE OF CLASSIC

经典文学名著金库
名师精评思维导图版

LITERATURE OF CLASSIC

经典文学名著金库·名师精评思维导图版
LITERATURE OF CLASSIC

稻草人
叶圣陶专集

叶圣陶 / 著　闫仲渝 / 主编

天地出版社 | TIANDI PRESS

序 RECOMMENDATION

中外很多杰出的长者根据自己的切身体会一致公认,在年轻的时候多读一些世界文学名著,是构建健全人格基础的一条捷径。

这是因为,世界文学名著是岁月和空间的凝练,集中了智者对于人性和自然的最高感悟。阅读它们,能够使青少年摆脱平庸和狭隘,发现自己居然能获取那么伟大的精神依托,于是也就在眼前展现出了更为精彩的人生可能。

同时,世界文学名著又是一种珍贵的美学成果,亲近它们也就能领会美的无限魅力。美是一种超越功利、抑制物欲的圣洁理想,有幸在青少年时期充分接受过美的人,不管今后从事什么专业,大多会毕生散发出美的因子,长久地保持对于丑陋和恶俗的防范。一个人的高雅素质,便与此有关。

然而,话虽这么说,这件事又面临着很多风险。例如,不管是小学生还是中学生,课程分量本已不轻,又少不了各种少年或是青春的游戏,真正留给课余阅读的时间并不很多。这一点点时间,还极有可能被流行风潮和任性癖好所席卷。他们吞嚼了大量无聊的东西,不幸成了信息爆炸的牺牲品。

为此,我总是一次次焦急地劝学生们,不要陷入滥读的泥淖。我告诉他们:"当你占有了一本书,这本书也占有了你。书有高下优劣,而你的生命不可重复。"我又说:"你们的花苑还非常娇嫩,真不该让那么多野马来纵横践踏。"不少学生相信了我,但又都眼巴巴地向我提出了问题:"那么,我们该读一些什么书?"

这确实是广大学者、教师和一切年长读书人都应该承担的一个使命。为学生们选书，也就是为历史选择未来，为后代选择尊严。

这套"经典文学名著金库"，正是这种努力的一项成果。丛书在精选的书目上花了不少功夫，然后又由一批浸润文学已久的作者进行缩写。这种缩写，既要忠实于原著，又要以浅显简洁的形态让广大青少年学生能够轻松地阅读，快乐地品赏。有的学生读了这套丛书后发现自己最感兴趣的是其中哪几部，可以再进一步去寻找原著。因此，它们也就成了进一步深入的桥梁。

除了青少年读者，很多成年人也会喜欢这样的丛书。他们在年轻时也可能陷入过盲目滥读的泥淖，也可能穿越过无书可读的旱地，因此需补课。即使在年轻时曾经读得不错的那些人，也可以通过这样的丛书来进行轻快的重温。由此，我可以想象两代人或三代人之间一种有趣的文学集结。家长和子女在同一个屋顶下围绕着相同的作品获得了共同的人文话语，实在是一件非常愉快的事情。

特此推荐。

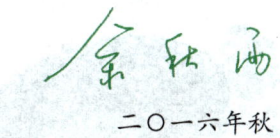

二〇一六年秋

思维导图

创作背景

1922年1月,中国首个现代儿童文学刊物——《儿童世界》创刊。同年11月,叶圣陶作《小白船》,发表于《儿童世界》,并从此致力于童话创作。到1922年6月,叶圣陶共创作童话23篇,而初版的《稻草人》就是由这23篇童话结集而成。

主要内容

本书不仅收录了叶圣陶童话集《稻草人》中的所有篇目,还选取了叶圣陶其他一些非常有代表性的童话故事,如《古代英雄的石像》《皇帝的新衣》《书的夜话》等,以及他的三篇小说《阿菊》《阿凤》和《儿童节》。

作者简介

叶圣陶,名绍钧,字秉臣,后改字圣陶,现代著名作家、教育家、出版家和社会活动家,有"优秀的语言艺术家"之称。

代表作:
《稻草人》(童话集)
《隔膜》(小说集)
《火灾》(小说集)

稻草人 叶圣陶专集

作品评价

- 读《稻草人》,则可明白作者是在寂寞中怎样做梦,也可以说是当时一个健康的心,所有的健康的人生态度。求美,求完全,这美与完全,却在一种天真的想象里,建筑那希望,离去情欲,离去自私,是那么远,那么远!
——沈从文
- 《稻草人》是给中国的童话开了一条自己创作的路的。
——鲁迅

稻草人 叶圣陶专集

写作特点

童话
叶圣陶的童话语言清新，想象丰富，构思新颖，描写细腻逼真，诗意盎然。他笔下的故事不仅极具趣味性，而且寓意深刻，在浪漫而奇妙的童话世界里描摹出人世间的生活百态。

小说
叶圣陶的小说以现实主义特色著称。他善于用严肃客观的笔触，平实质朴、凝练精粹、纯净而富于表现力的语言，如实地反映生活、揭露社会。在他的小说中，事件是平凡的，人物是普通的，然而他总能于平凡的人和事中，真切、深刻地剖视社会问题，表现理想与现实的冲突，并让理想之光闪现在字里行间。

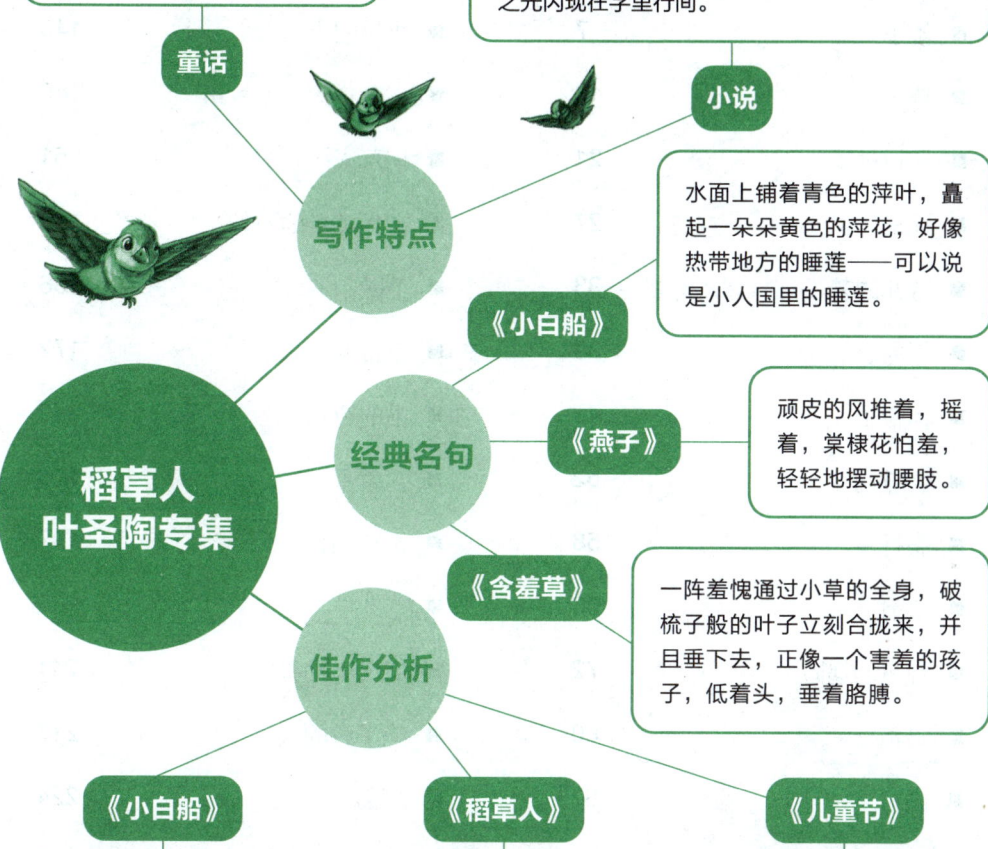

经典名句

《小白船》
水面上铺着青色的萍叶，矗起一朵朵黄色的萍花，好像热带地方的睡莲——可以说是小人国里的睡莲。

《燕子》
顽皮的风推着，摇着，棠棣花怕羞，轻轻地摆动腰肢。

《含羞草》
一阵羞愧通过小草的全身，破梳子般的叶子立刻合拢来，并且垂下去，正像一个害羞的孩子，低着头，垂着胳膊。

佳作分析

《小白船》
用充满个性和情趣的儿童语言对景色进行描绘，为读者营造了一个充满幻想色彩和诗意化的童话世界。通过陌生人和孩子们之间的三问三答，将本文主旨和盘托出：人与人之间应该充满爱、善与纯美。

《稻草人》
通过稻草人的视角，讲述一个个令人心酸和愤慨的故事，展示出旧社会劳动人民所背负的多重苦难，有力地控诉了黑暗社会的种种罪恶，寄予了自己对光明的热望和对劳动人民的无限同情。

《儿童节》
以儿童节小学生们欢欣鼓舞地准备提灯会为背景，巧妙地运用两个男孩见闻录的方式展开情节，对旧时代街头的风情面貌进行全方位的描摹，通过极大的反差体现社会的不公平，揭露了旧时教育的虚伪。

目录 稻草人 叶圣陶专集
CONTENTS

- 小白船　　　　　　1
- 傻子　　　　　　　7
- 燕子　　　　　　　14
- 一粒种子　　　　　21
- 地球　　　　　　　27
- 芳儿的梦　　　　　33
- 新的表　　　　　　39
- 梧桐子　　　　　　45
- 大嗓门　　　　　　52
- 旅行家　　　　　　58
- 富翁　　　　　　　66
- 鲤鱼的遇险　　　　72
- 眼泪　　　　　　　80
- 画眉　　　　　　　87
- 玫瑰和金鱼　　　　94
- 花园外　　　　　　101
- 祥哥的胡琴　　　　108
- 瞎子和聋子　　　　116
- 克宜的经历　　　　125

- 跛乞丐　　　　　　132
- 快乐的人　　　　　140
- 小黄猫的恋爱故事　146
- 稻草人　　　　　　151
- 古代英雄的石像　　160
- 毛贼　　　　　　　166
- 皇帝的新衣　　　　172
- 书的夜话　　　　　180
- 含羞草　　　　　　188
- 蚕和蚂蚁　　　　　197
- 慈儿　　　　　　　203
- 熊夫人幼稚园　　　211
- 绝了种的人　　　　217
- 阿菊　　　　　　　224
- 阿凤　　　　　　　232
- 儿童节　　　　　　237
- **读《稻草人》有感**　244
- **稻草人的爱和无奈**　245

小白船

一条小溪是各种可爱的东西的家。小红花站在那儿，只顾微笑，有时还跳起好看的舞来。绿色的草上缀着露珠，好像仙人的衣服，耀得人眼花。水面上铺着青色的萍叶，矗起一朵朵黄色的萍花，好像热带地方的睡莲——可以说是小人国里的睡莲。小鱼儿成群地来来往往，细得像绣花针，只有两颗大眼珠闪闪发光。青蛙老瞪着眼睛，不知守在那儿干什么，也许在等待他的好朋友。

水面上有极轻微的声音，是鱼儿在奏乐，他们会用他们的特别的方法，奏出奇妙的音乐来："泼剌……泼剌……"好听极了。他们邀小红花跟他们一起跳舞，绿萍要炫耀自己的美丽的衣服，也跟了上来。小人国里的睡莲高兴得轻轻地抖动，青蛙看呆了，不知不觉随口唱起歌儿来。

小溪上的一切东西更加有趣更加可爱了。

小溪的右岸停着一条小小的船。这是一条很可爱的小船，船身是白的，它的舵和桨，它的帆，也都是白的；形状像一支梭子，又狭又长。胖子是不配乘这条船的。胖子一跨上船，船身一侧，就掉进水里去了。老人也不配乘这条船，老人脸色黝黑，额角上布满了皱纹，坐在小船上，被美丽的白色一衬托，老人会羞得没处躲藏了。这条小船只配给活泼美丽的小孩儿乘。（这段话用了两个"不配"和一个"只配"，用对比的方式突出了只有活泼美丽的小孩儿才会成为小白船最好的伙伴。）

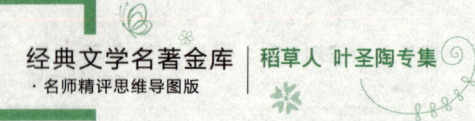

真的有两个孩子向溪边走来了。一个是男孩儿，穿着白色的衣服，脸色红得像个苹果。一个是女孩儿，穿着很淡的天蓝色的衣服，脸色也很红润，而且更加细嫩。他们俩手牵着手，用轻快的步子穿过了小树林，来到小溪边上，跨上了小白船。［小白船稳稳地载着他们两个，略微摆了两下，好像有点儿骄傲。］❶

男孩儿说："咱们在这儿坐一会儿吧。"

"好，咱们看看小鱼儿。"女孩儿靠着船舷回答。

小鱼儿依旧奏他们的音乐，青蛙依旧唱他的歌。男孩儿摘了一朵萍花，插在女孩儿的辫子上。他看着笑了起来，说："你真像个新娘子了。"

女孩儿好像没听见，她拉了拉男孩儿的衣袖，说："咱们来唱《鱼儿歌》，咱们一同唱。"

他们唱起歌儿来：

［鱼儿来，鱼儿来，

我们没有网，我们没有钩儿。

我们唱好听的歌，

愿意跟你们一块玩儿。

鱼儿来，鱼儿来，

我们没有网，我们没有钩儿。

我们采好看的花，

愿意跟你们一块玩儿。

鱼儿来，鱼儿来，

我们没有网，我们没有钩儿。

我们有快乐的一切，

愿意跟你们一块玩儿。］❷

歌还没唱完，刮起大风来了，小溪两岸的花和草，跳舞的拍子越来越快了，水面上也起了波纹。（通过对小溪两岸的花草跳得越来越快的描写，侧面烘托出风越来越大。）男孩儿张起帆来，要乘风航行。女孩儿掌着舵，手按在舵把上，像个老船工。只见两岸的景物飞快地往后退，小白船像一条飞鱼，在小溪上一直向前飞。

风真急呀，两岸的景色都看不清楚了，只见一抹一抹的黑影向后闪过。船底下的水声盖过了一切声音。帆盛满了风，好像弥勒佛的大肚子。小白船不知要飞到哪儿去！两个孩子着慌了，航行了这许多时候，不知到了什么地方。要让小白船停住，可是又办不到，小白船飞得正欢哩。

女孩儿哭了，她想起她的妈妈，想起她的小床，想起她的小黄猫，今天恐怕都见不着了。虽然有亲爱的小朋友跟她在一起，可是妈妈，小床，小黄猫，她都舍不得呀。

［男孩儿给她理好被风吹散的头发，又用手盛她流下来的眼泪。］❸他说："不要哭吧，好妹妹，一滴眼泪就像一滴甘露，你得爱惜呀。大风总有停止的时候，就像巨浪总有平静的时候一个样。"

名师导读

❶ 用拟人的手法写出了小白船对两个小孩儿的喜爱，将它的兴奋和开心表现得惟妙惟肖，也与前文"这条小船只配给活泼美丽的小孩儿乘"相呼应。

❷ 将男孩儿和女孩儿对鱼儿的喜爱和友好通过一首儿歌娓娓道来，既增加了文章的美感，也使得感情的表达更加真切而灵动。
（语言描写）

❸ 几个简单的动作将男孩儿对女孩儿的照顾和呵护表现得恰到好处，令读者为这自然流露的真情动容。
（动作描写）

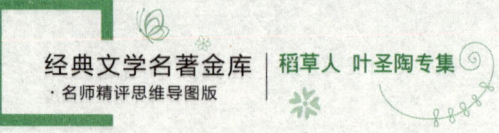

女孩儿靠在他的肩膀上，哭个不停，好像一位悲伤的仙女。

男孩儿想办法让船停住。他叫女孩儿靠紧船舷，自己站了起来，左手拉住帆绳的活扣，右手拿着桨，他很快地抽开活扣，用桨顶住岸边。帆落下来了，小白船不再向前飞了。看看岸上，却是一片没有人的旷野。

两个孩子上了岸。风还像发了狂似的，大树摇得都有点儿累了。女孩儿才揩干眼泪，看看四面没有人，也没有房屋，眼泪又像泉水一样涌出来了。（运用夸张的手法，表现了女孩儿极度的担忧和伤心。）男孩儿安慰她说："没有房屋，咱们有小白船呢。没有人，咱们两个在一起，不也很快活吗？咱们一同玩儿去吧！"

女孩儿跟着他一直向前走。风吹在身上有点儿冷，他们紧紧靠在一起，互相用手搂住腰。走了几百步远，他们看见一棵野柿子树，树上熟透的柿子好像无数的玛瑙球，有的落在地上。女孩儿拾起一个，掰开来一尝，甜极了，她就叫男孩儿也拾来吃。

他们俩坐在地上吃柿子，把一切都忘记了，忽然从矮树丛里跑出一只小白兔来，到了他们跟前就伏着不动了。女孩儿把他抱在怀里，抚摩他的柔软的毛。男孩儿笑着说："咱们又有了一个同伴，更不寂寞了。"他掰开一个柿子喂给小白兔吃，红色的果浆涂了小白兔一脸。

远远的有个人跑来了，身子特别高，脸长得很可怕。他看见小白兔在他们身边，就板起了脸，说他们偷了他的小白兔。（小白兔和陌生人的出现增加了故事的曲折性和趣味性，为读者设置了一个悬念。）

男孩儿急忙辩白说："他是自己跑来的。我们喜欢他。一切可爱的东西，我们都爱。"

那个人点点头说："既然这样，我也不怪你们。把小白兔还给我就是了。"

女孩儿舍不得,把小白兔抱得更紧了,脸贴着他的白毛,好像要哭出来了。那个人全不理会,伸手就把小白兔夺走了。

这时候,风渐渐缓和了。男孩儿想,既然遇到了人,为什么不问一问呢。他就问那个人,这儿离家有多远,该从哪条河走。

那个人说:"你们家离这儿二十多里呢,河水曲折,你们一定认不得回去的路了。我可以送你们回去。"

女孩儿快活极了,她想:这个人长得可怕,心肠原来很慈善,就央告说:"咱们快上船吧,妈妈和小黄猫都在等着我们呢!"

那个人说:"这可不成。我送你们回去,你们用什么酬谢我呢?"

男孩儿说:"我送给你一幅美丽的图画。"

女孩儿说:"我送给你一束波斯菊,红的白的都有,真好看呢!"

那个人摇头说:"我什么也不要。我有三个问题,你们能回答出来,我就送你们回去,要是答不出来,我抱着小白兔就管自(只管,只顾)走了。你们愿意吗?"

"愿意。"他们一同回答。

那个人说:"第一个问题,鸟儿为什么要唱歌?"

"他们要唱给爱他们的人听。"女孩儿抢先回答。

那个人点点头说:"算你答得不错。第二个问题:花儿为什么香?"

男孩儿回答说:"香就是善,花是善的标志。"

那个人拍手说:"有意思。第三个问题是,为什么你们乘的是小白船?"

女孩儿举起右手,好像在课堂上回答老师似的:"因为我们纯洁,只有小白船才配让我们乘。"

那个人大笑起来,他说:"好,我送你们回去。"

两个孩子高兴极了。他们互相抱着,亲了一亲,就跑回小白船。

仍旧是女孩儿掌舵,男孩儿和那个人各划一支桨。女孩儿看着两岸的红树、草屋、田地,都像神仙的世界,更使她满意的是那只小白兔没有离开她,这时候就在她的脚边。她伸手采了一枝蓼花让他咬,逗着他玩儿。

男孩儿说:"没有这场大风,就没有此刻的快乐。"

女孩儿说:"要是咱们不能回答他的问题,此刻还有快乐吗?"

那个人划着桨,看着他们微笑,只不开口。

等到小白船回到原来停泊的地方,小红花和绿叶早已停止了跳舞,萍叶盖着睡熟了的小鱼儿,只有青蛙还在不停地唱歌。

(1921年11月15日写毕)

名师赏析

本文的主旨其实就是最后陌生人与孩子们之间的三问三答,正如女孩儿所说,是这三个答案让陌生人愿意帮助他们。也就是说,在生活中,不管处于何种境地,只有有爱心、善良、纯洁的人才会得到别人的帮助,才会收获真正的快乐。

● 好词好句

黝黑　旷野　揩干　酬谢

● 延伸思考

1.男孩儿身上有哪些优秀品质值得我们学习呢?

2.对于陌生人的三个问题,你有自己的答案吗?

傻子

傻子姓什么，叫什么，没有一个人知道。

他一生下来就睡在育婴堂（旧社会一种收养孤儿的慈善性组织）墙上的大抽屉里。小朋友看见过那个大抽屉吗？特别深，特别宽，好像一口小棺材。孩子生下来了，做父母的没法养活他，就把他送进那个大抽屉里。这种事儿总是在半夜里干的，所以别人谁也不知道。第二天，育婴堂里的人看见抽屉里有孩子，就收下来养着，让乳娘喂给他奶吃。不是母亲的奶哪里会有甜味呢？傻子就是吃这种没有甜味的奶长大的。（这句话表面上是在说乳娘的奶没有甜味，其实是在暗示，乳娘虽然抚养了傻子，却不会给予他真正的母爱。）

长到两岁光景，他还是又瘦又小，脸上倒有了一些老年人的皱纹。他只能发出"唔哑唔哑"的声音，不会说话，不会叫人——谁跟他亲热，让他叫呢？他也不会笑。

有一天，乳娘高兴了，抱着他逗他玩。乳娘把一颗粽子糖含在嘴里，让他用小嘴去接。乳娘按着他的小脑袋，把他的小嘴凑近自己的嘴。他还没接着粽子糖，才长出来的锋利的门牙却咬破了乳娘的嘴唇。胭脂似的血渗出来了，乳娘觉得很痛，在他的小脑袋上重重地打了两下，狠狠地骂他："你这个傻子！""傻子"这个名字从那个时候就开始用了。

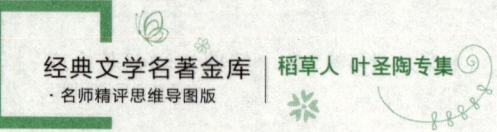

傻子六岁出了育婴堂，一个木匠把他领去做徒弟。他举起斧头，胳膊摇摇晃晃，砍下去只能削去木头的一层皮。他使锯子，常常推不动拉不动，弄得面红耳赤，师傅总是先打他几下，才肯帮他教他。他从来不哭，似乎不觉得痛。举得起斧头他就砍，推得动锯子他就锯。邻居看他这样，都说他真是个傻子。

有一夜天很冷，傻子和师兄两个还在做夜工。富翁家里要赶造一间有五层复壁（两层的夹墙，中间是空的，可以藏东西）的暖室，师傅吩咐他们说："今天夜里把木板全都锯好，明天一早要带到富翁家里去用的。你们锯完了才可以睡觉。今天夜里要是锯不完，明天我给你们厉害看！"师傅说完，自己去睡了。

傻子听师傅已经睡熟，悄悄地对师兄说："天这么冷，你又累了，不如去睡吧！"

师兄说："我的眼睛早就睁不开了。可是木头没锯完，明天怎么对师傅说呢？"

"有我呢，"傻子拍着胸脯说，"你不用管，这些木头都归我来锯，锯到天亮包你锯完。你的夹被不够暖和，我反正不睡，你把我的破棉絮拿去盖吧。"

师兄把傻子的破棉絮铺在地上，再铺上自己的夹被。他躺在上面，骨碌一卷，就进了他的舒适安乐的王国。

傻子见师兄肯听他的话，感到非常满足；自己的破棉絮又让师兄卷成了一个舒适安乐的王国，这有多好呀！（这些心理描写表现了傻子的善良和单纯，令人动容。）他就不停手地锯起木板来。他的手快要冻僵了，几乎感觉不出拿的是什么。风从窗缝里吹进来，细小的煤油灯火摇摇晃晃的，使他很难看清木头上弹着的墨线。他什么也不管，只管一推

8

一拉地锯木板，简直像一台锯木板的机器。

天亮了，亮得太早了。傻子整整锯了一夜，还有两根木头没锯完。师傅醒来听到锯木头的声音，跑来一看，只有傻子一个人在那里锯，还有一个徒弟却裹在破棉絮里睡大觉。他气极了，跳过去拉开破棉絮就要打。傻子急忙说："不是他要睡觉，是我叫他睡的。师傅，您不能打他。"

师傅一听越发火了。他想：耽误了富翁家的活儿，挨罚是免不了了，都是傻子闯的祸。他举起木尺，使劲朝傻子的脑袋上打，嘴里狠狠地骂："你这个傻子，教别人偷懒，坏了我的事儿，实在可恶之极！"

傻子还被师傅罚掉了两顿饭。到了吃饭的时候，别人三口饭一口菜，狼吞虎咽，他只好站在一旁看。（善良的傻子本是好心，结果却遭到师傅严厉的惩罚，他的遭遇实在令人同情。）

有一天，傻子从人家做完工回来，天色已经黑了。他慢慢地走着，忽然踩着一件东西，拾起来一看，是一个小口袋，沉甸甸的；凑在路灯下一解开来，好耀眼，是十来个雪白光亮的小圆饼儿。傻子不懂得这就是银元。

傻子站在路灯下想："这些又白又亮的东西，我没有一点儿用处，带了回去，今夜还是吃两碗饭，盖一条破棉絮。师傅倒是挺喜欢这东西的，不知道为了什么？"

他想来想去，实在想不明白。又想："管它呢，反正没有用，扔掉算了。"他正要把口袋朝垃圾桶里扔，一转念："这袋东西总是谁丢失的。那个人要是跟师傅一样，也挺喜欢这东西，丢失了一定非常伤心。我把它扔进了垃圾桶，那个人找不着，不要哭得死去活来吗？"傻子想到这儿，决定等候那个人来找。

做夜市的小贩回去了，喝醉的酒客让人扶着回去了，巡查的警察走过了，店铺的门都关上了，街上空荡荡的，只有路灯放着静寂的光。傻子总不见有人来找这一口袋东西。他觉得很奇怪：也许是路灯丢失的吧，要不，大家都睡了，它干吗老瞪着一只眼睛不肯睡呢？（幽默的语言既透露出傻子还是一个天真单纯的小孩，又为文章增添了一丝乐趣，让压抑的故事氛围得以缓解。）

那边有脚步声来了，是急促的轻轻的脚步声。傻子想：一定是那个人来找丢失的东西了。借着灯光望去，是一位老太太，眼眶里含着泪花。她一边走一边看着地面，没瞧见站在一旁的傻子。

"老太太，"傻子迎上去，"你是找一口袋又白又亮的东西吗？在这里！"

"快给我吧，阿弥陀佛！"老太太笑了，干瘪（干而收缩，不丰满）的脸笑得真难看。

师傅不见傻子回来，一点儿不放心上，以为他掉在河里淹死了，或者让骗子给拐走了。傻子摸进门去，屋子里一片漆黑，师傅师兄都早就睡着了，鼾声像打雷一个样。傻子摸到了自己的破棉絮，一骨碌钻了进去。

第二天天亮，师兄才发觉傻子躺在身旁，就推醒了他，问他昨夜上哪里去了。傻子把经过讲了一遍，师兄从被窝里伸出一只手，指着他的额角说："你这个傻子！"

又一天，傻子做工的那户人家上梁，照例有糕和馒头分给工人。傻子分得了两块糕两个馒头。

在回去的路上，傻子遇见一群难民。最可怜的是那些妇女和赤条条的孩子：有的妇女把孩子背在背上，裹在又破又脏的衣服里；有的妇女把孩子抱在胸前喂奶。难民们痛苦地叫唤着，好像一群荒地里的乌鸦。

傻子觉得很奇怪，难民的眼光集中在他手里的糕和馒头上。他想："他们想吃吗？他们未必知道糕是甜的，馒头是咸的。让他们尝一尝吧，反正我回去还有我分内的两碗饭呢。"

傻子把糕和馒头都送给了难民。难民没想到会有这样的好东西送给他们吃。<u>他们不再叫唤，把糕和馒头掰成许多小块，大人小孩都分配到了。</u>（面对从天而降的美味，难民们并没有哄抢，而是把它分给了每一个人，即每个人只有一小块。这一简单的细节描写，巧妙地揭示了那些难民虽然面临困境，但仍然不忘相互扶持，相互帮助，这与后文自私自利的邻居形成了鲜明对比。）他们细细地嚼，舍不得马上咽下肚里，像吃山珍海味那样有滋有味的。傻子在一旁看着，觉得非常有趣。

邻居早就知道傻子有好吃的东西带回来，没等傻子走到门口就拦住他说："上梁的糕和馒头，分一半给我吃。"

傻子摊开一双空手，笑着说："你为什么不早跟我说呢？真对不起，我把糕和馒头都给了难民了。"

邻居板起脸，吐了口唾沫，拉长了声音说："你……你这个傻子！"

这一天，所有的工厂都停了工，所有的店铺都歇了业，因为国王要在广场上演说，老百姓都得去听。国王非常勇武。常常带兵攻打邻国，没有一回不打胜仗的。可是新近他打了败仗——头一回被邻国打败了。

傻子跟着大家来到广场上。广场已经站满了人，好像数不清的蚂蚁。傻子慢慢地向前挤，挤到了演说台下。他抬起头来，<u>看见国王满面怒容，眼睛似乎要射出火来，两撇翘起的胡子好像枪尖一般。</u>（夸张的比喻形象地表现出了国王此时的愤怒。）他正在演说："……从未有过的耻辱！从未有过的这样大的耻辱！咱们只能打胜仗，怎么能让人家给打败呢？可恨的敌人呀，我要把他们全都杀死，一个也不剩。恨不

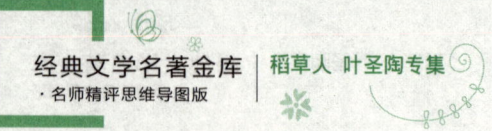

得这时候就有一个敌人站在这里,让我一刀砍下他的脑袋,才解我心头之恨!……"

广场上没有别的声音,只有国王一个人在吼叫。傻子非常可怜国王,看他这样恼怒,恐怕立刻会昏倒。可是眼前又没有可以让他砍脑袋的敌人,有什么方法消解他的恼怒呢?傻子一转念,方法有了,他高声喊:

"国王,不必等敌人了!你要杀一个人解解气,就把我杀了吧!"

"傻子!傻子!"广场上的人都喊起来,那声音就跟呼叱猪狗一个样。大家都说从来没见过这样傻的傻子,竟敢打断国王的庄严的演说。

(大家并不关心傻子到底说了什么,当然也不会知道傻子说这句话的背后到底隐藏了多大的勇气和善良,只是因为傻子打断了国王的演说而愤怒。由此可见,人们总喜欢用既定的形象来评判一个人,却不会用心去认识一个人真正的品质。)

谁也没想到国王的怒容消失了,眼睛突然发出慈爱的光。他满脸堆笑地对傻子说:"谢谢你教训了我!我要把敌人全都杀死;你非但宽恕他们,还愿意代他们死。我实在不如你。以后我再也不打仗了。"

国王请傻子一同进宫里去喝酒。他听说傻子是个木匠,就请傻子雕一座高大的牌楼,作为永远不再打仗的纪念。

傻子就动手雕牌楼,他雕得非常精致。牌楼上有许多和平之神,手里捧着各种乐器,许多野兽安静地伏在他们脚下,听他们演奏。还有各种茂盛的树木花草,好像都在欢乐地随风摇摆。

牌楼完工了。行揭幕礼的那一天,国王亲手把一个大花环挂在牌楼正中。全国的百姓都来庆祝,大家向傻子欢呼,把傻子抬了起来,把鲜花洒在他的身上。

走过牌楼跟前的人总要指指点点地说:"这是傻子的成绩。"

（1921年11月16日写毕）

名师赏析

这是一篇发人深省的文章,读完全文才知道,傻子其实并不傻。相反,他的身上还有着很多人都没有的优秀品质:单纯,善良,毫无私心,处处为他人着想。人们所说的"傻"只不过是用个人私利对傻子做出的一种"曲解",可以说,并不是傻子太傻,而是大家都太精明了。可是,正是这样一个傻子,宁愿牺牲自己的生命去挽救别人的生命,最后终于使得国王幡然悔悟。他这一小小举动不知拯救了多少人的性命,直到最后,人们才终于明白,傻子才是最善良、对人们帮助最大的好人。

● 好词好句

面红耳赤　狼吞虎咽　死去活来　山珍海味

他抬起头来,看见国王满面怒容,眼睛似乎要射出火来,两撇翘起的胡子好像枪尖一般。

● 延伸思考

1.为什么师兄听了傻子拾金不昧的事迹后,反而骂他呢?

2.你愿意把自己最喜欢的东西毫无保留地送给其他更需要的人吗?

3.假如你在国王演讲的现场,你会用什么方法阻止国王继续征战呢?

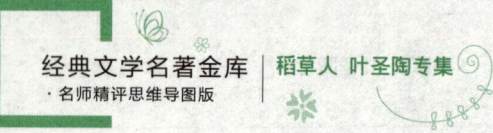

燕子

　　一丛棠棣花在柳树下开得多美丽呀,仿佛天空的繁星放出闪闪的光。顽皮的风推着,摇着,棠棣花怕羞,轻轻地摆动腰肢。风觉得有趣,推着,摇着,再也不肯罢休。棠棣花的腰肢摆动得真有点儿累了。（用拟人的手法形象地表现出了风的顽皮和棠棣花的妖娆美丽。）

　　花丛旁边躺着一只可怜的小东西。他张开嫩黄的小嘴,等待妈妈爱抚的亲吻。可是妈妈在哪里呢？他悲哀地叫着。他的蓝色的羽毛闪着光,项颈前围着红色的围巾,真是个美丽的小东西。他背部的羽毛沾着些儿血,原来他受伤了。

　　清早醒来,他唱罢了晨歌,亲过了妈妈的嘴,笑着对妈妈说:"我要去看看春天的景致,听邻家的哥哥姐姐们的歌唱。妈妈,让我出去玩一会儿吧。"

　　妈妈答应了,亲着他的嫩黄的嘴说:"好好儿去吧,我的宝贝。"

　　他于是离开了家,到处游逛。他听到泉水在细语,看到杜鹃花在浅笑,在幽静的小山上,他唱了几支歌,在清澈的小溪边,他洗了一回澡。（通过小燕子的视角将春天的景色层次分明地展现出来,生动而有趣。）他觉得累了,想休息一会儿,就停在柳树的桠枝上。

　　不知道什么地方飞来一颗泥弹,正打中了他的背。他一阵痛,就从柳树上掉下来,躺在棠棣花旁边。他用小嘴修剔背上的羽毛,沾着了湿漉漉的什么东西，一看，红的，这不是血嘛！他觉得痛得受不了了，就哀哭一般地叫起来："妈妈，你在哪里呀？你的宝贝受伤了！妈妈，你在哪里呀！"

但是，妈妈哪里听得见呢？

柳树听见他哀叫，安慰他说："可怜的小东西，你吃苦了。你的妈妈在哪里？可惜我的手臂够不着你，不能扶你起来。"

池塘里的水听见他哀叫，安慰他说："可怜的小朋友，你吃苦了。你的妈妈在哪里？可惜我不得自由，不能到岸上把你背上的血洗去。"

蜜蜂飞过，听见他哀叫，安慰他说："可怜的小朋友，你吃苦了。你的妈妈在哪里？可惜我的翅膀太单薄，不能抱着你把你送回家去。"

棠棣花早就听到他在哀叫，而且听得最真切，因为贴近他的身旁。她十分可怜他，甜蜜地安慰他说："美丽的小东西，妈妈总会来的，不要哭。你可以在我这里休息一会儿，我盖着你，保护你。你好好儿休息吧。"

听了许多安慰他的话，他似乎痛得轻了些。他心里想："他们多么关心我呀。可是妈妈在等我呢，我不回去，妈妈一定着急了。"（这段心理描写表现了小燕子的善良和懂事，他虽然受了伤，却还惦记着等他回家的妈妈。）

这一天，青子正好放假。她来到野外，采了些野花，预备送给她的小朋友玉儿。她穿着湖色的衫子，两条小胳膊露在外面，又细又软的头发披在肩上，时时被风吹得飘起来。看她的步子这样轻松，就知道她心里装满了快乐。

她手里已经有了红的花和白的花，待看到粉红的棠棣花，她也想采一点儿。正要采的时候，一声哀苦的叫唤使她住了手，原来一只可爱的小燕子躺在那里。啊，闪着光的羽毛上沾着血呢！

15

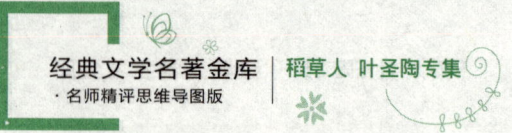

她放下手中的花，把小燕子捧了起来；取出雪白的手绢给他擦去背上的血。她轻轻地抚摩着他的羽毛，用右颊亲着他，温柔地说："可怜的小宝贝，你吃苦了。是谁欺侮了你？是谁欺侮了你？现在你的痛苦过去了。我给你睡又软和又温暖的床，给你吃又甜又香的食品。我做你的亲爱的伴侣。你跟我回家去吧，小宝贝。"

小燕子睡在她的手掌上，又温暖又软和，感到非常舒适。可是他又叫了，不是为了痛，只是为了想念妈妈。"妈妈，我遇见了一位可爱的小姑娘。她喜欢我，带我到她家里去了。你到她家里来看我吧，我很平安，但是你要马上来呀！"

柳树、池塘里的水、蜜蜂、棠棣花全都放心了，一同对小燕子说："青子是一位仁慈的小姑娘。她能体会我们的心愿。你跟她去吧。你的妈妈找到这里来，我们会告诉她的。再会了，幸福的小燕子！"

青子把小燕子带到家里，先去告诉了玉儿，顺便把采到的野花送给了她。玉儿听了非常喜欢，说她们俩一定要好好儿调养小燕子，使他恢复活泼可爱的原样儿。她们俩于是有新鲜的事儿干了。

青子调了些很好的东西给小燕子吃；玉儿采来柔软的草铺在一个匣子里，做小燕子的巢。小燕子吃饱了，因为才受过伤，有点儿疲倦，昏昏沉沉地想睡了。青子和玉儿看护着他，轻轻地唱着催眠曲："小宝贝睡呀！猫来，打他，狗来，骂他。小宝贝睡呀！"小燕子听着歌声，渐渐熟睡了。（这段细节描写表现了青子和玉儿对小燕子无微不至的照顾，让读者真切地感受到她们的善良和细心。）

小燕子一觉醒来，只见两个笑脸紧贴着，都在看着他呢。他回想自己受伤以后的事儿，心里说："妈妈，你怎么还不来呢？你一定在找我，我却在这里等你。小姑娘待我很好，她们为什么不把你也接来呢？"（这段心理描写表现了小燕子对妈妈的思念，以及渴望回到妈妈身边的心情，这也为后文青子和玉儿为小燕子找妈妈埋下了伏笔。）他一边想，一边滴下眼泪来了。

青子看了觉得很难受，用手绢轻轻地按住自己的眼睛。她说："小宝贝，暂且忍耐一会儿。现在还没法找到你的妈妈。暂时把我这里当做你的家吧，好好儿静养，把你的伤快点儿养好。我们一定想办法寻找你的妈妈。"

小燕子只是掉眼泪。

玉儿对他说："你最喜欢唱歌，一定也喜欢听歌。我唱一支歌给你解闷儿吧。"

玉儿就唱起来：

树上的红从哪里来？

山头的绿从哪里来？

红襟的小宝贝呀，

是你带来了春天的消息。

溪上的绿波从哪里来？

田野的泥香从哪里来？

红襟的小宝贝呀，

是你带来了春天的消息。

醉人的暖风从哪里来？

迷人的烟景从哪里来？

红襟的小宝贝呀，

是你带来了春天的消息。

玉儿唱着，青子和着，歌声格外好听。她们把脸贴着匣子低声问：

"你该快活了吧?我们的歌声跟你相比怎么样?"

小燕子本来喜欢唱歌,听她们这样说,禁不住要试一试。他就唱起来:

[亲爱的妈妈你在哪里?

亲爱的妈妈你在哪里?

你的宝贝在这里呀,

谁给你传个消息?

你在山上找我吗?

你在水边找我吗?

你的宝贝在这里呀,

谁给你传个消息?

我在这里等你呢!

我在这里等你呢!

我要睡在你怀里呀,

谁帮我传个消息?]❶

青子忽然拍着玉儿的肩膀说:["想着了,我们何不在报上登个广告呢。"]❷

玉儿马上拿来了铅笔和纸,嚷嚷说:"我来写,我来写。"她就动笔写起来:

"亲爱的妈妈,孩儿中了一颗泥弹,受了轻微的伤。青子小姑娘留我住在她家里,现在一切都安适。你不要惊慌,一丝儿惊慌也用不着。可是孩儿盼望妈妈立刻来看我。[尽你翅膀的力量——但是不要太累了,]❸快来,快来!你亲爱的小宝贝。"

青子笑着对小燕子说:"玉儿姑娘代你写得很好。明天你妈妈看报,看见了这个广告,一定会尽快飞来接你。现在你可以宽心了。"

小燕子不再掉泪了。青子和玉儿伴着他，给他讲黄金洞里的小女王的故事。晚上点起了灯，她们又在金色的灯光下唱那些神仙们爱唱的歌，直到他进了梦乡。小燕子梦见同他的妈妈去访问竹鸡的家，小竹鸡取出松子来款待他，他好不快活。

第二天上午，小燕子的妈妈急急忙忙飞来了。她一看见她的宝贝，就张开翅膀抱住他说："寻得我心都碎了！伤在什么地方？我的宝贝……"（简单的话语表现出了妈妈对孩子最深沉的爱。）

小燕子快乐得直流泪。他张开了黄的小嘴，不住地亲他妈妈。他说："妈妈来了，一切都好了！伤口已经结拢，而且丝毫不觉得痛了。"

"你真幸运。"妈妈说，"大家都这样关心你、爱护你。"

小燕子撒娇说："是呀，我遇到的全是好人。要不是大家这样爱护，我的伤不会好得这样快。"

"咱们回家去吧。"妈妈快乐地说。

青子和玉儿掉泪了，她们舍不得小燕子回去，又不忍叫小燕子不要回去。

小燕子安慰她们说："好姑娘，好姑娘，不要哭，我天天来看望你们。我有新鲜的歌，

名师导读
Mingshi Daodu

❶ 青子和玉儿的歌声中满满都是对小燕子的喜爱和赞扬，而小燕子的歌声却充满了悲伤和思念。几句简单的歌词就使他们的心声全都跃然纸上。
（语言描写）

❷ 用登广告的方式帮小燕子找妈妈，是孩子们特有的想象，体现了孩子们的天真，也让这个故事更加充满童趣。

❸ 这句话既饱含了小燕子希望妈妈快点来的迫切心情，又体现了小燕子不希望妈妈太辛苦的担忧。虽然这是玉儿代笔，但谁会说这不是小燕子的心声呢？当然，也只有纯真善良的玉儿和青子才能真正体会出小燕子的这种心思。

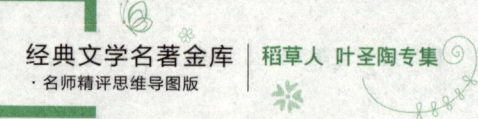

一定来唱给你们听,我有好东西,一定给你们送来,因为你们待我太好了。"

小燕子跟着妈妈回家去了。他每天来看望青子和玉儿,放开喉咙唱一回歌,扑着翅膀跳一回舞。每年春天,他从南方回来,总带些红的白的珊瑚和美丽的贝壳,送给青子和玉儿玩。

青子和玉儿看见他来了,就拿出当时那个匣子说:"你又回来了,这是你的旧居,来歇一歇吧。"

(1921年11月17日写毕)

名师赏析

小燕子受伤了,这本是一件不幸的事,但本文却没有太多悲伤的情绪。相反,读者看到的都是美好和感动。柳树、池塘的水、蜜蜂和棠棣花都在为小燕子担心,虽然他们不能亲手为小燕子疗伤,但他们会用亲切的话语去安慰他。而青子和玉儿是那么富有爱心,那么善良,她们对小燕子的照顾更是无微不至。生活中,我们正应该像他们一样,也许有些事你力所不及,但只要有一颗爱心,任何时候你都可以帮助别人。

● 好词好句

细语　浅笑　湿漉漉　昏昏沉沉

● 延伸思考

1.小燕子被一颗泥弹打中了背,由此你能联想到什么?

2.生活中你是怎么帮助遇到困难的人呢?说出来跟大家分享一下吧。

一粒种子

　　世界上有一粒种子，像核桃那样大，绿色的外皮非常可爱。凡是看见它的人，没一个不喜欢它。听说，要是把它种在土里，就能够钻出碧玉一般的芽来。开的花呢，当然更美丽，不论是玫瑰花，牡丹花，菊花，都比不上它，并且有浓郁的香气，不论是芝兰，桂花，玉簪，都比不上它。可是从来没人种过它，自然也就没人见过它的美丽的花，闻过它的花的香气。（开头极尽渲染这粒种子的神奇之处，用衬托的手法表现了这粒种子的无与伦比。然后又笔锋一转，强调从来没有人亲眼见过，增加了种子的神秘感，为读者设置了一个悬念。）

　　国王听说有这样一粒种子，欢喜得只是笑。白花花的胡子密得像树林，盖住他的嘴，像在树林里露出一个洞——因为嘴笑得合不上了。（将胡子比喻成树林，既夸张又新奇，生动地刻画了国王笑的神态。）他说："我的园里，什么花都有了。北方冰雪底下开的小白花，我派专使去移了来。南方热带，像盘子那样大的莲花也有人送来进贡。但是，这些都是世界上平常的花，我弄得到，人家也弄得到，又有什么稀奇？现在好了。有这样一粒种子，只有一粒。等它钻出芽来，开出花来，世界上就没有第二棵。这才显得我最尊贵，最有权力。哈！哈！哈！……"

　　国王就叫人把这粒种子取来，种在一个白玉盆里。土是御花园里

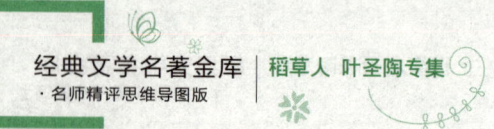

的，筛了又筛，总怕它还不够细。浇的水是用金缸盛着的，滤了又滤，总怕它还不够干净。每天早晨，国王亲自把这个盆从暖房里搬出来，摆在殿前的丹陛（"丹"即红色，"陛"指宫殿前的台阶，古代宫殿前的台阶多为红色，所以叫"丹陛"）上，晚上还是亲自搬回去。天气一冷，暖房里还要生上火炉，热烘烘的。

国王睡里梦里，也想看盆里钻出碧玉一般的芽来，醒着的时候更不必说了，老坐在盆旁边等着。但是哪儿有碧玉一般的芽呢？只有一个白玉的盆，盛着灰黑的泥。

时间像逃跑一般过去，转眼就是两年。［春天，草发芽的时候，国王在盆旁边祝福说："草都发芽了，你也跟着来吧！"秋天，许多种子发芽的时候，国王又在盆旁边祝福说："第二批芽又出来了，你该跟着来了！"但是一点儿效果也没有。于是国王生气了，他说："这是死的种子，又臭又难看，我要它干什么！"他就把种子从泥里挖出来，还是从前的样子，像核桃那样大，皮绿油油的。他越看越生气，就使劲往池子里一扔。］❶

种子从国王的池里，跟着流水，流到乡间的小河里。渔夫在河里打鱼，一扯网，把种子捞上来。他觉得这是一粒稀奇的种子，就高声叫卖。

富翁听见了，欢喜得直笑，眼睛眯到一块儿，胖胖的脸活像个打足了气的皮球。［他说："我的屋里，什么贵重的东西都有了。鸡子儿那么大的金刚钻，核桃那么大的珍珠，都出大价钱弄到了手。可是，这又算什么呢！有的不只我一个人，并且，张口金银珠宝，闭口金银珠宝，也真有点儿俗气。现在呢，有这么一粒种子——只有一粒！这要开出花来，不但可以显得我高雅，并且可以把世界上的富翁都盖过去。哈！哈！哈！……"］❷

富翁就到渔夫那里把种子买了来，种在一个白金缸里。[他特意雇了四个有名的花匠，专门经管这一粒种子。这四个花匠是从三百多人里用考试的办法选出来的。考试的题目特别难，一切种植名花的秘诀都问到了，他们都答得头头是道。考取以后，给他们很高的工钱，另外还有安家费，为的是让他们能安心工作。]❸这四个人确是尽心尽力，轮班在白金缸旁边看着，一分一秒也不断人。他们把本领都用出来，用上好的土，上好的肥料，按时候浇水，按时候晒，总之，凡是他们能做的他们都做了。

富翁想："这样经心照看，种子发芽一定加倍地快。到开花的时候，我就大宴宾客。那些跟我差不多的富翁都请到，让他们看看我这天地间没第二份的美丽的奇花，让他们佩服我最阔气，我最优越。"他这么想，越想越着急，过一会儿就到白金缸旁边看看。但是哪里有碧玉一般的芽呢？只有一个白金的缸，盛着灰黑的泥。

时间像逃跑一般过去，转眼又是两年。春天，快到请客的时候。他在缸旁边祝福说："我就要请客了，你帮帮忙，快点儿发芽开花吧！"秋天，快到宴客的时候，他又在缸旁边

名师导读

❶ 国王开始时对那颗种子视若珍宝，可没过多长时间就厌恶起来，前后反差巨大，对比强烈，体现了国王急功近利的心态。
（对比烘托）

❷ 这段话深刻揭示了富翁并不懂得这粒种子的真正价值，他不过是为了炫耀自己的财富而已。
（语言描写）

❸ 仅仅为了一粒种子，富翁就这样大费周章，实在让人忍俊不禁。然而，富翁的细心终究没能用到点子上，最后的结果还是事与愿违，颇具讽刺意味。
（细节描写）

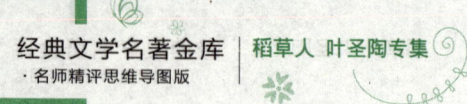

祝福说："我又要请客了，你帮帮忙，快点发芽开花吧！"但是一点儿效果也没有。于是富翁生气了，他说："这是死的种子，又臭又难看，我要它干什么！"他就把种子从泥里挖出来，还是从前的样子，像核桃那样大，皮绿油油的。他越看越生气，就使劲往墙外边一扔。（语言和动作的描写将富翁愤怒的心态表现得淋漓尽致。）

种子跳过墙，掉在一个商店门口。商人拾起来，高兴极了，他说："稀奇的种子掉在我的门口，我一定要发财了。"他就把种子种在商店旁边。他盼着种子快发芽开花，每天开店的时候去看一回，收店的时候还要去看一回。一年很快过去了，并没看见碧玉一般的芽钻出来。商人生气了，说："我真是个傻子，以为是什么稀奇的种子！原来是死的，又臭又难看。现在明白了，不为它这个坏东西耗费精神了。"他就把种子挖出来，往街上一扔。

种子在街上躺了半天，让清道夫跟脏土一块儿扫在垃圾车里，倒在军营旁边。一个兵士拾起来，很高兴地说："稀奇的种子让我拾着了，我一定是要升官了。"他就把种子种在军营旁边。他盼着种子快发芽开花，下操的时候就蹲在旁边看着，怀里抱着短枪。别的兵士问他蹲在那里干什么，他瞒着不说。（动作描写表现了兵士专注的神情，以及对种子给他带来好运的极大期盼。）

一年多过去了，还没见碧玉一般的芽钻出来。兵士生气了，他说："我真是个傻子，以为是什么稀奇的种子！原来是死的，又臭又难看。现在明白了，不为它这个坏东西耗费精神了。"他就把种子挖出来，用全身的力气，往很远的地方一扔。

种子飞起来，像坐了飞机。飞呀，飞呀，飞呀，最后掉下来，正是一片碧绿的麦田。

麦田里有个年轻的农夫，皮肤晒得像酱的颜色，红里透黑，胳膊上的筋肉一块块地凸起来。像雕刻的大力士。他手里拿着一把曲颈锄，正在刨松田地里的土。他锄一会儿，抬起头来四外看看，嘴边透出和平的微笑。（皮肤、胳膊、手、微笑，作者用几处典型的外貌描写，将一个勤奋、朴实的农夫形象展现在读者眼前。）

他看见种子掉下来，说："吓，真是一粒可爱的种子！种上它吧。"就用锄刨了一个坑，把种子埋在里边。

他照常工作，该耕就耕，该锄就锄，该浇就浇——自然，种那粒种子的地方也一样，耕，锄，浇，样样都做到了。

没几天，在埋那粒种子的地方，碧绿的像小指那样粗的嫩芽钻出来了。又过几天，拔干，抽枝，一棵活像碧玉雕成的小树站在田地里了。梢上很快长了花苞，起初只有核桃那样大，长啊，长啊，像橘子了，像苹果了，像柚子了，终于长到西瓜那样大，开花了：瓣是红的，数不清有多少层，蕊是金黄的，数不清有多少根。由花瓣上，由花蕊里，一种新奇的浓郁的香味放出来，不管是谁，走近了，沾在身上就永远不散。

年轻的农夫还是照常工作，在田地里来来往往。从这棵稀奇的花旁边走过的时候，他稍微站一会儿，看看花，看看叶，嘴边透出和平的微笑。（农夫的反应与前文的国王、富翁、商人和兵士形成了鲜明的对比，更加凸显了农夫之外其他人贪婪自私的嘴脸。）

乡村的人都来看这稀奇的花。回去的时候，脸上都挂着和平的微笑，满身都沾上了浓郁的香味。

（1921年11月20日写毕）

名师赏析

国王、富翁、商人和兵士,所有人都对这粒种子寄予厚望,都希望通过它来满足自己的私欲。他们对种子的照顾不能不说是极其用心,但结果却无一例外的事与愿违。年轻的农夫对于种子没有任何奢求,在他眼里,这粒种子和其他种子没有区别。他像平常那样辛勤地劳动,最终用汗水换来了奇迹的降临。而且,即使在稀奇的花长出来之后,农夫也没有将它据为己有,而是让乡村里的每个人都可以从花下经过,都可以沾上满身的香味,让稀奇的花为所有人带来福利。所以,这篇文章告诉我们,过于贪婪的心并不能得到真正宝贵的东西,只有毫不利己的心加上劳动的汗水,才能浇灌出世间最美好的事物。

● 写作借鉴

本文对国王、富翁、商人和兵士的言行等方面的描写都非常相似,这种反复表现的手法就像在读者脑中一次次烙下印记一样,加深了对"贪婪"这一人性的刻画。作者又通过对不同身份的人的细节描写,避免了形式上的单调,从而让做着相同事的不同人物都个性鲜明,令人印象深刻。此外,作者还善于运用欲扬先抑的手法。故事发展了一大半也没看到种子发芽,正当读者开始怀疑这粒种子是不是真的可以生长的时候,剧情却突然反转,农夫轻而易举地就让种子开出了稀奇的花,这才让读者有恍然大悟的感觉。

● 延伸思考

1.国王、富翁、商人和兵士有什么共同点?
2.文章的最后一段话有什么寓意?

地球

很久很久以前，大地光滑浑圆，跟皮球一个样儿。

<u>为什么后来会有高高的山，山下有平地，更有凹下去的盛满了水的海呢？</u>（开门见山地抛出疑问，以引起读者的阅读兴趣。）

当初，人们生活在地球上，大家都很安乐。饿了，他们采树上的鲜果吃。鲜果好看极了，拿在手里就让人忘了饥饿；味道又香又甜，吃到嘴里有没法形容的快活。

人们闲着没事做，到处开唱歌会跳舞会。不光人们，鸟呀，树林呀，风呀，泉水呀，也一同唱歌；野兽呀，大树呀，草呀，星星呀，也跟着跳舞。

人们热闹极了，开心极了；他们不懂得忧愁，从来不啼哭。他们疲倦了就躺在地面上，月亮像一位和善的老太太，用银色的光辉照在他们的脸上。你可以看到他们做着梦，还在开心地笑呢！

<u>忽然从云端里吹来几阵风，把树上的叶子全给吹了下来。</u>（前文极力描绘人们生活的悠闲，在这里突然来了一个转折，让读者意识到将要发生重大的变故。）人们开始吃惊了，害怕了，他们看到所有的树都只剩下光干，连一个果子也没有了，肚子要是饿起来，这日子怎么过呢？

唱歌会停止了，跳舞会停止了，大家喊道：

"困难的日子到了！困难的日子到了！你们没瞧见吗，树上连一个

果子也没有了？"

"咱们吃什么呢？咱们吃什么呢？肚子饿起来，咱们怎么办？"

"大家快想办法呀！大家快想办法呀！挨饿可不是好受的。"

聪明的人想出办法来了。他们说："靠果子过日子是靠不住的，咱们会有东西吃的。咱们耕种，咱们收割，咱们把收割下来的东西储藏起来，要吃的时候就拿出来吃，咱们就不会挨饿了。现在只要大家都来耕种。"（聪明人的话其实是代表着人类的智慧，而人类的智慧是战胜一切困难的法宝。）

大家听了一齐拍手欢呼。他们说："咱们得救了！咱们不怕挨饿了！大家都来耕种呀！"

他们一边高呼，一边举起锄头，就在自己站着的地方耕种。但是有些柔弱的人，他们拿不动锄头，只好站在一旁呆看。想到自己不久就要挨饿了，他们要求耕种的人说："你们种出了东西来，分点儿给我们吃吧。咱们是好朋友，你们应该可怜我们，我们拿不动锄头呀。"

拿锄头的人想，分点儿给他们，这还不容易。种出来的东西多了，吃不完堆积起来有什么用呢？他们很痛快地答应了。到了收获的季节，稻呀麦呀，都分给他们每人一份，跟拿锄头耕种的人一样多。

耕种的时候总要拣去一些僵土和石块。大家看那些柔弱的人站的地方反正空着，就把拣出来的僵土石块往那里扔。僵土和石块堆高一点儿，那些柔弱的人就往高里站一点儿。［他们好像泛在水缸里的泡沫，水尽管一桶一桶往缸里倒，泡沫总浮在水面上。］①

拿锄头的人仍旧把耕种出来的东西分给柔弱的人吃，仍旧每人一份。可是要分给他们，不像先前那样便当了，要背着稻呀麦呀，爬上土石堆。［土石堆越来越高，稻呀麦呀变得越来越重，压得他们背都弯了,胸口几乎碰着了膝盖。他们像拉风箱似的喘着气,一步一步往土石堆上爬,汗跟泉水一般从每一个汗毛孔里流出来。]❷他们唱着歌,忘记了劳累。他们是这样唱的:

他们是我们的好朋友,我们的好朋友。

他们拿不动锄头,我们拿得动锄头。

分给他们一份稻,分给他们一份麦。

反正我们有力气,应该帮助好朋友。

[柔弱的人接了礼物,懒懒地吃;才吃完一份,第二份又送来了,送第三份第四份的人背着东西,正跟牛马一样爬上来呢。他们向下望,土石堆上已经给踏出了一条路,背着东西的人脚尖接着脚跟,一摇一晃地在向上爬,真有点儿傻劲。他们看着,又白又瘦的脸上现出冷淡的微笑。]❸

可是不好了,拿锄头的人耕种的地方,有几处忽然积了许多水,不能耕种了。水是从哪里来的呢?聪明的人考查出来了,他们说:"你们看柔弱的人站着的土石堆,让咱们踩得往下凹的那条路上,不是涓涓不绝地有水在流下来吗?水冲在石头上,不是激起了浪花吗?水就是从土石堆上流下来的。如果追根究底,那么咱们的身体就是最初的泉源;咱们把东西送上去的时候,每一个汗毛孔就是一个泉眼。"

名师导读

❶ 将不劳而获的人比作泡沫不仅非常生动,而且富有深意。泡沫是依托水——即劳动者而存在的,水可以长久地存在,但泡沫很快就会消失。这也与后文这些人的结局形成了呼应。

❷ 作者细致刻画了劳动者们搬运食物时的神态,将他们的汗水夸张地比作不断涌现的泉水,生动体现了劳动者的艰辛,凸显了他们的勤劳和善良。

❸ 对于给自己送食物的劳动者,不劳而获者不但不感恩,反而加以嘲笑。作者寥寥几笔的描写就让不劳而获者的丑陋嘴脸表露无遗。

聪明的人说得不错，但是有水的地方不能耕种了，怎么办呢？只好大家挤紧一点儿，在还没被水淹的地方耕种。

过了一年又一年，拿锄头的人努力耕种，不断地把东西送上土石堆去。他们的汗水渗进土里，胶住了石块。汗水富有滋养料，土石堆上于是长出了青青的草，绿油油的树。柔弱的人闲着没事干，眯起深陷的眼睛看着。他们赞美说："这里应当叫做山。你们看，山上的景致多么好，美丽极了。"（劳动者用汗水滋养了青山，不劳而获者却只会悠闲地欣赏山上的美景。殊不知，青山的美正是劳动者创造出来的。）

山的周围，僵土石块越堆越多，山就越来越高，爬上去送东西越来越吃力，他们的汗水流得更多了。汗水不停地从山上流下来，地面积水的范围自然越来越扩大，可以耕种的地方自然越来越少了。拿锄头的人只好挤得更紧了。

到了后来，拿锄头的人实在觉得不能再往山上送东西了，再送就会耽误了耕种的季节。他们同柔弱的人商量说："我们实在没有工夫再给你们送东西了，这山路太长了。你们自己下山来取吧，反正你们闲着没事干。"

柔弱的人摇摇头，他们有气无力地说："我们这样柔弱，哪能背东西上山呢？你们要可怜我们，帮忙帮到底。咱们是最好最好的好朋友呢！"

拿锄头的人看他们满脸愁容，眼角上似乎挂着泪水，心就软了，对他们说："既然这样，仍旧照老样子，东西由我们送上山来。我们有一天力气就耕种一天，帮助你们一天。你们放心吧，不用犯愁，没事儿就望望山景吧！"（这段语言描写深刻凸显了劳动者的淳朴和善良，反衬出不劳而获者可恨可憎的面目。）

可是耕种的地方越来越少，拿锄头的人挤得越来越紧，种出来的东西却不会因此而增多。有的人上山去送东西，回来的时候疲乏不堪，又错过了耕种的季节，原先归他们耕种的地方就此荒芜了。别人只好把自己分内的东西省出一部分来分给他们，使他们不至于挨饿。

情形看来越来越糟，大家的土地都有点儿荒芜的样子，但是大家还凑出东西来送上山去，分给柔弱的人的东西还跟分给大家的一样多。本来吃不饱，又要背着沉重的东西爬这样陡的山路，他们累极了，身上瘦得只剩了一层皮，脸上全是皱纹，背给压弯了，声音也变得又沙又哑。要是说他们曾经是唱歌的好手，跳舞的好手，还有谁相信呢？（对劳动者外貌的描写，表现了他们的艰辛和苦难。与以前的形象反差之大，令人伤感。）

有的人因为又饿又累，病倒了，几乎死掉。他们的慈祥的母亲忍不住哭了，眼泪像线一样直往下流，流向水淹的地方。水淹的地方不断地扩大，起风的时候，涌起的波浪像山一样高。

慈祥的母亲望着汹涌的波涛说："这里应当叫做海。海里的水是咸的，都是我的眼泪和孩子的汗水。"

所以即使天朗气清，你到海边去，总可以听到波浪在呜咽着，在诉说悲哀。

前面说的就是地球上怎么会有山有海有平地的故事。你要是问，山上的那些柔弱的人现在到哪里去了呢？我可以告诉你，他们太柔弱了，子子孙孙一代一代传下来，身子越来越小，现在已经小到咱们的目力没法看清的程度。其实小草的根，大树的皮，都是他们寄居的地方。他们再这样一代小于一代，总有一天会从地球上消失的。

（1921年12月25日写毕）

名师赏析

这个故事看上去是在解释地球的变迁，事实上作者想要借此表达人类的变迁。在大自然的变化面前，不同的人做出了不同的选择：劳动者选择战胜自然，不劳而获者却坐享其成。劳动者靠自己的力量改变了大地山川，所以地球上才会出现大山和大海；不劳而获者不但对这个社会毫无贡献，反而拖垮了劳动者。最后，劳动者凭借不屈不挠的精神使自己变得越来越强大，而不劳而获者却只能像寄生虫一样生活着，最终像泡沫一样从地球上彻底消失了。作者通过这个虚构的故事，表达了对劳动者的赞美和钦佩，也预言了不劳而获者最终将走向灭亡的结局。

● 写作借鉴

极尽夸张的想象是本文的一大特色。人们从耕地里拣出来的僵土和石块竟然堆成了大山，劳动者的汗水和眼泪最后汇成了海……这些天马行空的描述带给读者无限的想象空间，为文章增加了很多趣味性，引人入胜。但是，想象也必须植根于现实。就像本文的故事虽然是虚构的，但它处处透露着现实的影子，读者并不觉得突兀或者陌生，因为他们很容易就能从身边发现这样的劳动者和不劳而获者。所以，只有植根于现实生活的想象和虚构才能引起读者的共鸣。

● 延伸思考

1. 不劳而获者在接受帮助的过程中，他们的心态有什么变化？
2. 劳动者身上都有哪些可贵的品质？
3. 在你身边有这样的"劳动者"或"不劳而获者"吗？简单描述一下。

芳儿的梦

芳儿看姊姊（即姐姐）采了许多许多凤仙花，白的，红的，绯色的，撒锦的，用细线把花扎起来，扎成了一个又大又圆的球。姊姊把大花球挂在窗前，看着它只是笑。大花球摇摇晃晃，花瓣儿微微抖动，好像害羞似的。芳儿想："这个花球跟学生们踢的皮球差不多大，挂在窗前干什么呢？凤仙的枝上要是能开这样大的花球就好了，我就可以把它当皮球踢了。姊姊只是看着它笑，难道花球会飞到天上去吗？"（芳儿心里所想看似不着边际，却是芳儿天真可爱、富有想象力的体现，这也为后文芳儿做梦埋下伏笔。）

芳儿正想着出神，姊姊问他说："明天妈妈生日，你送什么东西给她做礼物呢？你看我这花球多么好！花是我种的，也是我采的。我把它扎成了这样一个花球。妈妈看了，一定说我能干，说我爱她。"

芳儿想："姊姊有礼物，我自然也要送给妈妈一件礼物。我的礼物一定要比她的好。送一只小猎狗吧？不行，小猎狗是妈妈给我的，怎么能送还给妈妈呢？送积木吧？不行。积木是舅舅给的，还是妈妈给带回来的呢，怎么能送给妈妈呢？送一朵大理花吧？也不行。姊姊送了凤仙花球，我也送花，不是跟姊姊的礼物相重了吗？"

芳儿心里不自在起来。他不看姊姊扎的花球了，低着头坐在小椅子上默默地想。他想到树林里的香草，山坡上的小石子儿，溪边的翠鸟，

小河里的金鱼；他想到家里所有的一切东西，街上所有的一切东西，野外所有的一切东西，想来想去都不合适，都不配送给妈妈做生日的礼物。他要找一件非常稀罕的，独一无二的东西，拿来送给妈妈。这样才能让妈妈得到连做梦也想不到的欢喜，才能表达对妈妈的比海还深的爱。

但是这件东西在哪里呢？

月亮升起来得真早啊，她躲在屋角后边偷偷地瞧着芳儿呢。院子的一个角落亮起来了，缠绕在篱笆上的茑萝也发出光彩了。白天看那茑萝，就像姊姊的新衣裳似的，嫩绿的底子绣上了许多小红花；现在颜色变了，都涂上了一层银色的光。

芳儿感觉到月亮在偷看他，不由得抬起头来。他说："月亮姊姊，你来得好早。我要送一件东西给妈妈，做她生日的礼物。这件东西要非常美丽，非常难得，要让妈妈能得到连做梦也想不到的欢喜，要能表达我对妈妈的比海还深的爱。聪明的月亮姊姊，你一定知道这是一件什么东西，请告诉我吧！"

月亮只是对着芳儿微笑。她越走越近了，全身射出活泼的光。

月亮身边浮着些儿淡淡的微云，他们穿着又轻又白的衣裳，飘呀飘呀，好像跳舞的女郎。他们怕月亮寂寞，所以陪着她；他们怕月亮力乏，所以托着她。

芳儿把他的心事告诉给云，恳求他们说："云哥哥，你们伴着月亮出来玩儿吗？我要送一件东西给妈妈，做她生日的礼物。这件东西要非常美丽，非常难得，要让妈妈能得到连做梦也想不到的欢喜，要能表达我对妈妈的比海还深的爱。聪明的云哥哥，你们一定知道这是一件什么东西，请告诉我吧！"

云哥哥们只是拥着月亮姐姐，在深蓝色的天幕上一边跳舞，一边前进。

芳儿想,他们玩儿得太高兴了,高兴得没听到他在说话。他就把小椅子搬到了院子里,索性坐下来看他们跳舞。起先,月亮姊姊跳的是节奏很快的小步舞,云哥哥们紧紧地追随着,又轻又白的衣裳都飘了起来,更加好看了。后来,月亮姊姊好像疲倦了,在中天站住了。云哥哥们围绕着她,缓慢地兜着圈子,衣裳渐渐垂下来了。(用拟人的手法将月亮和白云追逐嬉戏的情形描绘出来,既富有美感,又充满童趣。)

芳儿趁这个时候,把他的心事又说了一遍,恳求月亮姊姊和云哥哥们给他指点。他留心看天上,月亮姊姊和云哥哥们真个听见了他的话了。月亮姊姊堆着笑脸,看着身边;云哥哥们从宽大的白衣袖里伸出手来,指着身边。他们身边有无数灿烂的星星,原来他们指的就是星星。

芳儿快活极了,他明白了:"这才是最美妙的礼物呢。月亮姊姊和云哥哥们真聪明呀!姊姊送给妈妈一个花球,我送给妈妈一个星星串成的项链。明天,我要把星星项链亲手挂在妈妈的脖子上,让无数耀眼的光从妈妈身上射出来,不是非常美丽吗?人家的妈妈戴珍珠串成的项链,戴宝石串成的项链,都是人间有的东西。我送给妈妈的,却是一个星星串成的项链,不是非常稀罕吗?我把这样的一个项链挂在妈妈的脖子上,妈妈自然欢喜得连做梦也想不到。别人当然想不到送这样的礼物,只有我送这样的礼物,因为我爱妈妈爱得比海还深。"

芳儿谢谢月亮姊姊,谢谢云哥哥们,对他们说:"祝愿你们永远美丽,永远快乐,永远笑,永远跳舞,永远帮助我,告诉我我所想不到的一切事儿。"(作者连用五个"永远",情感和语势步步增强,表现了芳儿此时无比的喜悦和感激之情。)

这时候,芳儿的姊姊也到院子里来乘凉了。她端一张藤椅,坐在芳儿旁边,脸上还带着笑。她正在想,凤仙花球多么美丽,妈妈见了会怎

样欢喜。

芳儿拿姊姊的手轻轻地贴在自己的脸上，看着姊姊说："我已经想到了送给妈妈的礼物。好极了，比你的凤仙花球好几百倍。我现在不告诉你。"

"什么好东西？好弟弟，快说给我听吧。"

"我不说，明天你看就是了。这个东西近在眼前，远在天边，没有什么比它更美丽的了，谁都不曾有过。"

芳儿不说，姊姊只好猜。她猜了许许多多东西，香草，小石子儿，翠鸟，金鱼，家里所有的一切东西，街上所有的一切东西，野外所有的一切东西，她都猜遍了。芳儿只是笑，只是摇头。姊姊急了，双手合十，央求他说："拜拜你，好弟弟，你告诉了我吧。我一定不告诉别人。夜晚睡了，我连枕头也不告诉。好弟弟，快说吧！"

芳儿说："你一定要我说，得先依我一件事儿。咱们俩先跳一会儿绳。跳过绳，我再告诉你。"

姊姊就和芳儿一同跳起绳来。月亮从头顶上射下来，院子里一片银光，他们俩全身浴在银光里，两个短短的影子在地上舞动，姊姊的头发飘了起来，影子更加好看了。他们先把绳子向前摔，再把绳子向后摔，最后俩人并排一起跳。四只小小的脚像燕子点水似的，刚着地又离开了地面。绳子在脚底下一闪而过，几乎分辨不清。他们俩好像被包在一个透明的大圆球里。（在芳儿即将说出礼物的时候，插入一段跳绳的情节，让读者迫不及待的情绪稍加缓和，以便迎接后面更大的惊喜。）

姊姊喘息了，芳儿也满脸是汗，他们才停了下来。芳儿坐在小椅子上用手擦脸上的汗。姊姊催他说："我依了你了，现在你好说了，究竟是什么东西？"

芳儿凑在姊姊的耳边说:"我的礼物是星星串成的项链。"

芳儿睡在雪白的罗帐里,睡得很熟,脸上好像在笑,呼吸很均匀。他应当有一个可爱的梦。

他起来了,是月亮姊姊催他起来的。月亮姊姊穿了一身淡蓝色的衣裳,笑的时候露出银色的牙齿。芳儿觉得她可爱极了,就投到了她的怀里。月亮姊姊拍拍他的背,对他说:"你忘记了要送给妈妈的礼物了吗?跟着我去吧,我带你去取。"

芳儿非常感激月亮姊姊,催她快点儿动身。月亮姊姊牵着芳儿的手,一同轻轻地飘起来了。虽然离开了地面在空中迈步,芳儿觉得两只脚仍旧像踏在地面上似的。向下边望,地面上的一切都睡着了,盖着一条无边无际的银被。再看月亮姊姊,她那淡蓝色的衣裳被风吹得飘了起来,真是一位仙女。

芳儿的步子越迈越快,好像不费一点儿力气。星星就在他身边了,一颗颗都像荔枝那么大,光亮耀得他眼睛都花了。他已经来到星星的群中,前后左右都是星星;他好像走进了一座结满果子的树林,只要一伸手,就可以摘到;再看看自己,自己被星星照得通身透亮。他快乐极了,就动手摘起星星来。(作者的奇思妙想让这段摘星星的旅程变得格外动人,读着这样的文字,读者仿佛真的来到了那个奇妙的星星世界。)

星星轻得几乎没有分量,摘起来挺容易,他一连摘了几百颗,用衣裳兜着,快要兜满了。月亮姊姊送给他一条美丽的丝绳,还帮他把一颗颗星星贯串起来,串成项链。

这样美丽的项链,世界上从来没有过,现在却在芳儿手里。他要把这样一条项链送给妈妈,作为妈妈生日的礼物。

芳儿心里想的,就是要让妈妈得到连做梦也想不到的欢喜,就是要表达他对妈妈的比海还深的爱。他捧着星星项链，飞奔回家，刚跨进门，他就大声喊："妈妈！妈妈！您在哪里？我送给您一件礼物，最最美丽的礼物，最最稀罕的礼物。"

妈妈跑出来，把芳儿抱在怀里。芳儿举起双臂，把星星项链挂在妈妈的脖子上。无法形容的透亮的光，从妈妈身上射出来，妈妈就成了一位仙女了。芳儿自己不也成了个小仙人了吗？看着妈妈脸上的慈祥的笑，芳儿快活得手舞足蹈起来。

芳儿的手和腿一动，他的梦就醒了。妈妈正伏在他的枕头旁边，脸上的慈祥的笑，正跟芳儿在梦中看到的一个模样。

（1921年12月26日写毕）

名师赏析 Mingshi Shangxi

芳儿想送给妈妈一件独一无二的礼物，他觉得只有这样才能表达自己对妈妈比海还深的爱。虽然这个愿望最终没有实现，但芳儿的礼物其实已经送到了——那就是一颗时时刻刻爱着妈妈的心。只要有这份爱心，即使没有礼物，妈妈也一定能感受得到。

● **好词好句**

独一无二　天幕　一闪而过　无边无际　手舞足蹈

● **延伸思考**

你记得妈妈的生日吗？你曾经送过什么礼物给妈妈呢？

新的表

　　咱们都看见过钟，看见过表。咱们都懂得钟和表在提醒咱们：现在是什么时间了，你应当起床了；现在是什么时间了，你应当干活了；现在是什么时间了，你应当休息了。咱们按照钟表提醒咱们的去做，一切都井井有条，不必匆忙，也不会耽误事儿。

　　愚儿有一个关于表的故事。他不懂得使用表，耽误了许多事儿，闹出了许多笑话。现在就把他的故事讲给大家听。

　　愚儿才八九岁。他有个坏毛病，老是什么事儿也不干，不声不响；东边一靠，靠个大半天；西边一站，站个三小时。父亲母亲以为他早就上学去了，后来却看见他不声不响地站在大门口。有时候他在桌子上玩弄唾沫，玩儿得连睡觉都忘了，要母亲催他他才上床。这样的事儿发生了不知多少回了。

　　他的毛病老改不掉，而且越来越厉害。有一回到学校去，半路上看见鞋店的工人正在扎鞋底，他站在一旁整整看了一天，连吃饭都忘了。（这一系列事件说明，愚儿并不是一个调皮贪玩的小孩，那么他为什么会有这么奇怪的毛病呢？作者没有立刻说明，而是给读者留下了一个悬念。）父亲母亲不见他回家，派人四处去找，才把他拉了回家。父亲就跟母亲商量说："太不像话了，这样下去，他不但书念不好，将来离开了我们，连饭也想不到吃，岂不要饿死吗？得想个办法才好。最最要紧

的是要让他知道什么时间该做什么事儿。你看有什么办法呢？"

母亲说："我有个办法。[他有这个坏毛病，根子就在他不懂得时间，不知道什么时间应当做什么事儿。我们教给他懂得了时间，他就知道到了什么时间应当做什么事儿了。]❶让人懂得时间的最好的东西就是钟表，咱们给他买一只表吧。"

父亲听母亲说得很有道理，就买了一只表给愚儿。这是一只非常美丽的表，表壳好像是银的，能照得见面孔；表面是白瓷的，画着乌黑的字；两支针有长有短，闪闪发光。样子跟一块圆饼干差不多，愚儿拿在手里，觉得轻巧可爱——虽然不能送到嘴里去吃。

父亲叮嘱愚儿说："你不懂得时间，天天耽误了该做的事儿。现在给你这只表，它可以告诉你现在是什么时间。你应当按照它告诉你的时间做你应该做的事儿。你看，到了这个时间，就应该上学；到了这个时间，就应该回家；到这个时间，应该开始温习功课；到这个时间，应该上床睡觉。你好好记着，就不会再犯过去的老毛病了。"

父亲指给愚儿看的，是表面上写着"6""4""5""9"这几个字的地方。愚儿记住了，牢牢地记在心里。[他把表捧在手里，眼睛盯住了表面，看见一支针指在"7"字上，马上背着书包出了门。他一路走一路看着表，还没走到学校，那支针已经指在"9"字上了。他转身就跑，到家里连忙往床上一躺，书包还挂在背上哩。]❷他一只手举着表，伸着脑袋看着，那支针真奇怪，虽然看不出它在移动，却不断地变换位置，像变魔术似的。

那支针又指在"4"字上了，他想父亲叮嘱过，到针指在"4"字上就应该回家。但是他已经在家里了，而且躺在床上了，教他再回到哪里去呢？难道把父亲的话记错了？他翻来覆去地想，想了十遍二十遍，一点儿也没记错,父亲确实是这样说的,针指到"4"字上,就应该回家。一定是这只表在作怪了。他立刻下了床,跑到父亲的工作室里。

父亲见了他很奇怪,问他:"你的老毛病还没改好。我已经给了你一只表,教你看着表做事。怎么这时候还在家里?你已经忘了我说的话吗?"

愚儿说:"不,不,我没有忘记,这只表在作怪呢!我看针指在这里,马上去学校,这不是你告诉我的吗?还没走到学校,针已经指到这里了,我马上跑回家睡觉,这不也是你告诉我的吗?可是现在,针又指到我应当回家的地方了——而且过了。我现在已经在家里了,教我再回到哪里去呢?要不是这只表作怪,一定是你的话说错了。"

父亲听了哈哈大笑:"原来你没弄明白,你要看那支短针指在什么地方,就按照我说的,去做什么事儿。方才你弄错了,看了长针了。去吧,不要再耽误事儿了。"

[愚儿点点头,表示他全明白了。]❸他赶到学校,学校还没上课,早操已经过了。老师教训他说:"你真个不想长进吗?有的日子你贪懒,索性不来上学。今天来了,又来得这样晚。你从没做过早操,这样不注意锻炼。难道

名师导读
Mingshi Daodu

❶ 母亲的话一针见血地指出了愚儿问题的根本原因所在,让读者恍然大悟。这也间接表明了父母永远是最了解自己孩子的人。
(语言描写)

❷ 这一连串的动作描写将一个天真、单纯的小孩形象栩栩如生地展现在读者眼前,令人忍俊不禁,同时也让读者产生了新的疑问:为什么知道看时间的愚儿依然手忙脚乱呢?

❸ 愚儿终于从错误中吸取了教训,他似乎已经信心十足了。但是他真的完全明白了吗?这一句看似肯定的话实际上充满了很多未知,吸引着读者继续读下去。

身体不是你自己的吗？"

愚儿想，他今天出来得很早，只因为看错了表，把事儿耽搁了。但是他不敢跟老师说明，怕同学们笑他。他坐在课堂里，时时刻刻看着手里的表，比看课本用心一百倍。那短针越来越靠近"9"字了，最后真到了"9"上。他想这一回准错不了。是睡觉的时间了，赶快回家吧。

愚儿向老师请假，说马上要回家。老师问他为什么。他说要回家去睡觉。老师着急地问："你不舒服吗？身上发冷吗？……"（语言描写体现了老师对学生的关心。）他只是摇头。老师生气了："没有什么不舒服，哪里有这时候就回家去睡觉的道理！不准回去！"

愚儿急得哭了，眼泪像雨点一样往下掉。同学们看了都笑起来，有几个轻轻地说："他要回家吃奶了。他的母亲已经解开了衣襟在等他了。"

愚儿听同学这样说，哭得更厉害了。老师以为他发了疯，或者心里有什么别扭的事儿，一定要他说出来。他抹着眼泪，呜呜咽咽地说："父亲给我买了一只表，告诉我说，那支短针指到什么地方，就应当按时做什么事儿。父亲说，短针指在'9'字上，就应当睡觉。现在已经指到'9'字了，所以我要请假回家。我不愿意违背父亲的话。老师要是不信，请您看看我的表。"他拿出表来给老师看，那支短针已经过了"9"字了。

老师听了哈哈大笑，对他说："原来你没有明白，让我来告诉你。那支短针一天要绕两个圈子哩：从半夜到中午绕一圈，从中午到半夜又绕一圈，所以短针在上午和晚上，各有一次指在'9'字上。你父亲说的应当睡觉的时间，是晚上短针指在'9'字上的时间，不是现在。"

"原来还有这样一个道理。"愚儿点点头，表示这一回他都明白了。同学们又大笑一场，下了课，有几个在背后说他傻成这样，哪里配用什么表。他只当做没听见，一个人站在墙角里，偷偷地看着手里的表，生怕又耽误了时间。

这一天下午，短针指在"4"字上，他就赶紧回家；指在"5"字上，他就拿出课本来温习；指在"9"字上，他就对父亲母亲说："上床的时间到了，我要睡觉了。"（愚儿的表终于能发挥点作用了，但紧接着又出现了新问题。这种一波三折的剧情会让读者保持高涨的阅读兴趣。）

父亲母亲心里十分欢喜，称赞他说："这一回好了，你的毛病让表给治好了。今后你照表告诉你的时间做事儿，一定能很快上进。现在，你先睡吧。"

愚儿很高兴，躺在床上只是笑。笑呀笑呀，他就睡着了，表还握在他的手心里。

第二天他醒来，窗子上已经阳光耀眼。他想起了手中的表，不知道该不该起床了。还差得很远呢，那支短针正指在"3"字上，还要转过两个字，才指到"6"字上。他就躺在床上等，准备等它转到"6"字才起身。

表又作怪了，短针老指在"3"字上，好像这个"3"字有什么魔力，把它吸住了。他老看着表，觉得肚子越来越饿。但是短针还没有转到应该下床的时间，他只好等着。他想短针总会转过去的。

母亲不见他起身，来到床前看他。只见他睁大了眼睛，老对着表看。母亲催他："快起来吧，时间不早了，到学校又晚了。"他却回答说："不能起来，不能起来。我做什么都得遵守时间。"

母亲听了很奇怪，以为他还在说梦话。可是他眼睛睁得大大的，看着手里的表，明明早就醒了，就对他说："你要遵守时间，更应当赶快起来，要不，第二堂课你也赶不上了。"

愚儿不回答，仍旧看着手中的表。母亲问了一遍又一遍，他才回答

说："您看，那支短针还没指到'6'字上。要指到'6'字上我才可以起身，这是父亲告诉我的。"

母亲接过表一看，短针真个还指在"3"字上，不由得大笑起来，对愚儿说："原来你没弄明白，表的机关停了，要上紧了弦，它才能转。你要是不上弦，就是等上一千年，短针也转不到'6'字上。"

母亲给表上足了弦，把两支针的位置旋准了，把表交给愚儿。愚儿看着表只顾点头，表示这一回他真个明白了。他赶紧下了床，收拾停当了，跑到学校里。这时候，第一堂课已经上了一半了。

从此以后，愚儿真个全都明白了。他能自己给表上弦，自己校正快慢，对准时间。他能够按着表告诉他的时间，做完这件事儿又做那件事儿，什么都井井有条了。

（1921年12月27日写毕）

名师赏析
Mingshi Shangxi

愚儿得了一块表，因为自己的一知半解、似懂非懂闹出了不少笑话，也耽误了许多事。所以，对于不懂的事情我们一定要及时提问，及时改正，这样才能把事情做对做好。

● 好词好句

井井有条　不声不响　翻来覆去　呜呜咽咽

● 延伸思考

如果让你来写，你觉得愚儿还有可能会闹出什么笑话呢？

梧桐子

许多梧桐子，他们真快活呢。他们穿着碧绿的新衣，都站在窗沿上游戏。周围张着绿绸似的帷幕。一阵风吹来，绿绸似的帷幕飘动起来，像幽静的庭院。从帷幕的缝里，他们可以看见深蓝的天，看见天空中飞过的鸟儿，看见像仙人的衣裳似的白云；晚上，他们可以看见永远笑嘻嘻的月亮，看见俏皮的眨着眼睛的星星，看见白玉的桥一般的银河，看见提着灯游行的萤火虫。他们看得高兴极了，轻轻地唱起歌来。这时候，隔壁的柿子也唱了，下面的秋海棠也唱了，石阶底下的蟋蟀也唱了。（这段话运用了比喻、拟人、排比等多种修辞方法，描绘出了一幅动静结合、多姿多彩的美妙画面。）唱歌的时候有别人来应和，这是多么有趣呀，所以梧桐子们都很快活。

有一颗梧桐子，他不但喜欢看一切美丽的东西，唱种种快活的歌儿，他还想离开窗沿，出去游戏。他羡慕鸟儿，羡慕白云，羡慕萤火虫。他想，要是能跟他们一个样到处飞，一定可以看到更多的美丽的东西，唱出更多的快活的歌儿。离开窗沿并不难办，只要一飞就飞出去了。他于是跟母亲说："我要出去游戏，到处飞行，像鸟儿那样，像白云那样，像萤火虫那样，我就可以看到更多的美丽的东西，唱出更多的快活的歌儿。回来的时候，我把看到的一切都讲给您听，给您唱许多许多快活的歌儿。"（这段语言描写表达了梧桐子向往广阔天空，渴望自

由、渴望冒险的迫切心情。）

他的母亲摇了摇头，身子也摆了几摆，和蔼地对他说："你应该出去旅行，哪有不让你去的道理呢？可是现在，你的身体还不够强壮，再等些时候吧！"

他听了不再作声，心里可不大高兴。他觉得自己已经很胖很结实了，一定是母亲不放他走，什么身体不够强壮，不过是推托的话罢了。他决定不告诉母亲，自个儿偷偷地飞开去。可是飞到了外边，会不会遇上什么困难呢？独自旅行，能不能找到同伴呢？一想到这些，都教他担心害怕。（这段心理描写既表现了梧桐子的决心和执着，又说出了他对未知世界的担忧和害怕。）他于是对哥哥们弟弟们说："你们羡慕鸟儿吗？羡慕白云吗？羡慕萤火虫吗？你们想看到更美丽的东西吗？想唱出更快活的歌儿吗？这些都是做得到的，只要你们跟我走。我们就可以跟鸟儿一个样，跟白云一个样，跟萤火虫一个样，到处旅行。"

哥哥弟弟的性情都跟他差不多，谁不喜欢出去旅行，看看广阔的世界？他们都拍着手喊起来："咱们快走吧！咱们快走吧！"

他们换上了褐色的旅行服，站在窗沿下准备着。这时候，绿绸似的帷幕变成黄锦似的了，而且少了许多，变得稀稀朗朗的，因为太阳不太热了。（这段景物描写与文章开头的景物形成了对比，暗示了时间的变化。）风从稀朗的帷幕间吹来，梧桐子们借着风的力量，都想离开窗沿。大家把身子摇了几摇，还站在窗沿上。只有一颗，就是最先想到要离开的一颗，独自一个飞走了。他多么高兴呀，自以为领了头，带着哥哥们弟弟们到广阔的世界里去旅行了。

他头也不回，只顾往前飞，一会儿高一会儿低。后来，他觉得有点儿力乏了，才回过头去招呼哥哥们弟弟们。啊呀，不好了，他们都飞到哪儿去了呢？他心里一慌，身子就笔直往下掉，头脑里迷迷糊糊的，不知落在了什么地方。

他渐渐清醒过来，看看周围，原来他落在田边上，一个十五六岁的姑娘正在栽菜秧。他才想起了哥哥弟弟，他们不知道在什么时候离开了他。现在要找他们，实在太不容易了。要是找不着他们，独自一个去旅行，他可有点儿不敢。他们总在附近吧，还是飞起来找一找吧。哪儿知道他一动也不能动。他着急了，急得流出了眼泪来，向周围看看，只有一位姑娘。他想，那位姑娘也许能帮他点儿忙吧！

他带着哭声说："姑娘，您看见我的哥哥弟弟了吗？他们到哪里去了？请你告诉我，可爱的姑娘。"

姑娘只管栽她的菜秧，好像没听见他的话。栽完了六畦，她穿上放在田边的青布衫，两只手扣着纽扣，忽然看见了落在地上的梧桐子，就把他拾了起来。

他在姑娘的手心里，手心又柔软又暖和，真舒服极了。他不再哭了，心里想："这位姑娘真可爱，她一定知道我的哥哥弟弟在哪里，一定会把我送到他们身边去的。"

姑娘回到自己家里，把他放在靠窗的桌子上。他以为来到哥哥们弟弟们中间了，急忙向周围看，却一个也没有。他又犯愁了，高声喊："姑娘，我不要留在这里，我要找我的哥哥们弟弟们。请您赶快把我送到他们身边去吧！"

姑娘不理睬他，管自掸去衣裳上的尘土，然后走到窗前，把他拣了起来，用手指捻着玩儿。他好像在摇篮里似的，身子摇来摇去，觉得很舒服。姑娘捻了一会儿，把他扔起来，用手接住，接了又扔，扔了又接。他一忽儿升起来，一忽儿往下落，又快又稳，也非常有趣。（这段动作描写既表现了小姑娘的可爱，也表现了梧桐子的稚气未脱，一个简单的游戏就让他暂时忘却了所有烦恼。）可是一想起哥哥弟弟，不知道他们现在在哪儿，心里又很不自在。

姑娘听见她母亲在叫唤了，把他放在靠窗的桌子上就走了。他想：姑娘一走，他更没有希望了。当初站在家里的窗沿上，以为一离开家，要到哪里就到哪里，自由极了。哪里想到现在自己做不得主，一动也不能动，不要说到处旅行了，就是想回家去看看母亲，打听一下哥哥们弟弟们的消息，也办不到。他无法可想，只好对着淡淡的阳光叹气。他懊悔没听母亲的话，母亲早跟他说了，"等你身体强壮了，你就可以离开家了"。身体强壮了，一定可以自由自在地到处飞了，可是现在，懊悔也来不及了。

窗外飞来一只麻雀，落在桌子上，侧着脑袋对他看了又看，两只小脚跳跃着，"居且居且"地叫了。（麻雀的出现让原本已经懊悔不已的梧桐子重新燃起了希望，故事再次出现波折。）他想，麻雀或者知道哥哥们弟弟们的消息，就求他说："麻雀哥哥，您看见了我的哥哥弟弟吗？他们到哪里去了呢？请您告诉我，可爱的麻雀哥哥。"

麻雀侧着脑袋，又看了看他，跳跃着，又"居且居且"叫了，似乎没听见他的话。麻雀听了一会儿，一口衔住了他，向窗外飞去。

他在麻雀的嘴里，周身觉得很潮润，麻雀用舌头舔他，好像给他挠痒痒似的。他本来很渴了，身上又有点儿痒。所以感到很舒服。他想："麻雀哥哥真可爱，他一定知道我的哥哥弟弟在哪里，一定会把我送到他们身边去的。"

不知道为什么，麻雀一张嘴，他就从半空里掉了下来。〔"不好了，又往下掉了，这一回可比前一回高得多，落到地上一定没有命了。

我的母亲……"]❶他还没想完，身子已经着地了，他吓得失去了知觉。

［其实他好好的，正好落在又松又软的泥里。下了几天春雨，刮了几天春风，他醒过来了。看看自己身上。褐色的旅行服已经不在身上了，换上了一身绿色的新衣，比先前的更加鲜艳。看看周围的邻居，都是些小草，也穿着可爱的绿色的新衣。］❷有了这许多新朋友，他不再觉得寂寞了，可是想起母亲，想起哥哥弟弟，不知道他们怎样了，心里就不大愉快。

他慢慢地长大了，周围的小草们本来跟他一般高，现在只能盖没他的脚背。他的身子很挺拔，站得笔直，真是个漂亮的小伙子。小草们都很羡慕他，跟他非常亲热。他们说："你是我们的领袖。你跳舞的时候，我们也跳；你唱歌的时候，我们也唱。可惜我们的身子太柔弱，姿势不如你好看；我们的嗓门也太细，声音不如你好听。这有什么要紧呢？我们中间有了个你，你是我们的领袖。"

［他感谢小草们的好意，愿意尽力保护他们。刮狂风的时候，下暴雨的时候，他遮掩着小草们。］❸

有一天，一只燕子飞来，歇在他的肩膀上。燕子本是当邮差的，所以他心里很高兴，

名师导读 Mingshi Daodu

❶ 心理描写表现了梧桐子内心的极度恐惧，而最后那声"母亲"更是体现了年幼的梧桐子仍然对母亲、对家庭充满着依赖。
（心理描写）

❷ 对新环境的描写预示着梧桐子的命运再次遇到了转折，而对梧桐子新外貌的描写则暗示了他的生命将会发生全新的变化。
（环境描写、外貌描写）

❸ 当梧桐子愿意承担起一个领袖的责任，愿意保护小草们的时候，他其实已经长大了。
（侧面描写）

就写了一封信交给燕子。他说:"燕子哥哥,好心的邮差,我有一封信,是写给母亲和哥哥们弟弟们的。可是我不知道他们在什么地方。请您帮我打听吧;打听到了,就把我这封信给他们看,让他们都能看到。最好能带个回音给我。谢谢您,好心的燕子哥哥。"

燕子一口答应,把信带走了。没过一天,燕子背了一大口袋信回来了,对他说:"你的信来了。他们都给你写了回信哩。"

他快活得不知道说什么好,只是嘻嘻地笑。先拆开母亲的信,他看信上说:"得到了你的消息,我很快活。我现在很好。你的哥哥弟弟跟你一个样,也到别处去了。他们常常有信来。现在告诉你一件事儿,你一定会喜欢的,就是你又要有许多小弟弟了。"

他又拆开哥哥们弟弟们的回信。下面就是他们信上的话:

"那一天你太性急,独自一个先走了。没隔多久,我也离开了母亲,现在住在一个花园里。"

"我离开了母亲,落在人家的屋檐上。修房子的工匠把我扫了下来,我就在院子里住下了。"

"最有趣的是我到过一位小姑娘的嘴里,才停留了一分钟。"

"我的新衣服绿得美丽极了,你的是什么颜色的?"

"我将来也会有孩子的。希望有一天,你来看看你的侄子们。"

他看完信,心就安了。母亲和哥哥弟弟,他们都很好,用不着老挂念他们,只要隔几天写封信去问一问就好了。(虽然梧桐子的母亲和哥哥弟弟们都生活在四面八方,但他们仍然是最亲的一家人,他们之间的爱并不会因为散居各地而发生变化。)燕子天天来问他有没有信要送。

他很快活,至今还笔挺地站在那儿,身子只顾往高里长。

(1921年12月28日写毕)

名师赏析
Mingshi Shangxi

渴望自由飞翔的梧桐子最终还是违背了母亲的心愿，义无反顾地出发了。虽然这一路上他经历过恐惧和害怕，经历过犹豫和后悔，甚至经历过绝望，但最终他都坚持下来了，不仅把自己锻炼得更加勇敢坚强，还成为一棵能为别人遮风挡雨的大树。其实，没有哪个孩子可以在父母的庇护下过一辈子，他们最终都要为了心中的理想去寻找自己的生活。只有勇敢地向前迈步，勇敢地面对困难并战胜困难，柔弱的孩子才有可能生根发芽，并最终长成坚不可摧的参天大树。

● 好词好句

和蔼　稀稀朗朗　迷迷糊糊　懊悔　自由自在　挺拔

他们穿着碧绿的新衣，都站在窗沿上游戏。周围张着绿绸似的帷幕。一阵风吹来，绿绸似的帷幕飘动起来，像幽静的庭院。从帷幕的缝里，他们可以看见深蓝的天，看见天空中飞过的鸟儿，看见像仙人的衣裳似的白云；晚上，他们可以看见永远笑嘻嘻的月亮，看见俏皮的眨着眼睛的星星，看见白玉的桥一般的银河，看见提着灯游行的萤火虫。

● 延伸思考

1. 梧桐子的妈妈不想让梧桐子独自去旅行，到底是对还是错呢？
2. 一路上，梧桐子共经历了几次转折？分别遇到了什么？
3. 你有没有勇气像梧桐子一样独自去一个地方冒险呢？

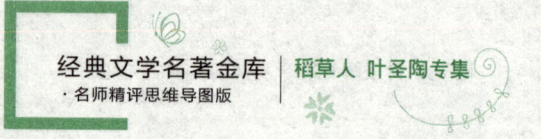

大嗓门

一处地方，有许多家工厂。工厂的屋顶上都竖起几个烟囱，又浓又黑的烟从烟囱里冒出来，好像魔鬼的头发，越拖越长，越长越乱。有时候，这一个魔鬼的头发和那一个魔鬼的头发纠缠在一起，解也解不开了。街上的孩子都喊道："你们看，魔鬼打架了。"好容易来了一个和事老，含着一口和平的气轻轻地对它们吹，它们的头发才慢慢地解开。（用比喻的手法将浓烟舞动的形态表现得惟妙惟肖，极富想象力，也从侧面反映了工厂的繁忙。）

工厂还有一支汽笛，家家都有。他的职司是专门张着嘴喊，十里以内都能听见，所以大家管他叫"大嗓门"。早上天还没有亮，他尽他的职，呜呜地叫唤起来。许多男的女的老的少的听见了，就三脚两步赶到工厂里去。晚上天黑以后，他又尽他的职，又呜呜地叫喊。许多男的女的老的少的，才从工厂里出来，没精打采地走回家去。（在这段描写中，大嗓门是一个非常尽职的正面形象，这与后文中令人讨厌的反面形象形成了鲜明对比。）大家都说："大嗓门一叫唤，咱们就不能不听从呀。他一叫唤，咱们不能不赶快跑到工厂里去；等到他再叫唤，咱们才可以回家。要是他不叫唤，咱们休想随便出进，工厂的大门关着，怎么进得去呢？怎么出得来呢？"

一个婴儿，他身子贴在母亲怀里，小嘴衔着母亲的奶头。他睡在床上，多么温暖，多么舒服。吸着甜蜜的奶汁，他睡得很甜蜜。"呜呜呜……"大嗓门在叫唤了。婴儿嘴里的乳头不见了。他伸出小手到处摸，越来越冷，于是哭起来了。哭到太阳来探望他的时候，他四处寻找，哪里有母亲的影子呢。

这样的事儿，婴儿天天遇到。他留心察看，母亲的奶头到底什么时候逃走的。他察看出来了，只听得大嗓门呜呜地一声叫唤，母亲的奶头就逃走了。他想："大嗓门要是不叫唤，母亲的奶头一定不会逃走了。得跟大嗓门去商量，请他不要再叫唤，那就好了。"（这段对婴儿的心理描写构思奇妙，富有想象力。）想停当了，他就去找大嗓门。

一个女郎，她跟一个少年很要好，每天夜里睡在一起，他们互相拥抱着，心里充满了快乐。"呜呜呜……"大嗓门在叫唤了，女郎身边的少年不见了。这时候还四面漆黑，她两只手满床乱摸，哪儿有她心爱的少年呢？她觉得非常寂寞，呜呜咽咽地哭了。哭到起早的鸟儿唱着歌儿来安慰她的时候，她找遍了屋里，又找遍了田野和山林，哪里有少年的影子呢？

这样的事儿，女郎天天遇到。她留心察看，少年到底什么时候失去的。她察看出来了，只听得大嗓门呜呜地一声叫唤，怀里的少年又溜掉了。她想："大嗓门要是不叫喊，少年一定不会失去的。得跟大嗓门去商量，请他不要再叫唤，那就好了。"想停当了，她就去找大嗓门。

还有一个眼睛瞎了的老婆婆，她跟她老伴睡在一起。年纪大了，夜里常常要醒，她就跟老伴聊天，不觉得冷清。老伴讲外边的景致给她听，什么地方的树绿了，什么地方的花开了，她好像眼睛没瞎一个样，什么都能看见。"呜呜呜……"大嗓门在叫唤了。老伴的声音忽然听不见了。她以为老伴睡着了，提高了嗓门喊，叫他醒一醒。可是哪里有回音呢？她很害怕，觉得夜特别长。瞎了的眼睛虽然没有多少眼泪，也一滴一滴流个不停。追赶麻雀的孩子们闯进屋里来了，她才停住了哭，请孩子们帮她找一找，她的老伴躲在哪里。孩子们连地板缝都找遍了，哪里有她的老伴呢？

这样的事儿，老婆婆天天遇到。她留心觉察，老伴到底是什么时候溜走的。她觉察出来了，只听得大嗓门呜呜地一声叫唤，老伴就急急忙忙溜走了。老婆婆想："大嗓门要是不叫唤，老伴一定不会溜走的。得跟大嗓门去商量，请他不要叫唤，那就好了。"想停当了，她就去找大嗓门。

婴儿、女郎和老婆婆走在一条路上。他们都说是去找大嗓门的，就手拉着手，结伴同行，一边走一边说话。

［婴儿说："我不敢睡熟，只怕母亲的奶头逃走，紧紧地含住不放，但是办不到。想来大嗓门一定有什么糖呀花生呀在逗引我的母亲。要不，为什么他一叫唤母亲就走了呢？他把我的母亲叫走了，我可苦了。我得跟他商量去。"

女郎说："我那少年爱着我呢，他无时无刻不想我。他说只有我在他身边，他才能好好地休息。为什么不能让他跟我在一起多休息一会儿呢？大嗓门一叫唤，他就像掉了魂似的，急急忙忙走了。想来大嗓门一定有什么魔法，要不我那少年怎么肯离开我呢？我也得跟大嗓门商量去。"

瞎了眼睛的老婆婆说："我睡不着，我的老伴也睡不着。两个人谈谈说说，夜就过得快一点儿。可是他老说到半中间就匆匆忙忙溜走了。等我唤他，他已经跑出好几里路去了。想来大嗓门有老酒请他去喝吧。要不，他怎么肯扔下我走呢？我眼睛瞎了，一个人待在家里很害怕。我得跟大嗓门商量去。"］❶

三个人一边走一边说，不知不觉来到大嗓门脚下。[大嗓门站得很高很高，差不多跟烟囱一样高，张开了大嘴向着天，等时刻一到他就叫唤，他非常尽责。]❷

婴儿抬头一看，先就胆小了，这样高，怎么能上去跟他说话呢？瞎了眼睛的老婆婆只是叫苦，她从来没练过跳高。[幸亏姑娘的身子又轻又灵活，她一手抱起婴儿，一手拉着老婆婆，像云一样飘了起来。一点儿不费事，三个人一同来到大嗓门跟前。]❸

三个人把自己的心愿都说给大嗓门听了，最后一同说："请您从此闭嘴吧，不要再呜呜呜地叫唤了。我们不愿意失掉我们离不开的人。"

大嗓门听了他们的话，觉得他们真是可怜。他笑着说："我的嘴一直是张着的，不能听了你们的要求，就闭拢来。我先前不知道我一叫唤，就把你们害苦了。听了你们的话，我以后不愿意再尽我的职了，我不叫唤了，你们放心回去吧。"（这段话表现了大嗓门的善良，以及知错就改的美德。）

三个人听大嗓门这样说，都高兴极了，反而觉得不大可信，一同问："您说的是真的吗？"

"哪能骗你们，"大嗓门说，"以后每天天大亮了，母亲的奶头还在你小弟弟的嘴里，

名师导读

❶ 三个人虽然都认为是大嗓门在捣乱，但各有各的解释：婴儿认为大嗓门拿好吃的逗引妈妈，女郎认为大嗓门在使魔法，而老婆婆却认为大嗓门是请老伴儿去喝酒。每个人的想法都非常符合人物身份，性格鲜明。
（语言描写）

❷ 对大嗓门的外貌描写，刻画出一个威严、挺拔、尽职尽责的工人形象。
（外貌描写）

❸ 正当读者为怎么爬上那么高的地方而苦恼时，作者却让三个人像云一样飘起来了。这样的奇思妙想，为文章增添了很多美妙的童话色彩，使文章更富趣味。

少年还在你姑娘的怀里，老伴还在你老太太的身边。放心回去吧，我的小弟弟，我的好姑娘，我的老太太。"

婴儿跟大嗓门亲了个嘴，女郎绕着大嗓门跳了一会儿舞，老婆婆跟大嗓门握了握手。他们十分感谢大嗓门，高高兴兴回去了。他们一路走一路唱：

我要喝甜蜜的奶汁，

睡在母亲的怀里。

我要永远这样，

现在有希望了。

我要每天夜晚抱着少年，

让他在我的怀里休息。

我要永远这样。

现在有希望了。

我要老伴伴着我，

在无论什么时候。

我要永远这样，

现在有希望了。

天亮了，太阳照着大嗓门的张大的嘴，大嗓门默默地不作一声。走过的人们对他说："你失职了。你还没有叫唤呢，赶快叫唤吧！"

大嗓门张开大嘴向着天，不理睬他们。那魔鬼的头发被剪断了，烟囱里不再冒出烟来，它们不能再玩儿打架的把戏了。（与前文魔鬼打架的情节形成鲜明对比，表明工厂已经停业了。）

婴儿含着母亲的乳头，靠在母亲的怀里，睡得很香甜，小脸儿上全是笑意。

女郎抱着她心爱的少年,一声不响,让他得到充分的休息。

瞎眼睛的老婆婆睡在她老伴身边,两个人有说有笑,像新娘子新郎官一样快乐。

大嗓门真个从此不叫唤了。

（1921年12月30日写毕 原题为《大喉咙》）

名师赏析 Mingshi Shangxi

对于工厂来说,大嗓门无疑是非常尽职的。早上天还没亮他就开始叫唤,晚上天黑以后他还要叫唤,他每天都很准时,从来也不休息。然而,他的尽职尽责却为其他人带来了麻烦和痛苦,对于他们来说,大嗓门就是一个讨厌的存在。所以,在生活中,我们在行使自己的权利的时候,不要伤害到别人的利益。而如果做了错事不及早醒悟,就会让这种伤害越来越大。

● 好词好句

三脚两步 没精打采 急急忙忙 无时无刻

工厂的屋顶上都竖起几个烟囱,又浓又黑的烟从烟囱里冒出来,好像魔鬼的头发,越拖越长,越长越乱。有时候,这一个魔鬼的头发和那一个魔鬼的头发纠缠在一起,解也解不开了。

● 延伸思考

1.大嗓门不工作了,虽然会让老婆婆他们开心,但会不会引出新问题呢?

2.你知道怎么样可以让大嗓门既能好好工作,又不会伤害到别人吗?

旅行家

在很远很远的一个星球上,住着一位大旅行家。土星,木星,天王星,海王星,他都游历过了,回家休息了一年,觉得太闷气,又想出门游历。他就提起提包,离开了家。到什么地方去呢?总要找个有趣的地方才好呀。听说地球上有许许多多人,那些人都很聪明,想出了种种聪明的办法,造成了种种聪明的器具,过着很好的生活。(这段对地球的描写连用三个"聪明",极力赞美地球人,为后文做铺垫。)他想,地球一定是个有趣的地方,不能不去看看。他就决定游历地球。

旅行家先寄了一封信到地球上,告诉地球上的人说,他要到地球游历。地球上的人立刻忙起来了,决定用最隆重的仪式来欢迎旅行家,因为他从很远很远的星球上来,是个应当尊敬的客人。他们决定在东海边上,搭起一座很大很大的牌楼,上面铺满了各种颜色的鲜花,衬着碧绿的树叶。这里就算地球的大门,让客人从这里进来。凡是能奏乐的都聚集在那里,组成了极大的乐队,等这位贵宾一到,就奏起最好听的曲子来。

旅行家乘了一艘又轻又快的飞艇,离开了他的星球,向地球前进。经过了不可估量的时间和空间,看到了不知多少星星的真面目,他才穿过云层,来到地球的大门前,东海边上。地球上欢迎的人一齐欢呼起来,乐队就奏起最好听的曲子,把东海的波涛声也给盖住了。牌楼上的花儿好像含着笑,还轻轻地抖动着,似乎花儿也知道,它们是来欢迎尊贵的客人的。（用拟人的手法将花儿赋予人的情感，寓情于景，写花儿欢迎客人，其实是从侧面反映了地球人对客人的热烈欢迎。）

旅行家非常快活，他想，地球上的确很有趣，这班人多么可亲可爱，又多么聪明。开过了欢迎大会，地球上的人把旅行家请进一家最讲究的旅馆。他们又推举出一个人来陪伴旅行家。这个人懂得地球上的一切事物，让旅行家在游历的时候可以随时询问。

吃饭的时候，旅行家吃的是最上等的菜。味道鲜美，分量又多，还没吃完，他的胃已经撑饱了；看看旁边陪他的人，还张大了嘴，不断地往下装。他想这一定有缘故，大概地球上好吃的东西生产得太多，不吃掉，地球上就没处存放了。所以他们尽量吃，把胃给撑大了。他没有受过这种训练，胃还很小，只好不再吃了，就站起来出去散步。陪伴他的人在后边跟着他。

出了旅馆，拐了两个弯，旅行家走进一条狭窄的小巷。两旁的人家也在吃饭。他们没有什么菜，摆在他们面前的只有一小碟子咸豆。（将穷人的饭菜和旅行家与陪伴的人所吃的饭菜作对比，深刻揭示了社会上的不平等，也加深了旅行家的疑惑，推动情节发展。）旅行家觉得有点儿奇怪，难道他们的胃特别小吗？难道他们不爱吃那些味道鲜美的菜吗？想来想去想不明白，他只好问了："咱们刚才吃的东西那么多，味道那么好，为什么他们只吃一小碟子咸豆呢？"

陪伴的人脸上露出惊奇的神色。他想，这个从遥远的星球上来的客人真有点儿傻气，但是一想到他终究是一位贵宾，（这段心理描写揭露了陪伴的人的虚伪。）就恭恭敬敬地回答说："他们跟我们不同。你初来这儿，自然不明白，住在这条小巷子里的人都很穷。"

"什么叫做'穷'？穷了就只要吃一小碟子咸豆就够了？想来穷就

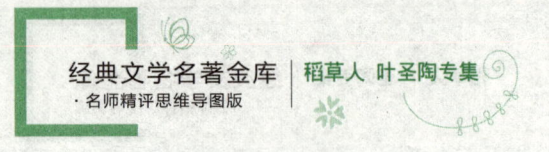

是胃长得特别小的意思吧？"

"不，不。穷就是没有钱。在我们地球上，有了钱才能换东西。穷人没有钱，即使有，也很少，他们只能换到很少的质地很差的东西。"

"我更不明白了，钱又是什么东西呢？"

陪伴的人从口袋里掏出一个金元来，给旅行家看。旅行家接过金元，看了这一面，又看那一面，翻过来又翻过去。（对于生活中常见的货币，旅行家却要翻来覆去地看，这段动作描写既表现了旅行家对新事物的疑惑和好奇，也很符合他的外星人身份。）这确实是个可爱的玩意儿，又光亮又轻巧，但是他有点儿不相信。

"这是小孩玩儿的东西，真有趣。可是我不信，用这个可以换别的东西。"

"你不信，我换给你看。你想要什么东西？"

旅行家想了想，别的都用不着，乘了这么一趟飞艇，汗衫有点儿脏了，得换一件了。他就说："我现在需要一件汗衫。"

陪伴的人带着他走出狭窄的小巷子，来到繁华的大街上。在一家商店里，陪伴的人把金元交给商店里的人，商店里的人就拿出一件漂亮的汗衫来。

陪伴的人说："您看，汗衫不就换来了吗？这是我们地球上最有名的汗衫，用中国出产的蚕丝织的，您看多么轻，多么软，拿在手里几乎没有分量，可以一把捏在手心里。穿在身上，光彩华丽，妙不可言。"

这件汗衫实在好，旅行家看了心里自然欢喜。但是他立刻又产生了怀疑，因为他看到对面来了一个人，拉着一辆大货车。弯着腰，身子成了钩子似的，走一步停一步。这个人穿着一件破衣服，不但汗透了，还沾满了尘土。（这段外貌描写勾勒出一个辛苦劳作的穷人形象。）旅行家就问:"这个人的衣服脏成这个样子,为什么不去换一件新的呢?"

陪伴的人说:"他也是个穷人,哪里有钱去换漂亮的汗衫呢?"

旅行家又问:"我还是弄不明白,为什么东西一定要用钱去换?谁需要什么,爽爽快快地拣来就用,不是很方便吗?"

"我们地球上向来是这样的,我也不知道究竟为了什么。总之,没有钱就不能拿一丁点儿东西。"

"要是拿了呢?"

"不给钱拿人家的东西,就成了强盗,成了贼,就有官吏把他们关起来。关强盗和贼的地方叫做监牢。(在叙事中插入一段简洁说明,让读者大致理解了强盗和监牢的来历。)我们地球上有许多监牢,里面关了很多强盗和贼。过些天,我可以带您去参观。"

"把他们关起来,不是很费事吗?他们被关在里边,不能自由活动,不是很痛苦吗?你们为什么不给他们一些钱,让他们去换他们需要的东西呢?这样一来,官吏也用不着了,监牢也用不着了,不是省了许多事儿吗?"

"各人的钱,各人自己用,谁也不愿意白白地送给别人。刚才我给您换汗衫的钱,不是我自己的,是公家供给的,因为您是我们的贵宾。您吃饭,住旅馆,还有您需要的一切东西,都由公家付钱,因为您是我们的贵宾。"

"这又是什么缘故呢?谁有多余的钱,分一点给没有钱的人,让他们也能换到需要的东西,岂不大家都很舒服了吗?"

陪伴的人忍不住笑了,他说:"谁的钱有多余,不是可以留在那儿,等到要用的时候用吗?何必白白地分给别人呢?你对我们地球上的情形真个弄不明白吗?"

"原来是这样,我明白了。"

陪伴的人带着旅行家继续往前走。有一家商店,放满了大大小小的各式各样的箱子。旅行家又问:"这是什么东西?是拿来玩的,还是有什么用处?"

"用处可大哩!一切有用的东西都可以藏在里面。"

"我又不明白了。你方才说,需要什么东西可以用钱去换,那么只要有了钱就好了,要用什么都可以立刻换到,何必要把东西收藏起来呢?"

"你又不了解我们地球上的人的想法了。现在不用的东西,收藏在箱子里,等到要用的时候拿出来用,不就把钱省下来了吗?〔即使自己不用,可以留给子孙用,省下的钱,也可以留给子孙买别的东西。〕❶这就是要把东西收藏起来的道理。"

旅行家点点头,懂了。但是他的心情不像来到地球之前那样高兴了。他想,地球上的情形并不十分有趣,传说未免有点儿靠不住,看起来地球上的人不见得很聪明,要不,〔他们怎么想出用钱来换东西的笨法子来呢?怎么会为了收藏东西,造出箱子这样的笨家伙来呢?为什么有的人可以吃得胃发胀,大多数人只能吃一小碟子咸豆呢?为什么有的人可以穿上中国蚕丝织的汗衫,大多数只能穿又破又脏的衣服呢?〕❷他越想越乏味,没有兴致再参观了,恨不得立刻乘上飞艇,回到自己的星球上去。

但是他又想,地球上的人待他很好,口口声声称他为"贵宾",要是能够想点儿办法帮助他们,也好报答他们的好意。他就到处去考察,把地球上的情形全弄明白了,才回到自己的星球去,临走的时候,他说:"我还要到地球来的。谢谢你们盛情接待我,我再来的时候,要带一件很好的礼物来送给你们。"(旅行家的话为下面的故事埋下了伏笔，引起读者的兴趣。）

果然没隔多久，旅行家又来了，仍旧乘了飞艇来的。东海边上，地球的大门口，欢呼的声音，奏乐的声音，比前一回更加热烈。大家都要看一看旅行家带来的是什么礼物，欢迎的人多得站也站不了，有的几乎被挤到海里去。

旅行家把礼物拿出来了，是一张机器的图样。他对欢迎他的人说："我教你们造一种机器，这种机器可以耕田种地，还可以制造各种器具。造起来很容易，使用又很方便。你们愿意试一试吗？"

"愿意！愿意！"大家喊起来，声音像潮水一个样。

旅行家来到铁工厂里，教工人照他的图样造成了许多架机器；他让地球上的人把这些机器安放在田里，安放在市场里。大家争先恐后，要看一看旅行家的机器是怎么使用的，田里市场里都挤满了人。

[旅行家把谷种放在机器里，一按机关，这机器就飞快地开动了，不到半分钟，一亩田就播上了种。他又按另一个机关，这机器就开进树林，不到半分钟，就制造出许多精致的桌子椅子。]❸

旅行家对大家说："不论要它做什么事，

名师导读

❶ 这段话表明，人们的财富除了供自己享受，通常还会为子孙后代打算。所以，虽然人的生命有限，但很多人追求财富的欲望却是无限的。
（语言描写）

❷ 这一连串的疑问表现了旅行家的种种困惑，地球人那些自以为是的"聪明"办法在旅行家看来不过都是"笨"办法，这与文章开头时对地球人的评价形成了鲜明对比。
（对比烘托）

❸ 神奇的机器体现了作者丰富的想象力，令读者大开眼界，迫不及待地想要看到更多关于机器的奇迹。

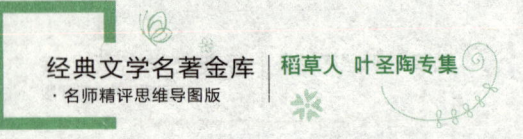

制造什么东西，都是这个样子。"

大家看呆了，好像见了魔术师一个样。

一个乡下姑娘拿着一绞丝，她想，机器一定能把我的丝制成一件美丽的衣服。她向旅行家提出了她的要求。旅行家把丝放在机器里，按了另一个机关，一件美丽的衣服立刻制成了，又轻又软，光彩鲜艳，跟用中国蚕丝织的没有什么两样。乡下姑娘自然快活非常，大家跟她一个样，也嘻嘻哈哈地笑起来。他们只顾唱：

咱们的新生活来到了！

咱们的新生活来到了！

旅行家跟大家讲，要机器做什么，就按哪一个机关。大家都学会了。

需要钢琴的女郎走到机器旁边，一按机关，就得到了一架钢琴。她用钢琴弹了一支优美的曲子。

需要漂亮衣服的少年走到机器旁边，一按机关，就得到了一套漂亮的衣服。他穿上衣服就去游山玩水了。

需要美味的食品的老爷爷走到机器旁边，一按机关，就得到了一份美味食品，自己去享用了。

需要好玩儿的玩具的小妹妹，走到机器旁边，一按机关，就得到了好些玩具，自己去玩儿了。（作者用一组排比句表现了机器的无所不能，表现了拥有新生活的人们都洋溢着幸福和满足。）

随便什么人走到机器旁边，只要按一下机关，都能得到他们需要的东西。

地球上的人渐渐忘记了换东西用的钱，忘记了收藏东西用的箱子了。

（1922年1月4日写毕）

名师赏析

作者通过旅行家的视角,为我们讲述了当时社会上富人和穷人之间存在的巨大差距。在旅行家看来,钱是所有问题的根本,只有当大家都不需要用钱时,这些问题才能从根本上解决。于是,旅行家用一种神奇的机器让钱彻底失去了作用,最终让地球上的富人和穷人融为一体了。当然,这只是作者的一种美好的想象。虽然人人都向往这样的生活,但现实中根本不会有这样神奇的机器,人们也无法离开钱而生活。因为我们的生活需要一个好的社会秩序,而钱也是平衡社会秩序的一种工具。金钱只是一种工具,我们要正确看待金钱。也许,当有一天我们地球的文明能发展到旅行家所在星球的水平的时候,我们就真的不需要钱了。

●好词好句

游历 不可估量 可亲可爱 恭恭敬敬 妙不可言

牌楼上的花儿好像含着笑,还轻轻地抖动着,似乎花儿也知道,它们是来欢迎尊贵的客人的。

●延伸思考

1.你知道货币是怎么产生的吗?它到底有什么作用呢?

2.地球上为什么会有富人和穷人?说说你的看法。

3.你觉得地球人到底是聪明还是笨呢?请举例说明。

富翁

有一处地方，孩子还睡在摇篮里，长辈就要教训他们说："孩子，你们要克勤克俭过日子，专心一意想法子弄到钱。钱越多越好，装满你的钱袋，装满你的箱子，装满你的仓库，你就成为富翁了。世界上最尊贵的是富翁，他们有一切的权力。世界上最舒坦的也是富翁，他们什么事都不必做，需要什么，花钱去买就是了。（简单两句话就点出了人们对于富翁的片面理解，也反映了人们对于成为富翁的渴望。）孩子，你开头要勤俭，待你成了富翁，你就有福了！"凡是拿这一番话来教训孩子的，大家一致称赞，说是好长辈。

孩子们从开始啼哭开始吃奶的时候起就接受这样的教训，所以他们都信奉这样的教训，遵照教训实行非常坚决，也非常顺当，就跟饿了一定要吃饭渴了一定要喝水一个样儿。（把遵照教训比喻成吃饭喝水，表明这种思想已经在孩子们的头脑中根深蒂固了。）所以在那个地方，富翁就非常之多。那些富翁回想起长辈的教训，觉得实在有道理，眼前的事实证明，一切权力都掌握在他们手里了：他们要又高又大的房子，自然有人来给他们造；他们想到哪儿去，自然有人抬着轿子拉着车子把他们送去。他们什么事都不用做，只要花几个钱，想吃什么就吃什么，想穿什么就穿什么，想怎样玩儿就怎样玩儿。他们尊贵到极点，舒坦到极点，一天到晚嘻嘻哈哈，过着幸福的生活。他们聚集在一起，互相称作同伴。他们笑脸对着笑脸，笑口对着笑口，今天跳舞，明天聚餐，快乐得似痴如醉，时常齐声高唱快乐的歌：

哈哈哈，咱们都有钱！

哈哈哈，快活如神仙！

有钱什么不用干，

逍遥自在多清闲。

有钱什么都能买，

极乐世界在眼前。

咱们是富翁，咱们都有钱！

哈哈哈，咱们快活如神仙！

富翁什么事儿也不用干，他们要吃什么穿什么用什么，只要拿出钱去就成。生产那一切东西，自然都由还没有成为富翁的人担任。那些还没有成为富翁的人整天辛辛苦苦工作，他们望着富翁，羡慕得不得了。他们想："富翁的确尊贵，的确舒坦，我还得加倍努力，尽快赶上他们的地位！"他们躺在摇篮里的时候，长辈就是这样教训他们的。所以他们认为，富翁过的就是好日子，只有成了富翁，他们才能过上好日子。

有一天，一个石匠为了给富翁造房子，到山里去开石头，忽然发现了一个非常之大的宝库，有几百亩宽，几百丈深，全是黄澄澄的金子。他快活极了，心想这样的好运道竟让他给碰上了，谁能料到成为富翁就在今天！他赶紧跑回去，召唤全家老幼，力气大的挑箩筐，力气小的提篮子，一同到山里去采掘金子。从清早直忙到天黑，全家老小都累坏了，算一算挖到的金子，已经超过了最富的富翁。（这段描写表现了石匠急不可耐的心情，以及全家人在面对黄金时显露出来的贪婪本性。）

石匠心里想："现在我是最富的富翁了。尊贵的舒坦的生活，从明天就

要开始。明天我就不用做工了，好不快活！"

第二天，石匠不再去采掘金子，因为他已经成了第一富翁了。消息传到别人的耳朵里，谁不知道这是成为富翁的最便当的方法。于是大家都放下自己的工作，全都扶老携幼到山里去采掘金子。大家顾不得疲乏，直到挖到的金子超过了第一富翁才肯停手。<u>大家都藏足了金子，都自以为是"第一富翁"，可是矿里的金子还只减少了十分之二三。</u>（侧面反映了金矿之大，也讽刺了人们对金钱的占有欲。）

才几天工夫，那个地方的人都成了富翁。富翁照例用不着做工，这是何等幸福呀！可是从来没有见过的奇怪的事儿发生了。那些新成为富翁的人想：自己既然成了富翁，不可不买几身华丽的衣服，把自己打扮成富翁的样子。他们就带着满口袋的金子去服装铺买衣服。[那些衣服是多么讲究呀，从前只能站在玻璃窗外边向里面看一两眼，如今可要迈着大步踱进去，随心所欲地挑选几身中意的绸袍缎褂，好不威风。]❶他们越想越得意，谁知道走到服装铺门口，服装铺歇业了，不再出卖衣服了。原来服装铺的老板也挖到了不少金子，新近成了富翁。他一家老小都穿上了本来预备出卖的华丽衣服，正打算唤来一班轿夫，全家人坐了轿子，去剧场看戏呢。

成了富翁，买不着富翁穿的衣服，大家心里都很失望；一连走了几家服装铺，情形都一样，老板都成了富翁，不愿意再做生意了。富翁们想，服装铺全歇业了，买现成衣服是没有希望了，不如到纺织厂去，剪些称心如意的好料子，让裁缝连夜给做。他们就一同奔向纺织厂。谁知道纺织厂门前静悄悄的，看门的人不知道哪里去了，往日轰隆轰隆的机器声也听不见了。高大的烟囱，向来一口一口地喷出浓烟，把天空都染黑了；现在却可以望见明净的天空，烟囱口上还歇着无数麻雀。他们买不着料子，只好去找裁缝商量，请他帮忙想办法，只要弄得到华丽的衣服，不论要多少金子，他们都愿意出。裁缝笑着说：["我跟你们一样，正想弄几身新衣服穿呢。至于金子，谁还稀罕它！我也成了富翁了，我的钱袋里箱子里仓库里，金子都装得满满的了。"]❷

到这个时候他们才相信，华丽的衣服是穿不成了。成了富翁，不能打扮得像个富翁，心里当然不痛快。[可是满钱袋满箱子满仓库都是黄澄澄的金子，看着也可爱，他们都安慰自己说："新衣服虽然穿不成，可是咱们有这么多金子，究竟都成为富翁了。"]❸

他们完全没有料到，更加严重的恐慌跟着来到，使所有的富翁不但再也笑不出来，连哭也没有力气哭了。他们家里积蓄的粮食不久就吃完了，照过去的惯例，只要带着一口袋钱到粮食店去买就是了。谁知道竟然有这样意想不到的事儿，粮食店的老板正带着金子，也要到别处去购买粮食，因为他家的粮食也吃完了。大家说："咱们一块儿走吧。"可是走了好几家粮食店，情形都一样。结伴同行的越来越多，他们带着很重的金子，走到东又走到西，大家喘着气，浑身冒汗，衣服湿透了，还没找到一家开业的粮食店。

名师导读 Mingshi Daodu

❶ 通过将人们成为富翁前的心态和成为富翁后的心态作对比，体现了人们成为富翁后的得意和骄傲。（对比烘托）

❷ 裁缝的这段话说明，富翁的心态都是一样的：他们不再想着工作，只关心如何用奢华的物质条件来衬托自己的富翁身份。（语言描写）

❸ 富翁的眼里只有金子，他们看不到即将到来的危机，只会自欺欺人地安慰自己，活在虚荣和幻想中，不能不说是愚昧至极。

忽然有个富翁说:"只有去找农夫!"大家听了好像大梦初醒,齐声喊起来:"是呀,去找农夫!粮食是农夫种出来的,咱们去找农夫,才真正找到了根本上,一定可以买到粮食了。咱们去吧!咱们快去吧!"大家喊着,两条腿都使劲奔跑,因为他们都相信,找到了农夫,粮食就到手了。

他们跑到乡间,找着了农夫,就对他说:"好农夫,我们要买粮食。不论多少金子,我们都愿意给,只要你说出个数目来。"

农夫笑了笑,摇摇头说:"我跟你们一样,正要找农夫买粮食呢。我如今不是农夫了,不种粮食了。我也是富翁,我有的是金子!"

农夫说完,就跟着大家一同走。要买粮食的人越聚越多,他们来来回回好几趟,仔仔细细地找,即使一支绣花针也该找到了,却找不到一个出卖粮食的农夫。

大家相信粮食是没有希望的了,不如去找点儿杂粮吧,肚子饿可不是耍的。(从华丽的衣裳到粮食,再到杂粮,富翁的要求越来越低。可见,在饥饿面前,任何人都无法逃脱这一考验,即使他拥有数不清的金子。)他们就四散地向田间奔去。在田亩间,直立的是玉蜀黍秆,贴着地面蔓生的是甘薯,栽种得没有一点儿空隙。可是农夫都成了富翁,他们有的是金子,都预备过尊贵的舒坦的生活,已经有好些天没去浇水锄草除虫了,那些杂粮枯的枯,烂的烂,蛀的蛀,再也找不到一点儿新鲜的可以充饥的东西了。大家这才真的着急了,泪珠像雨一般地往下掉。然而摸着口袋里又硬又凉又光滑的金子,他们忍住眼泪,勉强笑了笑,互相安慰说:"虽然找不到粮食,虽然肚子饿得难受,但是咱们有的是金子,咱们到底都成了富翁了。"所有的富翁都饿得不成样子了。他们头枕着装满金子的口袋,手里拿着小块的金子想送进嘴里去啃,可是他们全身一点劲儿也没有，再也不能动弹了。他们的喉咙里却还能发出又轻又细的蚊子般的声音，他们还在念诵自幼听惯的长辈的教训："待你成了富翁，你就有福了！"（这些富翁不仅没有享到福，还落得个饿死的下场，如此巨大的反差对于长辈的教训来说，真是个极大的讽刺。）

（1922年1月9日写毕）

名师赏析

有的人梦想成为富翁，因为在他们看来，只有富翁才可以过上真正幸福的生活，金钱是衡量幸福的唯一标准。然而，金钱虽然非常重要，但并不是万能的。对于本文中面临绝境的富翁而言，任何一口杂粮都要比他们所有的财富宝贵得多。那些富翁之所以到死都没有认清自己的错误，归根究底，是因为他们从小被灌输"长辈的教训"，人云亦云，随波逐流，忘记了自己的思考，根本不懂生命的真正意义。

● 写作借鉴

本文采用反讽的手法，并不直接写"人人都想成为富翁"的想法多么可笑，而是反其道而行，描绘了"人人都能成为富翁"的现象。通过对这一现象所带来的问题和危机的描述，间接批判了"人人都能成为富翁"是一个不切实际、非常荒谬的想法，说明金钱并不会给人带来真正的幸福。这样的强调效果，发人深思，耐人寻味。

● 延伸思考

为什么大家都争先恐后地去山里采金子？

鲤鱼的遇险

清澈见底的小河是鲤鱼们的家。白天，金粉似的太阳光洒在河面上，又细又软的波纹好像一层薄薄的轻纱。在这层轻纱下面，鲤鱼们过着十分安逸的日子。夜晚，湛蓝的天空笼罩着河面，小河里的一切都睡着了。鲤鱼们也睡着了，连梦儿也十分甜蜜，有银盘似的月亮和宝石似的星星在天空里守着它们。

鲤鱼们从来没遇到过可怕的事儿，它们不懂得害怕，不懂得防备，不懂得逃避。它们慢慢地游来游去，非常轻松，非常快活。有时候大家争夺一片浮萍，都划动鳍，甩动尾巴往上蹿，抢在头里那一条衔住浮萍，掉头往河底一钻；别的鲤鱼都头碰在一起，"泼剌"一声，河面上掀起一朵浪花。一会儿，声音息了，浪花散了，河面又恢复了平静。（对鲤鱼们争夺浮萍的场面描写，表现了它们生活的轻松和快乐。）鲤鱼过的就是这样平静的生活。如果你站在岸上，一定不会觉察它们，就跟河里没有它们一个样。

鲤鱼的好朋友是雪白的天鹅和五彩的鸳鸯。它们都能游水，像小船一样浮在河面上。每年秋天，它们从北方飞来，来到小河里探望鲤鱼们，把它们的有趣的旅行讲给鲤鱼们听。鲤鱼们把它们新学会的舞蹈演给天鹅和鸳鸯看。它们高兴极了，每天的生活都是新鲜的，都有非常浓的趣味。因此鲤鱼们都抱着一种信念：凡是太阳月亮和星星照到的地方，都跟它们的小河一样平静，都有要好的朋友，都有新鲜的生活，都充满着非常浓的趣味。（这段心理描写表现了鲤鱼们的天真和善良，与后文它们心态的转变形成了强烈对比。）

大鲤鱼把它的信念告诉小鲤鱼，鲤鱼哥哥也这样告诉鲤鱼弟弟，鲤鱼姊姊也这样告诉鲤鱼妹妹。大家都说："这话不错，咱们这条河的确如此。咱们这条河有太阳月亮星星照着，因而可以相信，凡是太阳月亮星星照到的地方，都跟咱们这条河一个样。世界多么快活呀！咱们真幸福，生活在这样快活的世界上。"这几句话差不多成了鲤鱼赞美世界的歌儿了。每当太阳快落下去，微风轻轻吹过，河面上好像天国一般的时候，每当月亮才升起来，星星照耀，朦胧的夜色好像仙境一般的时候，鲤鱼们就唱起这首赞美的歌儿来，庆祝它们的幸福生活。

这一天跟平常没有什么两样，河面上来了一条小船。鲤鱼们一点儿不奇怪，常常有孩子们的游船在这里经过。那些男孩子女孩子看见了鲤鱼们，总要把美丽的小脸靠在船舷上，挥着小手招呼它们，带着笑说："鲤鱼们，快来快来，给你们馒头吃，给你们饼干吃。好吃的东西多着呢，鲤鱼们，快来快来！"鲤鱼们就游到水面上来，和男孩子女孩子一同玩儿。（这段插叙表现了鲤鱼生活的地方并不是与世隔绝，它们也曾经同人类一起玩耍，这也就说明了，为什么鲤鱼们看到陌生人时并不害怕。）

鲤鱼们看到小船，以为孩子们又来了。照旧快快活活地游到水面上来。可是这一回，小船上没有男孩子也没有女孩子；摇橹的是一个从来没见过的人，船舷上歇着十几只黑色的鸬鹚，正仰起脑袋望天呢。鲤鱼们想，鸬鹚虽然不是老朋友，可是鸬鹚的同类——鸳鸯和天鹅都是我们最要好的朋友，咱们跟鸬鹚一定也可以成为朋友的；朋友们第一次经过这里，理当好好儿款待。

鲤鱼们这样想着，就用欢迎的口气说："不相识的朋友们，你们难得到这里来，歇一会儿再走吧。我们跟天鹅和鸳鸯都是老朋友，我们相信，你们不久也会成为我们的老朋友的。未来的老朋友，请到水面上来谈谈心吧，不要老歇在船舷上。"鲤鱼的邀请是非常恳切的，它们都仰着脸，等候客人们下水。

船舷上的鸬鹚不再看天了。它们听见了鲤鱼们的邀请，向河里看了看，都扑着翅膀，"扑通……扑通……"跳下水来。看见鲤鱼，它们就一口衔住，跳上船去，吐在一只木桶里。（"看""扑""跳""衔""跳""吐"，这一系列的动作描写将鸬鹚捕鱼的过程描绘得栩栩如生，反映了鸬鹚娴熟的捕鱼技巧。）十几只鸬鹚一忽儿上一忽儿下，小河上起了一阵从未有过的骚扰。鲤鱼们才感到害怕，才没命地逃，才钻进河底的烂泥里。那些突然变脸的陌生客人，把它们吓得浑身发抖。

不一会儿，小船摇走了，水声跟着水花一同消失了。吓坏了的鲤鱼们才悄悄地从烂泥里游出来。小河恢复了往日的平静，但是恐惧和忧虑充满了鲤鱼们的心。看着许多同伴被那些突然变脸的陌生客人给劫走了，大家忍不住流泪了。陌生朋友还会再来，还会把同伴劫走，谁都处在危险之中，而且时刻处在危险之中。谁想得到这些天鹅和鸳鸯的同类竟是强盗。世界上竟有这样叫人没法预料的事儿！鲤鱼们于是产生了一种新的信念：它们的小河现在变了，变得地狱一样可怕。凡是太阳月亮和星星照到的地方，看起来虽然又平静又美丽，实际上都跟它们住的小河一个样，都是可怕的地狱。（这段心理描写表现出鲤鱼们在遭遇巨大变故之后心态也发生了翻天覆地的变化。然而，不管是之前的想法还是现在的想法都是片面的，这反映了鲤鱼们从小生活在一个稳定而安逸的环境里，对世界的复杂缺乏足够的认识。）

大鲤鱼把这个新的信念告诉小鲤鱼，鲤鱼哥哥也这样告诉鲤鱼弟弟，鲤鱼姊姊也这样告诉鲤鱼妹妹。大家都说："这话不错，咱们这条河现在变了。不然，咱们这样恳切地欢迎客人，怎么客人反倒把咱们的同伴劫走了呢！咱们这条河也变了，说不定别的地方早就变了，整个世界早就变了。咱们造了什么孽，碰上了这个可怕的时代！"这几句话差不多成了鲤鱼追念过去的美好的生活的挽歌。

木桶里的鲤鱼们怎么样了呢？木桶里只有薄薄的一片水，鲤鱼们只能半边身子沾着水。它们被鸬鹚一口衔住就吓掉了魂，还不知道被扔进了木桶里。后来有几条醒过来了，觉得朝上的半边身子干得难受。它们只好用一只眼睛朝天看，看到的世界全变了样。它们划动鳍甩动尾巴，可是丝毫没有用，半边身子老贴着桶底。它们不知道今天怎么会弄成这个样子，也不知道如今到了什么地方。它们能看到的只是木板的墙，还有跟自己一样躺着没法动弹的同伴。（这段心理描写描绘了鲤鱼们现在的危险处境，以及它们在这个陌生环境中的茫然不安。）它们互相问："你知道吗，咱们如今在什么地方？"

大家的回答全一样："我也不明白。我只看到木板的墙，只看到跟你一样动不了身子的同伴。"

"这真是个奇怪地方，"一条鲤鱼叹了口气说，"周围都是墙，又不给咱们足够的水。咱们连动一动身子也办不到，恐怕连性命都要保不住了。咱们再也回不了家，见不着咱们的同伴了。"

一条小鲤鱼闭了闭眼睛，它那只朝着天的眼睛又干又涩。它说："我还想不清楚，咱们怎么会到这个奇怪的地方来的！咱们不是做梦吧？"

一条细长的鲤鱼用尾巴拍了拍桶底，用干渴得发沙的声音说："我想起来了，你们难道都不记得了吗？咱们的小河上来了一条小船，船舷

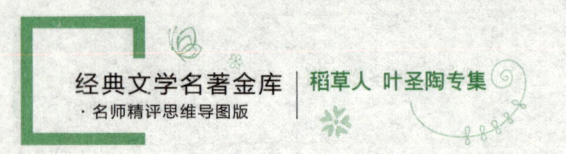

上歇着许多穿黑衣服的客人，跟天鹅和鸳鸯一样也长着翅膀。咱们不是还欢迎它们来着？它们就跳到水里来了。我分明记得一位客人看准我就是一口，后来怎么样，我就不清楚了。（从鲤鱼的角度再次描述了一遍鸬鹚捕鱼的过程，更加直观，再次渲染了这次事件的危险性。）［我想，一定是那些穿黑衣服的客人把咱们请到这儿来的。"］❶

那条小鲤鱼接嘴说："这样说来，咱们一定在做梦。天下哪会有这样的事儿，咱们欢迎客人，客人却把咱们送到这样的鬼地方来了。"

另外一条鲤鱼悲哀地说："不管做梦不做梦，咱们现在都干得难受。要挪动一下身子吧，鳍和尾巴都不管用。咱们总得想个办法，来解除咱们的痛苦。"

鲤鱼们于是想起办法来。有的说："只要打破这木板墙就成了！"有的说："只要从河里打点儿水来就成了！"有的说："咱们还是忍耐一下吧，痛苦也许就会过去。"办法提出了三个，可是三个办法都立刻让同伴们驳倒了。"身子都动弹不了，能打得破木板墙吗？""打点儿水来固然好，可是谁去打呢？""忍耐可不是办法。没有水，躺在这儿只有等死！"

大家再也想不出别的办法，只有躺着叹气，连划动鳍甩动尾巴的力气也没有了。贴着桶底的那只眼睛只看见一片黑暗，朝天的那只只能看到可恶的木板墙和可怜的命运相同的同伴。它们又谈论起来：

［"客人来到咱们家，咱们没有一次不是这样欢迎的。谁想得到这一回上了大当！"

"这不能怪咱们。那些穿黑衣服的强盗不是也长着翅膀吗？咱们以为它们跟天鹅鸳鸯一样和善，一样会接受咱们的好意。谁知道它们竟这样坏！"］❷

"把咱们留在这里，它们有什么好处呢？大家客客气气、亲亲热热，岂不好吗？"

"世界上会有这样的事，真是世界的耻辱！咱们先前赞美世界，说世界上充满了快乐。现在咱们懂得了，世界实在包含着悲哀和痛苦。咱们应当诅咒这个世界。"

"应当诅咒！不要说咱们只是小小的鲤鱼，不要说咱们的喉咙已经干得发沙了。咱们的声音一定能激励所有的狂风，把世界上的悲哀和痛苦一齐吹散。"

"对，对，咱们还有力气诅咒，咱们就诅咒吧！诅咒这木板墙，挡着咱们不让咱们看见外边的木板墙！诅咒那些穿黑衣服的强盗吧，不领受咱们的好意而欺骗咱们的强盗！咱们更要诅咒这个世界，诅咒这个有木板墙和黑衣服强盗的世界！"

〔它们一齐诅咒。诅咒的声音中含着叹息，含着极深的痛苦和悲哀。〕❸

不知过了多少时候，很奇怪，鲤鱼们的身上反而觉得潮润了点儿。难道那些强盗悔悟了，觉得自己做错了事，特地打了水来救助它们了？难道木板墙破了，外边的水渗进来了？大家正在议论纷纷，一条聪明的小鲤鱼看出来了。它说："强盗怎么会来救助咱们呢？木板

名师导读

❶ 一个"请"字，写出了直到现在鲤鱼们还没有认清陌生人的真实面目，还对它们抱有不切实际的幻想。说明了鲤鱼们都非常天真，非常单纯，对社会的险恶缺乏足够的认识。
（语言描写）

❷ 从鲤鱼们的对话中可以看出，它们终于开始醒悟了，它们终于从这次的遭遇中吸取了教训，对这个世界有了新的认识。
（语言描写）

❸ 面对强大的敌人，鲤鱼们想不出任何可行的办法，只能通过虚无的诅咒来发泄心中的愤怒，体现了鲤鱼们的软弱和无可奈何。

墙自己怎么会破呢？咱们还没干死，是咱们自己救了自己。大家没觉察吗，沾湿咱们的就是咱们自己的泪水呀！泪水从咱们的心底里，曲曲折折地流到咱们的眼睛里，一滴一滴流出来，千滴万滴，积在自己躺着的这个地方，沾湿了咱们的身子，挽救了咱们快要干死的性命！"

听小鲤鱼这样说，大家都立刻分辨出来了，沾湿自己的身子的确是自己的泪水，心里都激动极了。它们想，在这个应当诅咒的世界里，居然能够靠自己的泪水来挽救自己，这就不能说在这个世界里已经没有快乐的幼芽了。（作者借鲤鱼的想法告诉读者，不管面对怎样的绝境，都不应该放弃希望，即使你只能依靠自己的力量，也有可能创造奇迹。）这样一想，大家心就软了，泪水像泉水一样从它们的眼睛里涌出来。

说也奇怪，鲤鱼们可以活动了，本来只好侧着身子躺着，现在可以竖起身子来游了。木桶里的水越来越多，那水是从鲤鱼们心底里流出来的泪水。

鲤鱼们的泪水不停地流，流满了木桶，从木桶里溢出来，流在船舱里。不一会儿，船舱里的泪水也满了，木桶就浮了起来。小船稍稍一侧，木桶就汆到了小河上。（运用夸张的手法表现了鲤鱼们的泪水之多，从侧面反映了大家团结一致的力量之大。）

鲤鱼们有了水，起劲地游起来，可是游来游去，总让木板墙给挡住了。怎么办呢？有了水还得不到自由吗？一条鲤鱼使劲一跳，跳出了木板墙；四面一看，又细又软的波纹好像一层薄薄的轻纱，不就是可爱的家了吗？它快活极了，高兴地喊："你们跳呀，跳出可恶的木板墙就是咱们的家！我已经到了家了！"

大家听到呼唤，用尽所有的力气跳出了木板墙。木桶空了，浮在河面上不知漂到哪儿去了。

留在家里的鲤鱼们都来迎接遇难的同伴，流了许多激动的泪水。天鹅和鸳鸯恰好从北方飞来，好朋友相见，不免又流了许多激动的泪水。所以小河永远没有干涸的日子。（小河的水原来是大家用泪水灌溉的，这样的描述让小河多了几分温馨和感动，也说明只有所有人都相亲相爱、互帮互助，才能共同创造美好的生活。）

（1922年1月14日写毕）

名师赏析 Mingshi Shangxi

世界上没有任何地方是只有"善"而没有"恶"的，如果你总是把现实世界想得过于简单和美好，那么等待你的也许就是可怕的灾难。所以，对于我们生活的世界，你必须有一个理性而客观的认识，只有这样才能及时察觉危险，及时做出应对。此外，当你已经身处危险时，抱怨、诅咒、自暴自弃或者对敌人的幻想都是不切实际的，只有靠自己和大家的力量，才能真正渡过难关，获得胜利。

● **好词好句**

清澈见底　湛蓝　笼罩　朦胧　议论纷纷

● **延伸思考**

1.鲤鱼们为什么那么容易就被鸬鹚捉住呢？
2.经历了这一场风波之后，你觉得鲤鱼们又会怎样评价这个世界呢？

眼泪

在地球，在太阳、月亮和星星照到的地方，有一个人无休无歇地在寻找一件丢失的东西。他各处地方都找遍了：草根底下，排水沟里，在马路上飞扬的尘土中，从各个方向吹来的风中，他全都找过，但是全都没有他要寻找的东西。他叹息了，比松林的叹息还要悲哀："我要寻找的东西在哪里呢？到底在哪里呢？"（本文开头用了一大段篇幅来描述主人公在费尽心思地寻找东西，却偏偏不说找的是什么，给读者设置了一个很大的悬念，能充分调动读者的阅读兴趣。）

快活人听见了，走过来问他："你丢失了珍珠吗？为什么在草根底下寻找？你丢失了水银吗？为什么在排水沟里寻找？你丢失了贵重的丹砂吗？为什么在尘土中寻找？你丢失了异国的香粉吗？为什么向风中寻找？"

他摇摇头，又叹了一口气说："都不是，我没丢失那些东西。"

"那么你一定是个傻子，"快活人满脸堆着笑说，"除了那些东西，还有什么值得寻找的呢？你还是早点儿回家休息吧，不要为无关紧要的东西白费精神了。"

他回答说："我要找的不是什么无关紧要的东西，跟你所说的那些东西都不能相比。我天天寻找，各处都找遍了，还没找到一点儿踪影。我告诉你吧，我要找的是眼泪！"

快活人听了大笑起来，笑声连续不断，好容易才忍住了，对他说：

"眼泪？为了寻找眼泪，你弄得这样苦恼。我是从来不流眼泪的，也不知道眼泪是从身体的哪个部分流出来的。可是我见过一些痴呆的人，他们的眼眶里曾经流过眼泪。我可以告诉你，他们的眼泪滴在什么地方，好让你到那些地方去寻找。

"你要眼泪，可以到火车站到轮船码头去找。那些地方有许多男的女的老的少的，他们的心好像让什么给压着了。他们互相叮咛，话好像说不完似的，他们梦想每一秒钟都是无穷无尽的永久。他们手紧握着手，胳膊勾住胳膊，嘴唇凑着嘴唇，好像胶在一起。再也不能分开了。忽然'呜呜——'汽笛叫了，叮咛被打断了，梦想被惊醒了，胶在一起的不得不分开了。他们的眼泪就像泉水一般涌出来。我看了觉得非常可笑。你只要到那些地方去找，准能找到他们的眼泪。"

"我要找的不是那种眼泪，"他回答说，"那种爱恋的眼泪既然流了那么多，要找就不难了。如果我要那种眼泪，早就到火车站和轮船码头去了。"（眼泪居然还分种类？这实在匪夷所思。看到这儿，想必读者更想一探究竟，看看主人公到底想要什么样的眼泪。）

快活人点头说："你不要那种眼泪，那还有，你可以到摇篮里或者母亲的怀里去找。那些婴儿真好玩极了：嫩红的脸蛋儿，淡黄的头发又细又软，乌黑的眼球闪闪发亮……他们忽然'哇……'哭起来，一会儿又停住了。他们的眼泪虽然不及刚才说的那些人多，想来也可以满足你的要求了。你快去找吧。"

"我要找的也不是那种眼泪，"他回答说，"那种幼稚的眼泪差不多家家都有，没有什么难找的。如果我要那种眼泪，早就到摇篮里和母亲的怀里去找了。"

快活人说："婴儿的你也不要，还有呢，你可以到戏院的舞台上去

找。那里常常演一些悲剧给人们看，都根本没有那回事，编得又不合情理。演到女人死了丈夫，大将兵败自杀，或者男女相爱却不得不分离，演员们以为演到了最悲伤的时刻了，就大声哀号，或者低声啜泣。不管是真是假，他们既然哭了，我想多少总有几滴眼泪吧。你快到那里去找吧。"

"我要的更不是那种眼泪，"他回答说，"那种眼泪不是真诚的，而是虚假的。我要的眼泪，在戏院里是找不着的。"

快活人想不出话说了，睁大眼睛看了他好一会儿才问："你究竟要哪一种眼泪呢？我相信除了我说的，再没有别的眼泪了。你知道世界上还有别的眼泪吗？"

他回答说："有的，我确实知道世界上还有一种眼泪。那就是我要找的，同情的眼泪！"（经过前文的几番波折，主人公终于说出了他在找哪种眼泪。然而一个新的疑问又来了：同情的眼泪究竟是什么样的呢？）

快活人觉得奇怪极了，眯着眼睛想了一会儿，摇了摇头说："这不可能，什么'同情的眼泪'，我从来没听说过这个奇怪的名称。我想象不出谁会掉那种眼泪，也想象不出为什么要掉那种眼泪。你既然这样说，能不能把你知道的详详细细地告诉我呢？"

他说："你愿意知道，我自然愿意告诉你。同情的眼泪是为别人的痛苦而掉的，并不因为自己的愿望遭到了破灭；看别人受痛苦就像自己受到痛苦一个样，眼泪就自然而然掉下来了，并不像婴儿那样无缘无故地啼哭。这种眼泪是十分真挚的，没有一丝一毫虚情假意。至于谁会掉这种同情的眼泪，我不知道。所以我走遍了各处地方，留心观察所有的人的眼睛，看同情的眼泪到底丢失在哪里了。丢失的东西总可以找到的。所以我到处寻找，如果找到了就捡起来送还给他们。流这种眼泪的人，我相信一定有的，只是我还没遇到，所以我还不能休息，还要不停地寻找。"（主人公的这句自白体现了他对理想的执着追求，以及对于美好事物的坚定信念。）

快活人听了摇着头说："我真的不明白，谁要是掉这样的眼泪，不是比我告诉你的那些人更痴更呆了吗？人是最最聪明的，决不会痴呆到那种地步。我不信你的话。"

他很怜悯快活人，轻轻叹了口气，对快活人说："你就是丢失了这种眼泪的人！请你跟我一同去寻找吧，也许碰巧能把你丢失的东西找回来，那该多好呀！"

快活人觉得很不中听，对他说："我从来不掉眼泪，所以从来没丢失过眼泪。对于我来说，眼泪毫无用处。我不愿意跟着你去干这种毫无益处的事儿。再见吧，我要唱歌去了，跳舞去了，我要寻找的是快活！"

快活人转过身去走了，留下一串笑声，笑他愚蠢，笑他固执。

看着快活人越去越远，他又惋惜地叹了一口气，转身向人多的地方走去。

他来到一条马路边上。汽车呜呜地叫着，跑得比风还快。行路的人看前顾后，非常惊惶，只怕被汽车撞倒。运煤的大车慢吞吞的，拉车的骡子瘦得只剩下包在骨头上的一层皮，又脏又黑的毛全让汗水给沾湿了。它们好像就要跌倒了，还半闭着眼睛，一步挨一步地向前走。赶车的人脸上沾满了煤屑，眼睛仿佛睁不开似的，只露出红得可怕的嘴唇。人力车夫的胳膊像翅膀一般张开着，双手使劲按住车把，两条腿飞一样地奔跑，脚跟几乎踢着自己的屁股。风刮起一阵阵灰沙，扑向他们的鼻孔里嘴里。他们呼呼地喘着气，好像拉风箱似的；浑身的汗哪有工夫揩，只好由它洒在路上。（这一段细致入微的场面描写，呈现出马路上形形色色的人的生活状态。画面中透露出异常凄凉悲苦的气息，所以主

人公才会想来这里寻找同情的眼泪。)

他站在路边想,这里应当有同情的眼泪了。他仔细寻找,竟一滴也没找着。看那些行路的人,赶车的人,拉车的人,还有那骡子,他们的眼眶都不像掉过眼泪,甚至不像会掉眼泪似的。他失望了,离开了马路边上。

他来到一座会场门口。成千上万的人挨挨挤挤的,在那里等候一个人。他听旁边有人在谈论那个人的历史:那个人打过几回大仗,指挥他的军队杀死了无数敌兵,草地上,壕沟里,到处都是仰着的趴着的尸体。房屋毁坏了,花园荒废了,学校里没有读书声了,工厂里没有机器声了,因为都遭到了那个人的炮火的轰击。男人们少了胳膊断了腿;女人们有的伏在丈夫的坟上呼号,有的捧着儿子的照相哭泣:受的都是那个人的恩赐。现在仗打完了,那个人得胜归来,要从这里经过。

他站在门口想,这里应当有同情的眼泪了。正在这时候,那个人到了,所有的脸都现出异常敬慕的表情。大家跳跃起来,仿佛一群青蛙。欢呼的声音如同潮水一般,抛起来的帽子在空中飞舞。所有的人都如醉似狂,把那个人拥进会场。欢迎会就要开始,大家的脸上只有笑,只有兴奋,都不像掉过眼泪,甚至不像会掉眼泪似的。他失望了,离开了会场门口。

他来到一所大工厂里。无数男工女工在这里工作。机器的声音把他们的耳朵都震聋了,机油的气味塞满了他们的鼻孔。他们强打起精神,努力使自己的动作跟上机器的转动。他们的脸又白又瘦,跟死人差不了多少;有的趴在机器旁边,吃自己带来的粗劣的食物。几个女工对着食物发呆,她们正在想孩子留在家里不知哭成什么样儿了,忽然像从梦中惊觉似的,把食物草草吃完,又去做她们的工作。直到黄昏时分,工厂才放工。大街上很热闹，幸福的人正要去寻找各种娱乐。从工厂出来的工人杂在他们中间，显得很不调和。

他跟着工人一路走一路想，这里应当有同情的眼泪了。大街上的人正同河水一样，一个人就像一滴水，加了进去就一同向前流，谁也顾不上谁，彼此并未察觉。（将人比作水滴，将人群比作河流，既体现了个人的渺小，又反映了人们随波逐流的心态。）他们的眼眶都像一向干涸的枯井，从来不曾掉过眼泪，也很难预料今后会不会掉眼泪。他又失望了，离开了灯火辉煌的大街。

在城市里，他找来找去没找着同情的眼泪，心里又忧愁又烦闷，也就没有了主意，随着两条腿来到了乡间。

有一所草屋，前面一片空地，长着四五棵杨树。明亮的阳光照在杨树上，使绿叶显得格外鲜嫩。这家农户大概有什么喜事，正在准备酒席。一个妇人正在杨树底下宰鸡。竹笼子里关着十来只鸡，妇人从竹笼中取出一只，左手握住鸡的翅膀和冠子，右手拔去它脖子上的羽毛，拿起一把刀就把鸡的脖子割破了。那鸡两只脚挺了挺，想挣脱，可是怎么挣得脱呢？鲜红的血从伤口流出来，流在一个碗里。等血流完，妇人就把它扔在一旁，它略微扭了几扭，就不再动弹了。妇人已经从竹笼中取出了第二只鸡，拔去了脖子上的羽毛。

正在这时候。草屋里冲出一个孩子来，红红的面庞，转动着一双乌黑的眼珠。他跑到妇人身旁，看看地上刚被杀死的鸡。看看竹笼里受惊的鸡，再看妇人手里，那把刀已经挨着鸡的脖子。孩子再也受不了了，一把拉住妇人拿着刀的右手，喉间迸出哭声，眼泪成串地往下掉，就像泉水一个样。

寻找眼泪的人如同得到了宝贝一样，他高声喊起来："我找着了，

没想到竟在这里找着了！"他简直不敢相信，以为自己在梦中。可是这明明是真的眼泪，一颗一颗，仿佛明亮的珍珠。他走上前去，捧着双手，凑到孩子的眼睛跟前。不多一会儿，他的双手捧满了珍珠一般的眼泪。

他想："许多人丢失的东西，现在让我给找着了。把这同情的眼泪送还给他们是我的责任。"

他第一个要找的就是快活人，因为快活人不相信自己丢失了这样宝贵的一件东西，所以要先给快活人送去。他还要走遍各处，把这件宝贵的礼物——把同情的眼泪送给所有的人。他大概就要来到读者跟前了，请你们做好准备，领受他的礼物吧。

（1922年3月19日写毕）

名师赏析 Mingshi Shangxi

生活的磨难不仅夺走了很多人脸上的笑容，也夺走了他们的同情心。人们变得越来越麻木，越来越不愿意为别人流下同情的眼泪。最后，只有这个未经世事的小男孩还保持着一份最真挚、最深沉的同情心。虽然结果令人唏嘘，但是当主人公决定把这珍贵的眼泪送给每一个人时，希望便触手可及了。

● 好词好句

无关紧要 无穷无尽 惊惶 如醉似狂 粗劣

● 延伸思考

除了同情的眼泪，你觉得还有什么眼泪非常珍贵？

画眉

　　一个黄金的鸟笼里，养着一只画眉。明亮的阳光照在笼栏上，放出耀眼的光辉，赛过国王的宫殿。盛水的罐儿是碧玉做的，把里边的清水照得像雨后的荷塘。鸟食罐儿是玛瑙做的，颜色跟粟子一模一样。还有架在笼里的三根横棍，预备画眉站在上面的，是象牙做的。盖在顶上的笼罩，预备晚上罩在笼子外边的，是最细的丝织成的缎子做的。（这段细节描写浓墨重彩地刻画了鸟笼的尊贵华丽，从侧面反映出住在这个鸟笼里的鸟的珍贵。）

　　那画眉，全身的羽毛油光光的，一根不缺，也没一根不顺溜。这是因为它吃得讲究，每天还要洗两回澡。它舒服极了，每逢吃饱了，洗干净了，就在笼子里跳来跳去。跳累了，就站在象牙的横棍上歇一会儿，或者这一根，或者那一根。这时候，它用嘴刷刷这根羽毛，刷刷那根羽毛，接着，抖一抖身子，拍一拍翅膀，很灵敏地四外看一看，就又跳来跳去了。

　　它叫的声音温柔，婉转，花样多，能让听的人听得出了神，像喝酒喝到半醉的样子。养它的是个阔公子哥儿，爱它简直爱得要命。它喝的水，哥儿要亲自到山泉那儿去取，并且要过滤。吃的粟子，哥儿要亲手拣，粒粒要肥要圆，并且要用水洗过。哥儿为什么要这样费心呢？为什么要给画眉预备这样华丽的笼子呢？因为哥儿爱听画眉唱歌。只要画眉

一唱，哥儿就快活得没法说。

　　说到画眉呢，它也知道哥儿待它好，最爱听它唱歌，它就接连不断地唱歌给哥儿听。哪怕唱累了，还是唱。它不明白张开嘴叫几声有什么好听，猜不透哥儿是什么心。可是它知道，哥儿确是最爱听它唱，那就为哥儿唱吧。哥儿又常跟同伴的姊妹兄弟们说："我的画眉好极了，唱得太好听，你们来听听。"姊妹兄弟们来了，围着看，围着听，都很高兴，都说了很多赞美的话。画眉想："我实在觉不出来自己的叫声有什么好听，为什么他们也一样地爱听呢？"（心理描写表现了画眉并不知道歌声的真正意义和价值，为后文画眉心态的转变埋下伏笔。）但是这些人是哥儿约来的，应酬不好，哥儿就要伤心，那就为哥儿唱吧。

　　日子一天天过去，它的生活总是照常，样样都很好。它接连不断地唱，为哥儿，为哥儿的姊妹兄弟们，不过始终不明白自己唱的有什么意义，有什么趣味。

　　画眉很纳闷，总想找个机会弄明白。有一天，哥儿给它加食添水，忘记关笼门，就走开了。画眉走到笼门，往外望一望，一跳，就跳到外边，又一飞，就飞到屋顶上。它四外看看，新奇，美丽。[深蓝的天空，飘着小白帆似的云。葱绿的柳梢摇摇摆摆，不知谁家的院里，杏花开得像一团火。往远处看，山腰围着淡淡的烟，好像一个刚醒的人，还在睡眼蒙眬。]❶它越看越高兴，由这边跳到那边，又由那边跳到这边，然后站住，又看了老半天。

　　它的心飘起来了，忘了鸟笼，也忘了以前的生活，一兴奋，就飞起来，开始它也不知道是往哪里的远方飞。[它飞过绿的草原，飞过满盖黄沙的旷野。飞过波浪拍天的长江，飞过浊流滚滚的黄河，才想休息一会儿。]❷它收拢翅膀，往下落，正好落在一个大城市的城楼上。

下边是街市，行人，车马，拥拥挤挤，看得十分清楚。

稀奇的景象由远处过来了。街道上，一个人半躺在一个左右有两个轮子的木槽子里，另一个人在前边拉着飞跑。还不只一个，这一个刚过去，后边又过来一长串。画眉想："那些半躺在木槽子里的人大概没有腿吧？要不，为什么一定要旁人拉着才能走呢？"它就仔细看半躺在上边的人，原来下半身蒙着很精致的花毛毯，就在毛毯下边，露出擦得放光的最时兴的黑皮鞋。"那么，可见也是有腿了。为什么要别人拉着走呢？这样，一百个人里不就有五十个是废物了吗？"它越想越不明白。

"或者那些拉着别人跑的人以为这件事很有意思吧？"可是细看看又不对。那些人脸涨得通红，汗直往下滴，背上热气腾腾的，像刚揭开盖的蒸笼。身子斜向前，迈着大步，像正在逃命的鸵鸟，这只脚还没完全着地，那只脚早扔了出去。"为什么这样急呢？这是到哪里去呢？"画眉想不明白。[这时候，它看见半躺在上边的人用手往左一指，前边跑的人就立刻一顿，接着身子一扭，轮子，槽子，连上边半躺着的人，就一齐往左一转，又一直往前跑。]❸它明白了，"原来飞跑的人是为别人

名师导读 Mingshi Daodu

❶ 运用比喻和拟人的手法，将画眉眼中外面的景色描绘得如诗如画般美丽动人，反衬出以前生存环境的狭小和单调，也刻画出画眉此刻的兴奋和惊奇。（景物描写）

❷ 作者用一组排比刻画出画眉连续飞过草原、旷野、长江和黄河的情形，一路上从未停歇，夸张地表现了画眉获得自由之后难以抑制的兴奋和喜悦。

❸ 作者用"一指""一顿""一扭""一转"等词将整个转弯的过程描写得生动流畅，使人如临其境，也表现了拉车人的技术娴熟。

跑。难怪他们没有笑容，也不唱赞美跑的歌，因为他们并不觉得跑是有意义有趣味的。"

它很烦闷，想起一个人当了别人的两条腿，心里不痛快，就很感慨地唱起来。它用歌声可怜那些不幸的人，可怜他们的劳力只为了一个别人，他们做的事没有一些儿意义，没有一些儿趣味。

它不忍再看那些不幸的人，想换个地方歇一会儿，一飞就飞到一座楼房的绿漆栏杆上。栏杆对面是一个大房间，隔着窗户往里看，许多阔气的人正围着桌子吃饭。桌上铺的布白得像雪。刀子，叉子，玻璃酒杯，大大小小的花瓷盘子，都放出晃眼的光。中间是一个大花瓶，里边插着各种颜色的鲜花。围着桌子的人呢，个个红光满面，眯眯着，正在品评酒的滋味。（极力描绘富人生活的优越和轻松，与后文厨房杂乱的环境以及仆人们忙碌的身影形成强烈对比，发人深省。）楼下传来声音。它赶紧往楼下看，情形完全变了：一条长木板上，刀旁边，一条没头没尾的鱼，一小堆切成丝的肉，几只去了壳的大虾，还有一些切得七零八碎的鸡鸭。木板旁边，水缸，脏水桶，盘、碗、碟、匙，各种瓶子，煤，劈柴，堆得乱七八糟，遍地都是。屋里有几个人，上身光着，满身油腻，正在弥漫的油烟和蒸气里忙忙碌碌。一个人脸冲着火，用锅炒什么。油一下锅，锅边上就冒起一团火，把他的脸和胳膊烤得通红。菜炒好了，倒在花瓷盘子里，一个穿白衣服的人接过去，上楼去了。不一会儿，就由楼上传出欢笑的声音，刀子和叉子的光又在桌面上闪晃起来。

画眉就想："楼下那些人大概是有病吧？要不，为什么一天到晚在火旁边烤着呢。他们站在那里忙忙碌碌，是因为觉得很有意义很有趣味吗？"可是细看看，都不大对。"要是受了寒，为什么不到家里蒙上被躺着？要是觉得有意义，有趣味，为什么脸上一点儿笑容也没有？菜做熟了为什么不自己吃？对了，他们是听了穿白衣服的人的吩咐，才皱着眉，慌手慌脚地洗这个炒那个的。他们忙碌，不是自己要这样，是因为别人要吃才这样。"

它很烦闷，想起一个人成了别人的做菜机器，心里不痛快，就很感慨地唱起来。它用歌声可怜那些不幸的人，可怜他们的劳力只为一些别人，他们做的事没有一些儿意义，没有一些儿趣味。

它不忍再看那些不幸的人，想换个地方歇一会儿，一展翅就飞起来。飞过一条弯弯曲曲的僻静的胡同，从那里悠悠荡荡地传出三弦和一个女孩子歌唱的声音。它收拢翅膀，落在一个屋顶上。屋顶上有个玻璃天窗，它从那里往下看，一把椅子，上边坐着个黑大汉，弹着三弦，一个十三四岁的女孩站在旁边唱。它就想："这回可看到幸福的人了！他们正奏乐唱歌，当然知道音乐的趣味了。我倒要看看他们快乐到什么样子。"它就一面听，一面仔细看。

没想到完全不是那么回事，它又想错了。那个女孩子唱，越唱越紧，越唱越高，脸涨红了，拔那个顶高的声音的时候，眉皱了好几回，额上的青筋也胀粗了，胸一起一伏，几乎接不上气。（对女孩子的神态描写，表现了她唱歌时的痛苦，说明她并不是真心喜欢唱歌。）调门好容易一点点地溜下来，可是唱词太繁杂，字像流水一样往外滚，连喘口气也为难，后来嗓子都有点儿哑了。三弦和歌唱的声音停住，那个黑大汉眉一皱，眼一瞪，大声说："唱成这样，凭什么跟人家要钱！再唱一遍！"女孩子低着头，眼里水汪汪的，又随着三弦的声音唱起来。这回像是更小心了，声音有些颤。

画眉这才明白了："原来她唱也是为别人。要是她可以自己作主张，她早就到房里去休息了。可是办不到，为了别人爱听，为了挣别人

的钱，她不能不硬着头皮练习。那个弹三弦的人呢，也一样是为别人才弹，才逼着女孩子随着唱。什么意义，什么趣味，他们真是连做梦也没想到。"

它很烦闷，想起一个人成了别人的乐器，心里很不痛快，就感慨地唱起来。它用歌声可怜那些不幸的人，可怜他们的劳力只为一些别人，他们做的事没有一些儿意义，没有一些儿趣味。

画眉决定不回去了，虽然那个鸟笼华丽得像宫殿，它也不愿意再住在里边了。它觉悟了，因为见了许多不幸的人，知道自己以前的生活也是很可怜的。没意义的唱歌，没趣味的唱歌，本来是不必唱的。为什么要为哥儿唱，为哥儿的姊妹兄弟们唱呢？当初糊里糊涂的，以为这种生活还可以，现在见了那些跟自己一样可怜的人，就越想越伤心。它忍不住，哭了，眼泪滴滴答答的，简直成了特别爱感伤的杜鹃了。（在见过太多的无奈之后，画眉终于认清了自己的处境。这一路上积累的烦闷最后终于化为了滴落不止的眼泪，画眉的伤心和痛苦也达到了高潮。）

它开始飞，往荒凉空旷的地方飞。晚上，它住在乱树林子里；白天，它高兴飞就飞，高兴唱就唱。饿了，就随便找些野草的果实吃。脏了，就到溪水里去洗澡。四外不再有笼子的栏杆围住它，它愿意怎么样就怎么样。有时候，它也遇见一些不幸的东西，它伤心，它就用歌声来破除愁闷。说也奇怪，这么一唱，心里就痛快了，愁闷像清晨的烟雾，一下子就散了。要是不唱，就憋得难受。从这以后，它知道什么是歌唱的意义和趣味了。

世界上，到处有不幸的东西，不幸的事儿——都市，山野，小屋子里，高楼大厦里。画眉有时候遇见，就免不了伤一回心，也就免不了很感慨地唱一回歌。它唱，是为自己，是为值得自己关心的一切不幸的东西，不幸的事儿。它永远不再为某一个人或某几个人的高兴而唱了。

（画眉终于找到了歌唱的意义和趣味，与前文中画眉的疑惑相呼应。）

　　画眉唱，它的歌声穿过云层，随着微风，在各处飘荡。工厂里的工人，田地上的农夫，织布的女人，奔跑的车夫，掉了牙的老牛，皮包骨的瘦马，场上表演的猴子，空中传信的鸽子……听见画眉的歌声，都心满意足，忘了身上的劳累，忘了心里的愁苦，一齐仰起头，嘴角上挂着微笑，说："歌声真好听！画眉真可爱！"

（1922年3月24日写毕　原题为《画眉鸟》）

名师赏析

　　如果不是看到那么多的不幸和痛苦，画眉也不会对它一直生活的鸟笼产生怀疑。鸟笼用华丽的外表来掩盖自己作为牢笼的本质，并以此来蒙骗画眉的双眼，麻木它的心智。如果不大胆地冲出去，一直待在里面，那么画眉将永远只是一个为他人服务的不幸的鸟儿。只有在冲出牢笼之后，画眉才能在更广阔的天空中找到歌声的意义和生活的趣味。

● **好词好句**

顺溜　婉转　接连不断　应酬　波浪拍天

● **延伸思考**

1.最开始的时候，画眉为什么感觉不到自己歌声的美妙动听？

2.在画眉遇到的三件事中，你觉得最触动它的是哪一件？

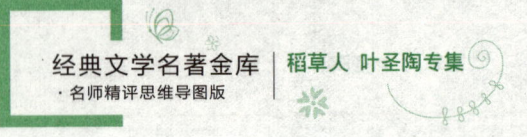

玫瑰和金鱼

含苞的玫瑰开放了，仿佛从睡梦中醒过来。她张开眼睛看自己，鲜红的衣服，嫩黄的胸饰，多么美丽。再看看周围，金色的暖和的阳光照出了一切东西的喜悦。柳枝迎风摇摆，是女郎在舞蹈。白云在蓝天里飘浮，是仙人的轻舟。黄莺哥在唱，唱春天的快乐。桃花妹在笑，笑春天的欢愉。（用拟人的手法将玫瑰眼中的美景逐一刻画出来，更加亲切生动，富有画面感。）凡是映到她眼睛里的，无不可爱，无不美好。

玫瑰回想她醒过来以前的情形：栽培她的是一位青年，碧绿的瓷盆是她的家。青年筛取匀净的泥土，垫在她的脚下；汲取清凉的泉水，让她喝个够。狂风的早晨，急雨的深夜，总把她搬到房里，放下竹帘护着她。风停了，雨过了，重新把她搬到院子里，让她在温暖的阳光下舒畅地呼吸清新的空气。想到这些，她非常感激那位青年。她像唱歌似的说："青年真爱我！青年真爱我！让我玩赏美丽的春景。我尝到的一切快乐，全是青年的赏赐。他不为别的，单只为爱我。"

老桑树在一旁听见了，叹口气说："小孩子，全不懂世事，在那里说痴话！"他脸上皱纹很深，还长着不少疙瘩，真是丑极了。玫瑰可不服他的话，她偏过脑袋，抿着嘴不作声。（通过对玫瑰花偏过头、抿着嘴的动作描写，表现了玫瑰花骄傲和固执的性格特点。）

老桑树发出干枯的声音说："你是个小孩子，没有经过什么事儿，难怪你不信我的话。我经历了许多世事。从我的经历，老实告诉你，你说的全是痴话。让我把我的故事讲给你听吧。我和你一样，受人家栽培，受人家灌溉。我抽出挺长的枝条，发出又肥又绿的叶子，在园林里也算是极快乐极得意的一个。照你的意思，人家这样爱护我，单只为了爱我。谁知道完全不对，人家并不曾爱我，只因为我的叶子有用，可以喂他们的蚕，所以他们肯那么费力。现在我老了，我的叶子又薄又小，他们用不着了，他们就不来理我了。小孩子，我告诉你，世界上没有不望报酬的赏赐，也没有单只为了爱的爱护。"

玫瑰依旧不相信，她想青年这样爱护她，总是单只为了爱她。她笑着回答老桑树说："老桑伯伯，你的遭遇的确可怜。幸而我遇到的青年不是这等负心的人，请你不必为我忧虑。"（玫瑰花对青年如此信任，体现了她的单纯和善良。）

老桑树见她终于不相信，也不再说什么。他身体微微地摇了几摇，表示他的愤慨。

水面的冰融解了。金鱼好像长久被关在屋子里，突然门窗大开，觉得异样的畅快。他游到水面上，穿过新绿的水草，越显得他色彩美丽。头顶上的树枝已经有些绿意了。吹来的风已经很柔和了。隔年的邻居，麻雀啦，燕子啦，已经叫得很热闹了。凡是映到他眼睛里的，无不可爱，无不美好。

金鱼回想他先前的生活：喂养他的是一位女郎；碧玉凿成的水缸是他的家。女郎剥着馒头的细屑喂他，还叫丫头捞了河里的小虫来喂他。夏天，阳光太强烈，就在缸面盖上竹帘，防他受热。秋天，寒冷的西风刮起来了，就在缸边护上稻草，防他受寒。女郎还时时在旁边守护着，不让猫儿吓他，不让老鹰欺侮他。（这一段动作描写刻画了女郎对金鱼无微不至的照顾，表现了她对金鱼的喜爱。）想起这些，他非常感激那位女郎。他像唱歌似的说："女郎真爱我！女郎真爱我！使我生活非常舒适。我享受到的一切安乐，全是女郎的赏赐。她不为别的，单只为爱我。"

老母羊在一旁听见了，笑着说："小东西，全不懂世事，在那里说痴话！"她的瘦脸带着固有的笑容，全身的白毛脏得发黑了，还卷成了一团一团。（简单几笔就刻画出一个久经沧桑、落魄不堪的老母羊形象，非常鲜明。）金鱼可不甘心受她嘲笑。他眼睛突得更出了，瞪了老母羊两下。

老母羊发出带沙的声音，慈祥地说："你还是个小东西，事儿经得太少了，难怪你不服气。我经历了许多世事，从我的经历，老实告诉你，你说的全是痴话。让我把我的故事讲给你听吧。[我和你一样，受人家饲养，受人家爱护。我有过绿草平铺的院子，也有过暖和的清洁的屋子，在牧场上也算是极舒服极满意的一个。照你的意思，人家这样爱护我，单只为了爱我。谁知道完全不对！人家并不曾爱我，只因为我的乳汁有用，可以喂他们的孩子，所以他们肯那么费心。现在我老了，我没有乳汁供给他们的孩子了，他们就不管我了。小东西，我告诉你，世界上没有不望报酬的赏赐，也没有单只为了爱的爱护。"]❶

金鱼依旧不领悟，眼睛还是瞪着，怒气没有全消。他想女郎这样爱护他，总是单只为了爱他。他很不高兴地回答老母羊说："老羊太太，你的遭遇的确可怜。但是世间的事儿不是一个版子印出来的。幸而我遇到的女郎不是这等负心的人，请你不必为我忧虑。"

老母羊见他终于不领悟，就闭上了嘴。她鼻孔里吁吁地呼气，表示她的怜悯。

［青年和女郎互相恋爱了，彼此占有了对方的心。］❷他们俩每天午后在花园里见面，肩并肩坐在花坛旁边的一条凉椅上。甜蜜的话比鸟儿唱的还要好听，欢悦的笑容比夜晚的月亮还要好看。假若有一天不见面，大家好像失掉了灵魂，一切都不舒服。所以没有一天午后，花园里没有他们俩的踪影。

这一天早上，青年走到院子里，搔着脑袋只是凝想。他想："女郎这样爱我，这是可以欣慰的。要是能设法使她更加爱我，不是更好吗？知心的话差不多说完了，爱抚也不再有什么新鲜味儿，除了把我尽心栽培的东西送给她，再没有什么可靠的增进爱情的办法了。"他因此想到了玫瑰。他看玫瑰红得这样鲜艳，正配女郎的美丽的脸色；花瓣包着花蕊好像害羞似的，正配她的少女的情态。把玫瑰送给她，一定会使她十分喜欢，因而增进相爱的程度。他想定了，微笑着，对玫瑰点了点头。

玫瑰见青年这样，也笑着，对青年点了点头。她回过头来，看着老桑树，现出骄傲的神色，说：["你没瞧见吗，他是这样地爱我，单只为了爱我！"]❸

女郎这时候也起身了，她掠着蓬松的头发，倚着碧玉水缸只是沉思。她想："青年

名师导读 Mingshi Daodu

❶ 老母羊和老桑树的经历非常相似，作者却不惜笔墨又将它细细阐述了一遍，这种不断地重复和强调更突显了金鱼和玫瑰花的单纯、幼稚，令读者印象深刻。（反复强调）

❷ 在大篇幅描写玫瑰花和金鱼的情形之后，突然插入一段看似和前文毫不相干的情节，引起读者的疑惑，为后文做铺垫。

❸ 玫瑰花依然固执地认为青年爱她，全然没有意识到危险将近，再次凸显了玫瑰花的单纯和幼稚。

（语言描写）

这样爱我，这是可以欣慰的。要是能设法使他更加爱我，不是更好吗？甜蜜的话差不多说完了，偎抱也不再有什么新鲜味儿，除了把我专心饲养的东西送给他，再没有什么可靠的增进爱情的办法了。"她因此想到了金鱼。她看金鱼活泼泼地，正像青年一样惹人喜欢。她想把金鱼送给他，一定会使他十分高兴；自己这样经心养护的金鱼，正可以表现自己的深情厚谊，因而增进相爱的程度。她想定了，将右手的小指含在嘴里，对着金鱼微微一笑。

金鱼见女郎这样，快乐得如梭子一般游来游去。他抬起了头，望着老母羊，现出得意的神色，说："你没瞧见吗，她是这样地爱我，单只为了爱我！"

青年拿起一把剪刀，把玫瑰剪了下来，带到花园里去会见他的女郎。

女郎把金鱼捞了起来，盛在一个小玻璃缸里，带到花园里去会见她的青年。

他们俩见面了。青年举起手里的玫瑰，直举到女郎面前，笑着说："亲爱的，我送给你一朵可爱的花。这朵花是我一年的心力的成绩。愿你永远跟花一样美丽，愿你永远记着我的情意。"女郎也举起手里的玻璃缸，直举到青年面前，温柔地说："亲爱的，我送给你一尾可爱的小东西。这小东西是我朝夕爱护着的。愿你永远跟他一样的活泼，愿你永远记着我的情意。"

他们俩彼此交换了手里的东西。女郎吻着青年送给她的玫瑰，青年隔着玻璃缸吻着女郎送给他的金鱼，都说："这是心爱的人送给我的，吻着珍贵的礼物，就仿佛吻着心爱的人。"果然，他们俩的爱情又增进了一步。一样的一句平常说惯了的话，听着觉得格外新鲜，格外甜蜜；一样的一副平常见惯了的笑脸，看着觉得特别可爱，特别欢欣。他们不但互相占有了彼此的心,而且几乎融成一个心了。(青年和女郎的心里都只有彼此,哪还有玫瑰花和金鱼的存在呢?)

玫瑰哪里料得到有这么一剪刀呢?突然一阵剧痛,使她周身麻木。等到她慢慢恢复知觉,已经在女郎的手里了。她回想刚才的遭遇,一缕悲哀钻心,几乎要哭出来。可是她觉得全身干燥,泪泉不知什么时候已经枯涸了。(从身体的痛蔓延到心里的痛,这种逐渐加深的痛楚已经让玫瑰花欲哭无泪了。)女郎回到屋里,把她插在一个玛瑙的花瓶里。她没有经过忧患,离开了家使她伤心,青年的爱落空了,叫她怎么忍受得了。她憔悴地低了头,不到晚上,她就死了。女郎说:"玫瑰干枯了,看着真叫人讨厌。明天下午,青年一定有更美丽的花送给我的。"她叫丫头把干枯的玫瑰扔在垃圾堆上。

金鱼也没有料得到有这么一番颠簸。从住惯了的碧玉缸中,随着水流进了一个狭窄不堪的玻璃缸里,他闷得发晕。等他神志渐渐清醒,看见青年的嘴唇正贴在玻璃缸外面。他想躲避,可是退向后,尾巴碰着了玻璃,转过身来,肚子又碰着了玻璃,竟动弹不得,只好抬起了头叹气。(通过描写金鱼来回碰壁的窘态,表现了玻璃缸的狭窄,与曾经的碧玉缸形成了鲜明对比。)青年回到屋里,把玻璃缸摆在书桌上。金鱼是自在惯了,新居可这样狭窄,女郎的爱又落空了,叫他怎么忍受得了。他瞪着悲哀的眼睛只哈气,不到晚上,他就死了。青年说:"金鱼死了,把他扔了吧。明天下午,女郎一定有更可爱的东西送给我的。"青年就把死去的金鱼扔掉了,就扔在干枯的玫瑰旁边。

过了几天,玫瑰和金鱼都腐烂了,发出触鼻的臭气。不论什么花,不论什么鱼,都是这样下场,值不得人们注意。青年和女郎当然不会注意,他们俩自有别的新鲜的礼物互相赠送,为了增进他们的爱情。

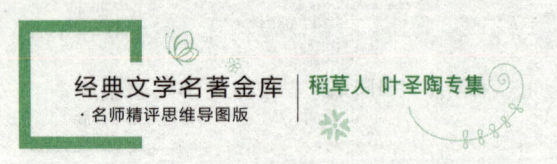

只有老桑树临风发出沙沙的声音，老母羊望着天空咩咩地长鸣，为玫瑰和金鱼唱悲哀的悼歌。（文章以老桑树和老母羊的悼歌结尾，表现了弱者间同病相怜的心情，令人深思。）

（1922年3月26日写毕）

名师赏析

玫瑰花和金鱼的悲剧在于他们把别人的爱当作是理所当然、不求回报的。而事实上，青年和女郎所做的一切都是为了让自己获得幸福与满足：之前是满足了观赏的需要，后来则充当了礼物的作用。归根究底，玫瑰花和金鱼都只是人们所利用的工具而已，工具总有被取代的时候，而那时就会是玫瑰花和金鱼的末日。更为不幸的是，玫瑰花和金鱼直到死去也没能明白其中的原因。

● 写作借鉴

本文的前部分写了两条支线：青年养了一株玫瑰，女郎养了一条金鱼。后来通过青年和女郎的相爱将两条支线巧妙地融合在一起，成为一条主线，让故事既有丰富的背景，又能保证主题明确，构思非常巧妙。

● 延伸思考

1. 你觉得青年和女郎为什么对玫瑰花和金鱼这么照顾？
2. 为什么玫瑰花和金鱼不相信老桑树和老母羊的话？
3. 为什么玫瑰花和金鱼在换了环境之后很快就死去了？

花园外

　　春风吹来了，细细的柳条不知什么时候染上了嫩黄色，甚至已经有了点儿绿意。风轻轻吹过，把柳条的下垂的梢头一顺地托了起来，一会儿又一齐垂了下来，仿佛梳得很齐的女孩子的柔软的头发。（一个"托"字将春风的温柔表现得惟妙惟肖，赋予了春风人的情感，让读者感受到扑面而来的春天的气息。）

　　一道小溪在两行柳树之间流过。不知谁把小溪斟得满满的，碧清的水几乎跟岸相平。又细又匀的美丽的波纹好像刻在水面上似的，看不出向前推移的痕迹。柳树的倒影因而显得格外清楚。水的气息，泥土的气息，使人一嗅到就想起春天已经来了。温和的阳光笼罩在小溪上，好像使每一块石子每一粒泥沙都有了欢乐的生命，更不用说那些欢乐的小鱼小虾了。

　　小溪旁边，柳树底下，各种华丽的车辆都朝着一个方向跑。有马拉的，轮子滑过地面没有一丝儿声音；白铜的轮辐耀人眼睛，乌漆的车厢亮得能照见人，巨大的玻璃窗透明得好像没有一个样。有人拉的，也轻快非常；洁白的坐褥，织着花纹的车毯，车杠上那个玩具似的手揿喇叭，都是精美不过的。还有用机器开动的，仿佛神奇的野兽，宽阔的身躯，一对睁圆的眼睛，滚一般地飞奔而来，刚到跟前，一转眼又不见了，还隐隐地听得它在怪声怪气地吼叫。（将汽车比作野兽，既表现了

它的速度之快，气势之强，也暗示了它横冲直撞的特点。）

坐在各种车辆里的人心里装满了快乐。［快乐原来也是有重量的，你看，拉车的马出汗了，拉车的人喘气了，连机器也发出轧轧的疲倦的声音。］❶坐在车上的人毫不察觉，他们怀着满心的快乐，用欢愉的眼光欣赏着柔软的柳条和恬静的溪水，又掀起鼻孔深深地吸气，仔细品尝春天的芳香。你看那位胖胖的先生，宽弛的双腮在抖动着。你看那位老太太，眯着周围满是皱纹的眼睛，张大了她那干瘪的嘴。那些年轻的女郎挥舞着手帕，唱起歌儿来了。那些小孩儿又是笑又是闹，张开双臂想跳下车来。这时候，拉车的马汗出得更多了，拉车的人气喘得更急了，连机器的轧轧声也显得更加疲倦了。

那些心里装满了快乐的人要到哪里去呢？原来前面小溪拐弯的地方有一座花园。春风吹来，睡着的花园才醒过来，还带点儿倦意，发出带着甜味的芳香。小鸟儿们已经热闹地唱起来，［招引那些心里装满了快乐还要寻找快乐的人。］❷他们知道花园是快乐的银行，自然都要奔向花园，犹如每一滴水喜欢奔向大海一个样。（将人群比作奔向大海的水滴，表现了花园外人潮涌动的情形，非常生动。）

长儿站在花园门口不止一天了。邻家的伯母跟他讲起过这座花园，他猜想花园的大门里边一定就是神仙的境界，总想进去逛逛。他跟父亲很不容易见面：早上他起床的时候，父亲还睡得正酣；等他跟小伙伴们玩了一阵回家，父亲已经不知上哪儿去了，直到晚上他眼皮发沉了还不见回来。所以他只好跟母亲说。母亲老给人家洗衣服，青布围裙老是湿漉漉的，十个手指让水泡得又白又肿。她听长儿说要去逛花园，就发怒说："花园？你配逛花园？"她不往下说了，继续搓手中的衣服，肥皂沫不断地向四周飞溅。

长儿不敢再说什么，可是他实在不明白母亲的话：[为什么他不配逛花园？那么谁才配逛花园呢？]③邻家的伯母从来没有说过。长儿以为除了邻家的伯母，再没有懂得道理的人了。她没有说过，别人也不会知道。长儿只好把疑问默默地藏在心里，只好睡他的觉，做他的梦……

他的一双脚仿佛有魔法似的，不知不觉，把他的身子载到了花园门口。又阔又大的门敞开着，望进去只见密密层层的深绿的浅绿的树。他跟树林之间没有东西挡着，也不见别的人。他飞奔过去，跑得比平时快，跳得比平时高。忽然，他的身子让什么给绊住了，再使劲也摆脱不了。只听得有人大喝一声："跟谁一块儿来的？"他才发觉身后站着一个大汉，他的肩膀就让这个大汉给抓住了。那只又粗又大的手，好像给他捆上了几根绳子，捆得他胳膊都发麻了。

长儿心里害怕，不知道怎样回答才好，瞪大了一双眼睛。大汉摇晃着他的肩膀说："我在问你呢，你是跟谁一块儿来的？"长儿说："我……我自己一个人来的。"大汉听着笑了一笑，脸色显得更加可怕。他说："既然一个人来的，买了票子再进去！"

名师导读

❶ 快乐也有重量？听起来似乎非常不可思议。其实，这恰恰说明，坐在车里的人的快乐是建立在劳动者的辛苦之上的。对于劳动者来说，那些人的快乐是他们最沉重的负担。

❷ 富人的心里装满了快乐还要寻找快乐，而穷人的心里没有一点快乐却还无处寻找，如此巨大的差距凸显了社会上极大的不平等。

❸ 长儿的疑问也正是读者的疑问，花园作为一个公共场所，本是每个人都有权利逛的。而在这里，逛花园还要看身份、地位配不配，实在匪夷所思，这也让读者更想一探究竟。

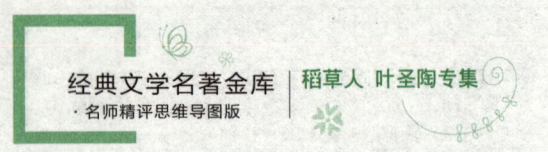

"我不要买票子，只到花园里去逛逛。"长儿一边说，一边想脱身跑。大汉发怒了，眼睛射出凶光，原先只鼻子发红，现在整个脸都涨红了。他大声说："小流氓，不出钱想逛花园，快给我滚！"大汉使劲一推，长儿摇摇晃晃倒退了几步，一跤坐在地上，两手向后撑住了身子。坐在门口歇息的车夫看着都狂笑起来。

长儿听见笑声才发觉花园门口停着这许多车辆，坐着这许多人。他难为情极了，慢慢地爬起来，装作没事儿一个样，看到别人都不注意他了，才飞快地溜走了。回到家里，母亲还在洗他的衣服，长儿也不跟母亲说什么。

<u>仙境似的花园系着长儿的心。</u>（越是进不去的地方，长儿越想进去看个究竟，这就是孩子的好奇心。）长儿老待在家里，实在太乏味，又出门去逛。他没打算到哪里去，可是两条腿不向往日捉迷藏的树林走去，也不向往日滚铁环的空场走去，偏偏又来到了花园门口。长儿在这儿吃过亏，不敢再一直往里飞奔，那个大汉坐在门旁的小屋里呢。他在门外悄悄地走来走去，有时候躲在人力车背后，有时候爬上马车背面的小凳子，有时候放大了胆，走到花园门口向里张望。马车和人力车一辆接一辆离去了，最后一辆也不剩了。天已经黑下来了，花园里已经什么也望不见了。大汉的屋里放出一星灯光。这时候，长儿只好回家去了。第二天，长儿又来了；在花园门口走来走去，好像这成了他日常的功课。

一辆马车停在花园门口。马夫跳下车来，拉开了车厢的门，一位先生，一位夫人，扶着两个孩子从车厢里走出来了。长儿只顾看那两个孩子，别的人好像都没瞧见。那两个孩子的衣服闪烁发光，袜子长过了膝盖，黑得发亮的鞋子着地有声。他们的脸蛋多么红呀！他们的头发梳得

多么光呀。他们走进花园去了，一跳一跳的，多么自在呀！大汉哪儿去了呢？为什么不来抓住他们呢？他们走进了密密层层的树林，再也看不见了。他们到树林里去干什么呢？（一连串的疑问说出了长儿想进花园看看的迫切心情，也体现了长儿的单纯和不谙世事。）

长儿这么想着，奇怪极了，他觉得自己也到了树林里。多么高兴呀，想望了许久，如今如愿了。他在树荫下奔来奔去。树林好像没有尽头，大树一棵挨着一棵，好像顶天的柱子。树枝上有许多松鼠在跳来跳去，还有许多红脸的猴子，像耍把戏的人牵着的一个样，有的坐在树枝上，有的挂在树枝上。更奇怪的是往常在水果铺里看到的各种果子，红的，黄的，紫的，挂满了枝头。水果铺大概就是到这里来采的。长儿想：我为什么不采几个尝尝呢？他正要举起手来，身子不知让什么给撞了一下，一辆人力车刚好停在他身旁。他才从梦中惊醒，原来他站在花园门口，并没走进花园一步。（本以为长儿终于如愿以偿了，谁知刚才的一切只是梦而已，实在令人长叹不已。）

长儿呆呆地望着花园的大门，忽然眼前一亮，出现了一件可爱的东西。那是一束鲜红的花，从花园的大门里飞出来了，近了，近了，来到了他的身边。他看到花瓣都在抖动，还闻到一种奇妙的香味。可是才一刹那，那束鲜红的花就飞走了，远了，远了，终于看不见了。长儿想："这鲜红的花是花园里最好的东西了，我要带点儿回去才好。刚才没把它抓住，真是太可惜了！不要紧，花园里一定多的是。我要采一束插在母亲的床头，她一天到晚洗衣服，从没看过花。再采一束，跟小伙伴们演戏的时候好扎在帽檐儿上扮英雄。还要采一束种在自家门前，让它永远永远开着……"

长儿这么想着，奇怪极了，他觉得自己已经进了花园，站在花坛旁边。鲜红的花堆得山一样高，只看见一片红色。他发现所有的花都在笑，默默地对着他笑。从笑着的花上淌下一滴一滴又香又甜的蜜，流到地面都凝成一颗一颗红色的香糖。他的舌尖好像已经尝到了甜味。他想拾一颗糖送进嘴里，再一看，这不是糖，而是鲜红的果子。果子也好，他拾了一满怀。又想到花儿不能不采，他放下果子去采花。一支半开的，正好插在母亲床头，他采了搂在怀里；一支比较小，正好扎在帽檐儿上，他采了插在口袋里。一支挺茂盛，正好种在自家门前。（这段细节描写将花园内的情景刻画得非常细腻动人，极具画面感，令人神往。而它与残酷的现实形成强烈对比，更让人感慨万千。）他举起手正要采，忽然"嘟嘟"一声，汽车的吼叫把他给唤醒了。原来他还在花园门口，并没走进花园一步。

长儿多么懊恼呀，香糖不见了，果子不见了，只有舌尖上好像还留着甜味。他向花园的大门里望去，依旧是密密层层的深绿间着浅绿的树林。他听到树林里传出美妙的音乐：鼓的声音挺清脆，好像打滚似的；喇叭的声音挺洪亮，好像长鸣似的；长笛的声音最尖锐，率领着其他的乐器，还有叮叮当当敲击铜器和铁器的声音。可能有一支乐队在树林里为游客们演奏。乐队一定穿着一色的号衣；吹喇叭的，面颊一定鼓得圆圆的，像生气的河豚；吹长笛的眯着眼睛，像要睡着似的……

长儿这么想着，奇怪极了，他觉得自己站在树林里的一座亭子旁边，身子倚在栏杆上，滋滋味味地听乐队演奏。乐队穿着一色的蓝号衣，胸前和肩膀上都绣着美丽的图案。乐器都发出灿烂的金光，把演奏的人的脸蛋和衣服都耀得闪闪烁烁的。他们奏了一曲小调，又奏了一曲山歌。长儿高兴地大声唱起来，乐队就跟着他唱的调儿演奏。他高声唱："开步走，开步走……"乐队就走出亭子，排着整齐的队伍，跟着他在草地上齐步向前走。他举起双臂,指挥乐队向左转,没防着自己让什么给撞了一下,身子打了个旋,才发觉撞他的是两个孩子。原来他还在花园门口,并没走进花园一步。

撞他的孩子就是先前进去的那两个。他们游罢花园出来了,双手捧着许多糖果。他们撞了长儿好像没事儿似的,高傲地跟父母跨上了马车。只听得一声鞭响,车轮就缓缓地转动起来。长儿呆呆地望着远去的马车,又回过头来看看花园的大门。他似乎进去逛过了,但是仍旧不知道花园里的情景,虽然只隔着一道围墙,而且花园的大门还敞开着呢!

(1922年3月27日写毕 原题为《花园之外》)

名师赏析 Mingshi Shangxi

美丽的花园是快乐的海洋,却只允许有钱人自由出入。穷人家的孩子不管多么渴望,多么向往,也不能踏进花园一步,最后只能通过做梦的方式才能进去看看,实在令人悲伤。本文的最后一句更是点睛之笔,它指出真正阻挡长儿进花园的不是围墙,不是大门,也不是门口的那个大汉,而是社会制度的不公平。作者仅凭一座花园就将社会上的不平等刻画得入木三分,体现了作者高超的写作技巧。

● 好词好句

怪声怪气　欢愉　恬静　密密层层　着地有声

● 延伸思考

1.为什么长儿的母亲觉得长儿不配逛花园?

2.文中出现的两个小孩和长儿相比,各有什么性格特点?

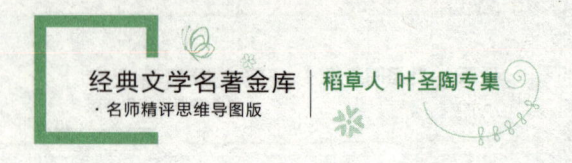

祥哥的胡琴

一条碧清的小溪边，有一所又小又破的屋子。墙壁早就穿了许多窟窿，风和太阳光月亮光可以从这些窟窿自由出进。柱子好像酥糖一样又粗又松，因为早有蛀虫在那里居住。铺在屋面上的稻草早成了灰白色，从各方吹来的风和从云端里落下来的雨，把原先的金黄色都洗掉了。屋子的倒影映在小溪里，快乐的鱼儿都可以看见。月明之夜，屋子的影子站在小溪边上，半夜醒来的小鸟儿都可以看见。

这所又小又破的屋子里，住着祥儿和他的母亲。祥儿的父亲临死的时候，什么事儿也没嘱咐，只指着挂在墙上的胡琴断断续续地说："阿祥，我没有什么可以传给你，只有这把胡琴。你收下吧！"（向读者介绍文中的主要道具——胡琴的来历。）祥儿不懂他父亲说这话是什么意思，他母亲却伤心得哭不出声音来了。就在这时候，他的父亲咽气了。

这把胡琴是祥儿的父亲时常拉着玩儿的。本来的青色的竹竿，因为手经常把握，变得红润了；涂松香的地方经常被弓摩擦，成了很深的沟；绷着的蛇皮也褪了色。（详细描述了胡琴的几处重要特征，突出了胡琴的古老和破旧，也间接表明了祥儿的父亲对胡琴的喜爱。）繁星满天的夏天的夜晚，清风吹来的秋天的夜晚，他父亲就拿这把胡琴拉几支曲子。在种田累了的时候，在割草乏了的时候，他父亲也要拿这把胡琴拉几支曲子，正像别的农人在休息的时候一定要吸几筒旱烟一个样。就是极冷的冬天，白雪像棉絮一般盖在屋面上，鸟儿们紧紧地挤成一团，也可以听见从屋子里传出来的胡琴的声音。

父亲的棺材被抬出去了，胡琴还挂在墙上。风从墙壁的窟窿吹进来，只见胡琴在轻轻地左右摇摆。阳光和月光射进来，胡琴的影子映在墙上，像把舀水的勺子。祥儿看着觉得很有趣，胡琴好像充满了神秘的味道。

母亲织了一会儿草席，指着墙上的胡琴说："阿祥，爸爸把这东西传给了你，你要像爸爸一样会拉，我才喜欢呢！"祥儿不大明白母亲的话，只是对着墙上的胡琴发呆。吃饭的时候，母亲又指着墙上的胡琴说："阿祥，爸爸把这东西传给了你，你要像爸爸一样会拉，我才喜欢呢！"祥儿还是对着胡琴发呆。早上，祥儿在母亲的怀里醒来，母亲又教训他说："阿祥，爸爸把墙上那东西传给了你，你要像爸爸一样会拉，我才喜欢呢！"（母亲的叮嘱反复出现，表现了母亲对胡琴的重视，以及对丈夫的思念。）

直到祥儿满了四岁，母亲从墙上取下胡琴来，交在他手里。母亲说："现在你可以拉这个东西了。我希望听到你拉出好听的调子来，跟你爸爸拉的一个样。"

祥儿双手捧着胡琴。这是天天见面的老朋友，可是怎么拉法，他一点儿不懂。他移动了一下胡琴的弓，胡琴发出锯木头一般的声音。他把弓来回地拉，跟木匠师傅锯木头一个样。母亲看着他，脸上现出笑容，她称赞说："我的儿子真聪明！"

拉动胡琴上的弓，成了祥儿每天的功课。他不但在家里做这功课，走到小溪边，走到街道上，也一样做他的功课。打鱼的老汉正在溪边下网，讥笑他说："跟锯木头一个样，拉得比你爸爸还好听哩！"蹲在埠头洗衣服的老太太也讥笑他说:"叫花子胡琴,也算接过了你爸爸的手艺吗?"(老太太讥笑祥儿的胡琴是"叫花子胡琴",不仅是对祥儿的讥讽,也表明了当时的人们认识不到胡琴的音乐价值,只觉得那是一件乞讨的工具。)街道上的孩子们追赶着他说:"难听死了,难听死了,不如把胡琴送给我们玩儿吧!"祥儿不管他们说些什么,只顾一边拉一边走。

祥儿走到没有人的地方,周围都是高山,山下都是树林。他拉动弓,自己听着胡琴发出来的声音,觉得很快活。忽然听到有个声音在唤他:"小弟弟,想拉好听的调子吗?我可以教你。"祥儿四面找,一个人也没有,是谁在说话呢?正在疑惑,那个声音又说:"小弟弟,我在这里。你低下头来就看见我了。"祥儿低下头看,原来是一道清澈的泉水,活泼泼地流着,唱着幽静的曲调。水底有许多五色的石子,又圆又光滑,可爱极了。

祥儿高兴地回答说:"泉水哥哥,你肯教我,我非常感激。"泉水说:"你听着我的曲调,把胡琴和着我的调子拉吧。"祥儿侧着耳朵听,很能懂得泉水用它的曲子讲的什么话,就拉动弓和着,胡琴不再发出锯木头似的声音了。胡琴的声音紧跟着泉水的曲调,后来竟合成一体,分不出哪是泉水的哪是胡琴的了。祥儿和泉水都高兴极了,只顾演奏,忘记了一切。后来泉水疲倦了,对祥儿说:"小弟弟,你拉得很好了。我想休息一会儿,明天再见吧。"泉水的调子越来越轻,最后它睡着了。祥儿离开了泉水,向前走去。

祥儿拉着新学会的曲调,引起周围的山都发出回声,成为很复杂的调子。他自己听着也很快活。忽然又听到有个声音在唤他:"小弟弟,还想学一种好听的调子吗?我可以教你。"他四面找,一个人也没有,难道泉水睡醒了,追上来了?正在疑惑,那个声音又说:"小弟弟,我在这里。你抬起头来就看见我了。"祥儿抬起头看，原来是一阵纱一般的风，轻轻地吹着，唱着柔和的曲调。小草们野花们都一边听一边点头。

祥儿高兴地回答说："风哥哥，你肯教我，我非常感激。"风说："你听着我的曲调，把胡琴和着我的调子拉吧。"祥儿侧着耳朵听，很能理解风用它的曲子说的什么话，就拉动弓和着，比任何人做任何事儿都用心。胡琴的声音紧跟着风的曲调，后来竟成了一体，分不出哪是风的哪是胡琴的了。祥儿和风都很高兴，<u>一会儿快，一会儿慢，一会儿高，一会儿低，只顾演奏。</u>（"快""慢""高""低"的起伏变化表现了音乐婉转多变的风格，反映了祥儿日渐娴熟的演奏技巧。）小草们和野花都听得入了迷，好像喝醉了似的都垂下了头。后来风要走了，对祥儿说："小弟弟，你又学会了一种好听的调子了。我现在要到别处去了，有机会再见吧。"风说完就飘走了。祥儿跟风告了别，又向前走去。

祥儿轮流拉着新学会的曲调，一会儿拉泉水的，一会儿拉风的，不知不觉走进了树林。拉泉水的调子，他就想起了活泼的泉水哥哥；拉风的调子，他就想起了轻柔的风哥哥。忽然又听到一个声音在唤他："小弟弟，再多学一种好听的曲调，不是更好吗？我可以教你。"他四面找，一个人也没有。奇怪极了，除了泉水和风，又有谁自己愿意当他的音乐教师呢？正在疑惑，那个声音又说："小弟弟，我在这里。你向绿叶深处仔细找，就看见我了。"祥儿向绿叶深处仔细找，原来是一只美丽的小鸟儿。小鸟儿机灵地从这根树枝飞到那根树枝，一边跳舞，一边唱着优美的曲调。绿叶围成的空间成了小鸟儿的舞台。

祥儿高兴地回答说："小鸟儿哥哥，你肯教我，我非常感激。"小鸟儿说："你听着我的曲调，把胡琴和着我的调子拉吧。"祥儿侧着耳朵听，很能理解小鸟儿用它的曲子说的什么话，就拉动弓和着。他的手腕越发灵活了，轻重快慢都能随他的心意。胡琴的声音紧跟着小鸟儿的曲调，后来竟合成一体，分不出哪是小鸟儿的哪是胡琴的了。祥儿和小鸟儿都开心极了，大家眼睛对着眼睛，微微地笑了。后来小鸟唱得口都渴了，对祥儿说："你学会的好听的调子越来越多了。我现在渴了，要到溪边去喝点儿水，顺便洗个澡。咱们以后再见吧。"小鸟儿说完，就飞出树林去了。

　　祥儿的胡琴拉得越来越好，拉出来的调子越来越奇妙。[他的调子不是泉水的，不是风的，也不是小鸟儿的，他把三种曲调融合在一起，产生了新的曲调，好像把几种颜色调和在一起，成了新的颜色一个样。]❶他常常去看泉水，看泉水睡醒了没有。泉水对他说："你的曲调比我的好听多了。拉一曲给我听，催我睡着吧！"他常常去看风，跟风谈心。风对他说："你的曲调胜过了我的。拉一曲给我听，让我高兴高兴吧！"他常常去看小鸟儿跳舞，听小鸟儿唱歌。小鸟儿对他说："现在你可以教我了。拉一曲给我听，让我学会你的新曲子吧。"祥儿听它们这样说，心里快乐极了，就尽量把自己新编的曲调拉给它们听。泉水听着，安静地睡着了；风听着，微微地笑了；小鸟儿一边听，一边跟着他学。（这组排比写出了泉水、风和小鸟儿听祥儿拉琴时的状态，体现了祥儿琴声的动听。）

　　[祥儿跟大自然的一切做朋友，经常把自己编的曲调拉给它们听。它们个个欢喜祥儿，都把自己的曲调演奏给祥儿听。祥儿的胡琴变得越来越奇妙，他能拉许许多多自己编的新鲜曲子。]❷母亲早就快活得不得了，她对祥儿说："你拉胡琴，拉得跟你爸爸一样好了。我非常欢喜。你可以带着爸爸传给你的胡琴，把你自己编的曲子，拉给世界上所有的

人听了。"祥儿听母亲这样说，就带着胡琴，离开了小溪边的这所破屋子。

都市里有一所音乐厅，建筑十分华丽，台阶和柱子都是大理石的，舞台上有丝织的帷幕，有用鲜花作的屏障，还有许多金色的装饰品，教人看着眼睛发花。大音乐家都在这里演奏过；演奏的时候音乐厅里坐满了人，男的女的，神态都很高雅，服饰都很华贵。［他们闭着眼睛，轻轻地点着头，表示只有他们能够欣赏这样高超的乐曲。一曲完了，他们拍起手掌，轻轻地，很沉着，表示他们从乐曲中得到了快乐。］❸演奏的音乐家的名声就越发增高了。

祥儿来到都市里，音乐厅也请他去拉胡琴。几天之前，街上已经贴满了彩画的大广告。广告上写着："奇妙的调子，新鲜的趣味，田野的音乐家。"这些字写得离奇古怪，格外引人注目。到了祥儿演奏的那一天，音乐厅里坐得满满的，自然都是经常来的老听客。他们都望着台上，张开了嘴，好像等着吃什么好东西似的。

祥儿走上台来了。他仍旧穿着他那半旧的青布衫，提着父亲传给他的那把胡琴。他向听众深深地鞠躬，听众们却在那里皱眉头。"咱们见过几百位上千位音乐家，哪里见过这样

名师导读

❶ 把曲调的融合比作颜色的调和，以视觉来形容听觉，将抽象的音乐化为形象的色彩，构思非常奇特，让读者很容易就能理解作者的意思，写出了祥儿在音乐上的高深造诣。
（比喻、通感）

❷ 与前文的泉水、风、小鸟儿不同，在这里，作者从大处入手，将大自然的一切都拟人化，只用一个"它们"就能令人想象到大自然的绚丽多彩、包罗万象，概括性极强。而正是这样广阔的背景造就了祥儿的音乐，令人不难想象出这种音乐的大气、丰满和灵动。

❸ 对听众的动作和神态的描写，形象地刻画出他们故作高雅、矫揉造作的姿态，为后文他们根本不懂祥儿的音乐埋下伏笔。
（细节描写）

的乡下人！这把胡琴难看极了，就跟乞丐手里拿的一个样。"听众们正在这样想，祥儿把弓拉动了，琴弦发出的声音在音乐厅中流动，大家开头还很静，可以听得十分清楚。可是才一会儿，听众说起话来了，开头还很轻，后来越急越响，好像潮水似的。祥儿的胡琴拉得越急越响，嘈杂的人声紧紧追了上来，而且盖过了胡琴的声音。隐隐约约听得他们在说："从来没听过这样的曲子！""乏味透了！""不知从哪儿来的乞丐！""是个骗子，冒充音乐家的骗子！""把咱们的耳朵都弄脏了，非赶快回去洗一洗不可！"

听众们都站起来，纷纷走出音乐厅，都去洗他们的耳朵了。老绅士的胡子翘了起来，贵夫人搽着一层粉的脸也涨得通红，公子小姐都在喃喃地咒骂，表示无法忍住他们的愤怒。最后只剩下祥儿一个人站在台上。他再也拉不下去了，提着父亲传给他的那把胡琴，走出了音乐厅，回过头来，对这座大理石的建筑微微一笑。（这一小小的动作表现了祥儿内心的平静和满足，也是对那些批评和咒骂的不屑。）

祥儿回到小溪边，回到自己的又破又小的屋子里。母亲问他："我教你带爸爸传给你的胡琴，把你自己编的曲子拉给世界上所有的人听，你怎么这样快就回来了？"祥儿回答说："人家不要听我的曲子，所以我回来了。"母亲笑着，把他的脑袋搂在怀里，对他说："人家不要听你的，我要听。你不要再出去了，在家里拉给我听吧。听了你的胡琴，我织起草席来更有劲了。"母亲吻着祥儿的双颊，好像他还是个小娃娃。

胡琴的声音常常从又破又小的屋子里传出来。在繁星满天的夏夜，在清风吹来的秋晚，在白雪铺满大地的冬天，在到处开满鲜花的春朝，近的远的村落都可以听到胡琴的声音，泉水淙淙铮铮，风时徐时疾，小鸟儿啾啾唧唧，都跟胡琴的声音相和：田野就成了一个没有围墙的大音乐厅。

祥儿的胡琴带领大自然的一切奏起乐来，那美妙的声音好像轻纱一般盖在人们的身上。（将声音比作轻纱，从触觉的角度写出了琴声的美妙和动人，让人有身临其境之感。）又倦又乏的农夫恢复了精神，又困又累的磨坊工人又来了劲头，被火红的铁屑灼伤的小铁匠忘记了痛，死掉了儿子的老母亲得到了安慰……所有的人都感到甜美，感到舒适。他们异口同声地说："感谢祥哥的胡琴。"而这祥哥的胡琴，正是大理石音乐厅里的听众们所不愿意听的。

（1922年4月3日写毕）

名师赏析 Mingshi Shangxi

祥儿的胡琴拉得那么好，但城市里的人却丝毫不懂得欣赏，这并不是说城市里的人太无知，而是他们缺乏对大自然的认识和热爱。只有时时刻刻和大自然生活在一起并真正热爱大自然的人才懂欣赏祥儿的琴声。祥儿显然也认识到了这一点，所以他才会毫不犹豫地回到那个破旧的小屋，专心为大自然和在那里生活的人们演奏最美的琴声。

● **写作借鉴**

音乐是一个非常抽象的东西，要想将自己对音乐的理解准确而生动地传递给别人是非常困难的。因此，作者运用通感的方法，用色彩、触感等来比拟琴声，通过人的不同感官之间的互通，给读者以非常直观的感受，激发了他们对音乐的想象。

● **延伸思考**

从祥儿学琴的过程中可以看出他具有哪些优秀品质？

瞎子和聋子

一处地方住着两个残废的人。大家说他们俩很可怜，他们俩也自以为很可怜，一心想找一位医生给他们俩治疗。要是能遇见一位仙人，给他们俩吃几颗仙丹，一下子就把毛病治好了，那就更遂他们俩的心愿了。

他们俩一个是瞎子，一个是聋子。

瞎子从小就瞎了，没见过一丝儿光亮。妈妈怎样笑的，小猫小狗怎样跑的，月亮怎样明亮，花儿怎样鲜艳，他全不知道。他是原先有眼球后来瘪了的，还是原来就没有眼球的，大家没法知道；只见他两条眉毛底下乌溜溜的两个圆坑，陷得很深，要是他朝天躺着，可以倒两杯水在里头。

聋子从小就聋了，没听过一丝儿声音。妈妈哼的催眠曲，小朋友唱的儿歌，鸟儿怎样叫的，风怎样唿哨的，他全不知道。他的容貌同平常人一样，可是人家同他谈话，他就露出破绽来了。他看见人家的嘴朝着他动，就把耳朵凑过去，右边的耳朵听不见，转过头来用左边的耳朵听，还是听不见。这当儿他的嘴不自觉地张开了，眼梢起了无数皱纹，脸上似笑非笑的，显出一副尴尬模样。（通过对聋子神态、动作的描写，将他努力听别人说话却始终听不见的尴尬神情生动地表现出来。）

瞎子听人家说，世间最可爱的是光亮；靠着光亮，人们可以看见种种可爱的事物。他十分羡慕有眼球的人，更加怨恨自己的残疾。他说："我要是能看见一丝儿光亮，我就有福了。我听人说青蛙有眼睛，能看见妈妈和弟兄姊妹,又能看见天上的云和山上的树。又听人说飞蛾有眼睛,能在黑夜里找到路,飞向远处的灯光。我是世间最苦的一个了,不如一只青蛙一只飞蛾。天啊,我能看见一丝儿光亮吗?"

聋子看人家常常侧着耳朵听,猜想世间最可爱的一定是声音;听到了声音,就是听到了一切事物发自心底的话。他十分羡慕耳朵不聋的人,更加怨恨自己的残疾。他说:"我要是能听见一丝儿声音,我就有福了。我料想蝴蝶能听见菜花在招呼他们,能听见蔷薇在轻轻地笑。又料想小鱼能听见小溪的独唱,能听见水草和浮萍的合奏。(运用拟人的手法将大自然赋予了人的感情,表现了聋子对声音的美好想象。)我是世间最苦的一个了,不如一只蝴蝶一条小鱼。天啊,我能听见一丝儿声音吗?"聋子从小没听过别人说的话,他说话不是向别人学的,所以声音跟人家不同,粗心听只是"哑哑哑……"的,正像一个哑巴。

瞎子最细心,他听得见蜗牛的脚步声和蚂蚁的对话。聋子说话虽然极不清楚,瞎子却能听得明白。他竭力劝慰聋子,他认为耳朵聋算不得什么痛苦。跟聋子说话,用嘴是不成的,只有对他做手势才能使他明白。瞎子就作种种手势:他指指心头,把两手团紧,然后摇摇右手,表示"不要忧愁"。他指指耳朵,然后连连摇手,表示"耳朵聋无关紧要"。他指指鼻尖,又指指耳朵,同时点点头,表示"我能听见声音"。他用手指向四周指指点点,然后指指耳朵摇摇手,表示"周围的声音并没有什么好听"。他指指自己深陷的眼眶,又指指心头,然后把两手团紧,表示"我没有眼球,才是最伤心的事"。他用手向周围乱指,又指指自己的眼眶,摇摇手,然后把两只手摊向外边,表示"一切事物都看不见,真叫我痛苦失望"!(这一组排比列举了瞎子的种种手势,细节丰富,极富画面感,让读者更清楚地了解到瞎子和聋子之间独特的交流方式。)

聋子看惯了人家的手势，瞎子的意思他全明白。他回答说："你不必伤心。少了两个眼球有什么要紧？我是有眼球的，什么都能看见。但是这有什么好处呢？送到眼睛里来的都是些乱七八糟的事物。我想，声音是从一切事物的心底发出来的。我就是听不见声音，连自己说的话也听不见，怎么能叫我不伤心呢？"

瞎子听了，就作种种手势来回答，表示的意思是："我以为光亮能照出一切东西的真相，我单单看不见光亮，连自己的手指头也看不见，怎么能叫我不伤心呢？"

聋子说："我要听见声音，并不稀罕什么光亮，偏偏耳朵聋了。你要看见光亮，并不稀罕什么声音，偏偏眼睛瞎了。假如把咱们俩的残疾对调一下，岂不是彼此都舒服，同平常人一样快乐了吗？"（残疾也能对调？这显示出作者奇妙的想象力，极大地吸引了读者的阅读兴趣。）

瞎子听了连连点头，脸上现出笑意，双手合拢来，作出拜佛的样子，表示"假若办得到，真要念一声'阿弥陀佛'了"。

聋子说："只要咱们到处探访，总会如咱们的愿，找到对调的方法。咱们一同上路吧。"

瞎子点点头，就拉住聋子的手。他们俩商量停当，由聋子引路，牵着瞎子走；瞎子呢，把听到的一切做手势告诉聋子。

他们俩走到一位医生那里，同声说："我们一个是聋子，一个是瞎子。现在打算对调一下：聋子愿意成为瞎子，瞎子愿意成为聋子。相信您一定能为我们尽力。我们的愿望如果能实现，我们一定真心诚意地感激您这位有本领的医生。"

医生摇摇头回答他们说："我没有学过这样的本领，也没有听见过你们这样的请求。请你们去找别人吧。"

他们俩很失望，出了医生的家。门外有一个老太婆看着他们可怜，对他们说："你们到这里来，找错人了。从这里往西，有一座树林，树林里有一所古寺，寺里住着一位老和尚。他很有些法术，或者能够答应你们的要求。你们去找他吧。"

他们俩听了很高兴，谢了老太婆，一直向西走。前面果然有一座树林，郁郁葱葱，似乎没有尽头。走进树林，果然有一所古寺，黄色的围墙已经转成灰色了。走进寺里，看见大殿里坐着一位老和尚，脸皱得像风干的枣子，胡子白得像雪。（两个简单的比喻将一位饱经沧桑的老和尚描摹得惟妙惟肖。）他们俩同声请求说："我们一个是聋子，一个是瞎子。现在打算对调一下：聋子愿意成为瞎子，瞎子愿意成为聋子。相信您一定能为我们尽力。我们的愿望如果能实现，我们一定真心诚意地感激您这位大慈大悲的老和尚。"

老和尚也摇摇头回绝了。他说："这不是一件容易的事。我的法术满足不了你们的要求。请你们回去吧。"

他们俩哪里肯走，只当老和尚不肯出力，仍旧苦苦哀求。老和尚很感动，和蔼地说："我真干不了这个。我可以指点你们一个去处，能让你们的愿望得到实现。你们再往西走，走完树林有一个市集。市集的南头有一座古老的风车。那风车能够帮助你们，你们找他去吧。"

他们俩非常高兴，谢了老和尚，出了寺门再往西走，越走树林越密，一丝天光也漏不下来。瞎子不觉得什么，聋子可辛苦极了，他睁大了眼睛，一只手拉住瞎子，一只手摸索着前进，才不至于撞在树上。他们俩走呀走呀，走得浑身是汗，脚也痛了，才走出了树林。对调残疾的心是那样的殷切，所以他们一点儿不觉得痛苦。

树林尽头果然是个市集，市集南头果然有一座风车。风车的翼子很

旧很旧了，沾满了尘土，还破了好几处。一阵风吹过，翼子懒懒地转动，好像一位只能勉强行动的老年人。

他们俩虔诚地同声请求说："我们一个是聋子，一个是瞎子。现在打算对调一下：聋子愿意成为瞎子，瞎子愿意成为聋子。相信您一定能给我们尽力。我们的愿望如果能实现，我们一定真心诚意地感激您神异的老风车。"

风车一边转动一边发出沙沙的声音，正像一台破旧的留声机。他说："你们的要求我可以照办，可是我要劝告你们，还是不要对调的好。无论什么人总觉得自己最苦，人家都比他快活。可是到了人家的境地，仍然觉得世界上最苦的是他自己。（风车的话点明了这个故事的中心，说出了社会上普遍存在的一种现象，发人深省。）你们何必对调呢？"

瞎子用手势把风车的话告诉了聋子，他们俩随即同声说："我们一个听得见，可是不爱听，只巴望能看；一个看得见，可是不爱看，只巴望能听。我们确信我们巴望的是好的，对调之后决不会反悔。你使我们眼睛瞎的能尝到看的滋味，耳朵聋的能尝到听的滋味，就是治好了我们的残疾，真是功德无量。请不要为我们顾虑，快给我们对调吧！"

风车哈哈大笑说："我好意关照你们，你们偏偏不信。要是我不给你们对调，好像我不肯帮助你们似的。可是我得说明在前，我只能给你们对调，可没有本领再调回来。如果对调之后你们觉得更不满意，又想调回来，我就不能帮助你们了。"

瞎子毅然回答说："我的希望是看见光亮，光亮能照出一切事物的真相。我只要能看见一丝儿光亮，我就有福了，哪儿会反悔呢？"

聋子也毅然回答说："我的希望是听见声音，声音是从一切事物的心底发出来的。我只要能听见一丝儿声音，我就有福了，哪儿会反悔呢？"（两人此刻的坚决和后来的懊悔形成了鲜明对比。）

　　风车把翼子顿了几顿，仿佛一位老人在点头。他说："你们的意志非常坚决，我一定满足你们的要求。你们站得近一些，待我扇三下，你们就对调了。"

　　瞎子和聋子心里十分高兴，他们俩飞快地跑到风车跟前。"呼，呼，呼"，风车的翼子转了三下，他们俩立刻对调了。瞎子的眼眶里忽然突起两颗眼球，他只觉得一闪，描摹不来的一闪，他看得见光亮了，看得见一切事物了；同时，他再也听不见声音了。聋子的耳朵仿佛忽然打开了门，他只觉得一响，描摹不来的一响，他听得见声音了，听得见一切事物心底的话了；同时，他再也看不见光亮了。

　　从此以后，咱们为了说起来方便，就管原来的瞎子叫"新聋子"，管原来的聋子叫"新瞎子"。现在是新聋子牵着新瞎子，新瞎子作种种手势向新聋子示意了。他们俩跟风车道了谢，向市集走去。

　　说也奇怪，市集中的人好像都知道他们俩对调了，瞎子变成了聋子，聋子变成了瞎子。他们俩走到哪儿，哪儿就引起一阵纷扰。

　　新聋子看得见这些人的形状了，这在他是新鲜事儿，所以他看得格外仔细。这些人对他们俩指指点点，脸上现出轻蔑的笑；嘴唇都在动，他虽然听不见，可是根据先前的经验，知道说的都是些嘲弄他们俩的话。他想："没想到世界上有这样叫人受不了的笑容！他们这样笑，无非表示他们是健全的人，幸福的人，所以值得骄傲。难道我们这样的残废的人，不幸的人，就应该感到羞耻么？看见这样的笑容真叫我懊悔，尤其是我初有眼球就看见这样的笑容！"他拉着新瞎子就跑，只想赶快离开。

　　这时候，新瞎子已经听见这些人在说些什么了，这在他是新鲜事儿，所以听得格外用心。这些人用俏皮的声调取笑他们俩说："真是奇闻，瞎子变成聋子，聋子变成瞎子，可是总逃不了是个残疾！你看，一个牵着一个，攒着眉头，侧着耳朵！多丑啊！"新瞎子虽然看不见这些人的表情，可是根据先前的经验，知道周围都是奚落的脸色。他想："没想到世界上有这样叫人受不了的话。他们这样说，无非表示他们是健全的人，幸福的人，所以值得骄傲。难道我们这样的残废的人，不幸的人，就应该感到羞耻吗？听见这样的话真叫我懊悔，尤其是我刚能辨别声音就听见这样的话！"他推着新聋子，要他快点儿跑。

他们俩一个推一个拉，跑得马一样快。

一种疲劳到极点的声音使新瞎子停住了脚步。他听见有好多人在喘息，而且都是老年人。吁吁的呼气，好像一下一下地在挤许多已经破了的皮球，还夹着彼此响应的痰嗽声。他又听见沉重的脚步声，听见担子在晃动，听见有人在搬运砖瓦，但是都不及那喘息声刺耳，使得他浑身感到难受。他再不愿听见那种声音，但是他已经不是聋子了！

新瞎子一站住，新聋子也站住了。他看见许多老年人在一片尘土飞扬的砖瓦场上干活。他们挑着很重的砖瓦，背都弯得像个钩子；由于拼命使劲，枯瘦的脸涨成酱色，汗水满身，好像涂了油；脚几乎移不动了，挺一挺，抖几抖，才能向前移一步。（作者抓住老人们背、脸、脚的主要特点，形象地勾勒出老人们辛苦劳动的模样。）这种景象使新聋子笼罩在悲哀的气氛中。他觉得新生的眼球有点儿潮润，他想这大概就是常听人家说的流起眼泪来了。一阵又酸又麻的感觉从他心里一直透到眼睛和鼻子之间，非常难受。他再不愿看见那种景象，但是他已经不是瞎子了！

结果还是一个拉着，一个推着，逃难似的跑开了。

新聋子失望地长叹一声说："我新得到的眼球已经看见了两种很不舒服的事物！"他问新瞎子："你的运气怎么样？可曾听见什么可爱的

声音？"

新瞎子指指耳朵，伸出两个指头，皱着眉摇摇头，表示"自从打开了耳朵的锁，已经听见了两种不愉快的声音了"。

新聋子说："我早就告诉你，世界上没有什么好听的声音。现在你相信了吗？"

新瞎子又做了几个手势，表示"我也早就告诉你，世界上没有什么好看的事物。现在你相信了吗"。

"不要互相责备吧。咱们的快乐就在咱们的希望里边。咱们再往前走，希望你能听见可爱的声音，我能看见可爱的事物。"（这段话表现了瞎子和聋子仍然对世界抱有美好的期望。）

听了新聋子的话，新瞎子点头赞成。他们俩又提起轻快的脚步向前走。

忽然一片可怕的红色把新聋子吓呆了。他辨不清是什么东西，只觉得自己心里的血就要从嘴里喷出来似的。他脑子里模模糊糊的，两只脚仿佛被钉住了，一点儿移动不得。等到稍稍清醒的时候，他才看清楚那是一头猪，侧躺在一条肮脏的板凳上，血正从它的胸口流出来。屠夫从它胸口拔出亮晃晃的尖刀。新聋子感觉浑身非常难受，好像有许多尖刀在刺他。又看见好些半爿的猪挂在一根横木上，猪嘴里的牙齿露在外边，好像要咬人的样子，眼睛半开半闭，似乎在那里偷偷地看人。新聋子害怕极了，脑子里又模糊起来。他双手掩住了眼睛大喊："我不要再看了！"

这时候，新瞎子突然听见一声惨叫，那声音尖锐极了，他感觉他的心好像中了一支冷箭似的。（将尖锐的声音比作冷箭，以触觉写听觉，凸显了这种声音带给人冰冷、刺痛的感觉。）歇了一会儿，他听见一连串号哭似的声音，听着直觉得浑身发抖。接着，他又听见血喷出来的声音，血流到一个瓦钵里的声音。猪的叫声越来越微弱了，只剩下垂死的喘息了。新瞎子听得害怕极了，几乎吓破了胆。他双手掩住了耳朵大喊："我不要再听了！"

一个喊"不要再看"，一个喊"不要再听"，正在同一个时候。

听了新聋子的喊声，新瞎子就作手势把自己的心思告诉新聋子。

新聋子吃惊地说："你也不要再听了吗？那么，咱们不是就没有希望，得不到快乐了吗？"

新瞎子点点头，表示"的确是这样"。

他们俩凄惨地站在那里。新聋子掩住了刚能看见的眼睛，新瞎子掩住了刚能听见的耳朵。两个人都不敢放手，永远不敢放手，因为神异的风车不能帮助他们恢复原状了。

（1922年4月10日写毕）

名师赏析 Mingshi Shangxi

人生不可能是完美无缺的，总会有这样或那样的遗憾。如果我们只是一味地羡慕别人，不仅得不到任何快乐，甚至连自己原有的快乐也会失去。人生最重要的是面对现实，然后用一颗积极乐观的心去战胜它，并珍惜自己所拥有的，这样才能创造出属于自己的幸福和未来。

● 好词好句

乌溜溜　郁郁葱葱　殷切　描摹　轻蔑　奚落

● 延伸思考

你觉得瞎子和聋子的身上有优点吗？如果有，是什么？

克宜的经历

克宜是个农家的孩子。他帮父母种田，举得起小小的锄头，认得清稻和麦的种类，辨得出泥土和肥料的性质。什么鸟儿是帮助农人捕捉害虫的，什么风是吹醒一切睡着的花草的，他完全明白。早晨下田，他第一个跟起早的太阳打招呼。夜晚上床，月亮陪伴着他，轻轻地把柔美的梦覆盖他的全身。他没有什么不快乐的念头，从来不知道不快乐是什么滋味。（作者说得这么肯定，其实是为后文的转折做铺垫。）

从都市里回来的人告诉克宜的父母说："都市里真快乐，快乐的生活是咱们想象不到的。这一回我看了一遍，好像做了个美丽的历乱的梦，讲不出是什么样的快乐，但是的确快乐极了。咱们都老了，不一定要住在那样快乐的地方。咱们的儿子年纪都还很轻，不可不叫他们到那里去住住。不然，咱们不把幸福指点给他们，实在有点儿对不起他们。"

克宜的父母听了这样的话，心里很感动。他们对克宜说："邻家伯伯从都市归来，说那里快乐得说也说不明白。你是个年轻的孩子，应当到那里去住住，享受点儿快乐。我们因为爱你，知道了幸福在哪里，总要给你指点明白。"

克宜很孝顺，父母的嘱咐，他没有不听从的。这一回，父母要他到都市里去，他自然很顺从地答应了。

父母又说："既然你很愿意去，你就放下手里的锄头，早点儿动身吧。"

克宜放下锄头，辞别了父母，离开了自己家的田地，走了几步，觉得有点儿舍不得，又回了转来。［他跟田里的庄稼说了些告辞的话，又跟鸟儿合唱了几支离别的歌。他向风说："您不怕走远路，送我一程吧！"他对太阳说："隔几天我再给您请早安吧。您回去的时候遇见月亮，请您叮嘱她不要记挂我，不要过分伤心。"］❶

跟所有的朋友一一告了别，克宜才转身向前走。［风听他的话，跟随着他，一阵又一阵，带着田野里的花香。］❷他觉得好像还在田里耕作。

克宜走了一程，觉得有点儿疲倦，坐在一棵大树底下休息。风还一阵一阵地送来花香。他渐渐地蒙眬了，忽然一阵又轻又脆的扑翅膀的声音惊醒了他，就在他头顶上。他抬头一看，原来一只蜻蜓撞在蜘蛛网上给网住了。

他仔细听，那蜻蜓正在哀求他帮助呢："善良的青年人，您救救我吧。我被网住了半天了，再不想法逃脱，坐在网中央的那个魔王就要把我给吃了。善良的青年人，只要您一举手，我就有命了。快救救我吧！"

克宜听了，觉得蜻蜓很可怜，就拾起一根树枝，举起来轻轻一拨，蜻蜓就脱离了罗网。

蜻蜓拿出一个小圆筒似的镜子来，对克宜说："这镜子同我们蜻蜓的眼睛一个样，可以看见人的眼睛看不见的事物。你要知道一切事物将来会是什么样子，用这镜子一照就成了。您救了我的命，我把这镜子送给您作为报答。"

蜻蜓说完，扑着翅膀飞走了。克宜藏好了镜子，他不再休息，一口气跑进了都市，在一家店铺里当学徒。

在店铺里，克宜认识了许多许多东西，都是以前没见过的。［一个方匣子，上面有几支针自己会转动，隔一会儿会自己发出钟声来。他听人说这叫做"钟",又听人说敲五下六下的时候是早晨,晚上敲十二下的时候是半夜。许多垂垂下挂的灯,不用添油,不用点火。他听人说这叫做"电灯",到晚上自然会亮,到天晓自然会灭。街上一个人坐在有两个轮子的东西上,这东西有两根长柄,由另一个人拖着飞跑。他知道了,这叫做"人力车"。一个又矮又阔的怪物,到晚上,怪物的巨大的眼睛放出耀眼的光,载着几个人飞驰而过。他知道了,这叫做"摩托车"。一所玻璃的小屋子,里面挤满了人,不用人拖,不用牛拉,跟又矮又阔的怪物一样,也能自己飞跑。他知道了,这叫做"电车"。]❸

　　但是他看不见他的老朋友。田里的庄稼,发散着香气的泥土,会飞会唱的鸟儿,送来花香的风,在城市里,他统统找不到。虽然新鲜的东西是那样有趣,但是他真挚地记挂着他的老朋友们。

　　第二天早上,他在床上醒来,一向的习惯,张开眼睛总是很明亮,可是为什么只看到漆黑的一片呢?天还没有亮吗?醒得太早了吗?他疑惑极了,走到窗边向外面张望,街上也很暗,电灯还没有熄灭,放出惨淡的光。他以为还在夜里,可是钟敲起来了,一下,两下,……

名师导读

❶ 从克宜的话中可以看出,在克宜的眼中,大自然的一切都有着和人类一样的生命和情感,克宜对大自然有着非常真挚的感情,这为后文克宜最终选择回到他的家乡埋下伏笔。
（语言描写）

❷ 将风儿轻轻吹拂的情形想象成在为克宜送别,形象地表现出了克宜和风儿之间依依不舍的心情,表现了风儿对克宜的真挚情感,令人动容。
（拟人）

❸ 作者没有直接说出克宜在都市里都遇到了什么,而是从克宜的视角来描述这些东西的有趣和怪异,突出了这些东西的特征,也更加符合人物的身份和性格。
（细节描写）

六下，不明明是早晨了吗？

早晨的太阳哪里去了，为什么不来跟他打招呼呢？起了床就应该做事儿，现在做什么事儿呢？他感到一种忍受不了的沉闷和压迫，很不舒适。但是黑暗包围着他。怎么才能打破这黑暗的包围，畅快地透一口气呢？

他要漱口，不知道哪儿有水；他要洗脸，不知道哪儿有脸盆和毛巾。他只好默默地坐在大海似的黑暗中，（大海广阔而深邃，用大海来比喻黑暗，更凸显了黑暗的无边无际，以及它能将一切吞没的危险与可怕。）细细辨别那刚尝到的不愉快的滋味。钟敲了七下，又敲了八下，才有一些淡淡的光从窗口透进来。一切全都沉寂，只听得那个钟"滴答滴答"，响个没有完。

他回想在家的时候，这会儿满耳朵都是高兴的声音。晨风在村中在田里低唱，鸟儿成群地唱着迎接太阳的颂歌，在田间劳动的同伴互相问答，间着水车旋转的咿呀声，锄头着地的砰砰声。村里的鸡此起彼伏啼个不止，黄牛也偶然仰天长鸣一声……想起这些，他更耐不住这里的寂寞凄凉，屋里屋外都冷清清的，有点儿像坟墓。他无可奈何，取出蜻蜓送给他的镜子来摆弄，看看它究竟有什么神异。

他拿起镜子，看师傅和师兄弟的床。他们的帐子都掩着，都还没做完他们的梦。他想用镜子照一照他们，看他们在镜子里会出现什么形象，倒是一件有趣的事儿。他就揭开一位师傅的帐子，把镜子凑在眼睛上一照。怕极了！怕极了！那位师傅只剩下皮包骨头，脸上全没血色，灰白得吓人。这不是跟死人一样吗？他不敢再看，立刻放下帐子。他想，再照照别的人看，或者会有好看的形象。他就拣了一位肥胖的师兄，揭开他的帐子，把镜子凑在眼睛上一照。怕极了，怕极了，那个师兄也瘦得只剩皮包骨头，脸上毫无血色，灰白得吓人。这不是跟死人一个样吗？他不敢再看，立刻放下了帐子。

好奇心驱使着他，他用镜子照遍了所有睡着的人，都吓得他不敢再看。他想："这里不是个好地方，我明明看到了他们将来会是什么样子了。还是早早离开的好。"他离开了那家店铺，进一所医院去当了练习生。

在医院里，克宜头一回看见害病的人，嗅到药水的气味。那一夜他值班，在一间病室里任看护。病室里有八张床，都躺着病人。夜已经很深了，钟已经敲过一下。窗外只有树叶被风吹动的声音，沙沙地使他感到害怕。室内充满了病人痛苦的呻吟：有的突然叫喊起来；有的声音颤抖，拖得很长；有的毫无力气，低声呼唤；也有不断喊妈的，可是没人答应。（这组排比将病人的痛苦表现得淋漓尽致，加深了病室里凄惨的氛围。）克宜听着，心里难受极了，从来没经历的凄惨把他包围住了。

听医院里的人说，这间病室里的八个人，有四个是从电车上摔下来受的伤，两个是开摩托车不小心，和别的车辆相撞受的伤。受伤最重的一个断了腿骨，医生给他接好了，用木板绑着，固定在一个坚固的架子上，防他受不住痛而牵动，挣脱了接榫。连连呼叫"妈，快来吧！妈，快来吧"的，正是这个病人。

克宜受不了这种凄惨的声音和景象，就取出蜻蜓送给他的神异的镜子来摆弄。电灯光照得室内一片惨白，有什么可照的东西呢？所有的就是这八个病人。他就拿起镜子凑在眼睛上，看这些病人。奇怪极了！奇怪极了！他们的腿和脚又细又小，就跟鸡的爪子一个样；放下镜子再看，他们跟平常人没有多大差别。

克宜又奇怪又疑惑。医生来检查病人了，后面跟着几个助手。克宜想，他们都是健全的人，用镜子照着看，想来不至于有什么变化。他暗地里取出镜子来凑在眼睛上。太奇怪了！太奇怪了！他们的腿和脚也又细又小,也像鸡的爪子似的,跟八个病人的丝毫没有两样。他想:"这里不是个好地方,我明明看到了他们将来的腿和脚。还是早早离开的好。"他就离开了那所医院,进一座剧院去当了职员。

夜戏开场了,喧闹的音乐,刺耳的歌唱,他听了觉得头脑发瓮。满院子的看客看得正起劲,个个现出高兴的笑容。男的吸着烟卷,女的扬着蘸透香水的手巾,也有吃东西的,谈话的,都表现出他们既舒适又悠闲。演员唱完一段,他们跟着一阵喝彩,告诉别人他们是能够欣赏的行家。

克宜听着一阵阵的喝彩声,耳朵里难受极了,嗅着人气混着烟味和香水味,鼻子也很不舒服。他的手心和额角有点儿焦热,身子也站不稳了。他想:"这里的工作大概太累了,不如取出神异的镜子来散散心吧!"他就把蜻蜓送给他的镜子,凑在眼睛上。

奇怪的景象在镜子里出现了。<u>那些看客个个只剩皮包着骨头,脸上全没血色,灰白得吓人,腿和脚又细又小,像鸡的爪子似的,跟在医院里看到的那些人一模一样。他们不能行走,不能劳动,得不到一切吃的东西,只得在那里等死。</u>(这一段描写反复出现,是为了强调都市的未来是痛苦不堪的,与后文中田野的美好未来形成鲜明对比。)放下镜子再看,满院子都是高贵的舒适而悠闲的看客。

他不敢再看,立刻奔出了戏院。他想:"我为什么还不回去呢?明明看见了都市里的人们的将来的命运。"他连夜向自己的家乡奔去,不管路上怎样黑暗。

天刚刚亮,他跑到了自家的田地旁。晨风轻轻地吹,带着新鲜的花香。他欢呼着:"风,我的好朋友,你送我动身,又迎我回来了!"太阳从很远的地平线上露出第一缕光芒,使大地上的一切都饱含生意。他欢呼着:"太阳,我的好朋友,我又来向你问好了。月亮好吗?她昨夜跟你谈起了我吗？"鸟儿们早已唱得很热闹了。他欢呼着："鸟儿们，我的好朋友，你们唱吧，我又回到你们的队伍里来了！"田里的庄稼一齐向他点头。他感动得流下眼泪来，欢喜得话也说不成了，只是喃喃地说："我的宝贝……我的宝贝……"

　　正要回家去看父母，他忽然想起了那神异的玩意儿：为什么不在这儿也照一照呢？他取出蜻蜓送给他的镜子，凑在眼睛上一看。他快乐得大声叫喊起来："将来的田野，美丽极了，有趣极了，真会有这样的一天吗？"（最后一句表现了作者对田野的赞美，以及对未来的美好向往。）

（1922年4月12日写毕）

名师赏析 Mingshi Shangxi

　　人人都说都市里充满快乐，可从来不知道不快乐的滋味的克宜，却偏偏在都市里碰到了那么多的不快乐。相较于田野里的欢笑和美丽，都市呈现给克宜的都是痛苦和磨难。作者借克宜的经历揭露了旧社会的黑暗，表现了作者对城市中受压迫的劳苦大众的同情以及对未来美好生活的向往。

● 好词好句

历乱　真挚　惨淡　此起彼伏　仰天长鸣

● 延伸思考

1.当克宜从都市回到田野之后，你觉得他的心境会发生什么变化？

2.想象一下，店铺、医院和剧院里的人眼中的都市又是什么样呢？

跛乞丐

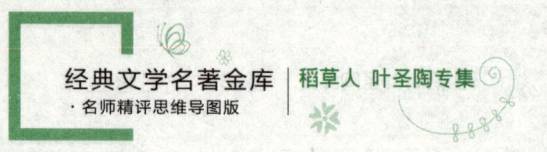

街上那个跛乞丐,我们天天看见的,年纪已经很老了。蓬乱的苍白的头发盖没了额角和眉毛;两颗眼珠藏在低陷的眼眶里,放出暗淡的光;脸上的皮肤皱得厉害,颜色跟古铜一样。从破烂的衣领里,可以看见他的项颈,脉络突出,很像古老的柏树干。他的左脚老是蜷曲着,不能着地,靠一根树枝挟在左胳肢窝里,才撑住了身子,不至于跌倒。(作者抓住跛乞丐的外貌、衣着、动作等主要特征,生动地刻画出了一个年老的跛乞丐的形象,人物特征非常鲜明。)

他在街上经过,站在每家人家每家铺子的门前,发出可怜的沙哑的声音:"叨光一个吧,好心的先生太太们!"人们总是用很厌烦的口气说:"又来了,讨厌的老乞丐!"随手将一个小钱很不愿意地扔给他。小钱有时落在砖缝里,有时掉在阴沟边。他弯下了身子,张大了眼睛,寻找那跳跃出来的小钱。好久好久,捡到了,他就换过一家,重新发出可怜的沙哑的声音:"叨光一个吧,好心的先生太太们!"

独有街上的孩子们很喜欢他。他能够讲很多的有趣的故事,使他们不想踢毽子,不想捉迷藏,不想做一切别的玩意儿,只满心欢喜地看着他封满胡子的嘴,等候里边显现出美妙的境界和神奇的人物来。(孩子们的反应与大人形成了鲜明对比,表现了孩子们的单纯和善良,以及大人的世故和冷漠。)每当太阳快要下去月亮快要上来的时候,他总坐在一棵大榆树底下休息。不必摇铃，不必打钟，街上的孩子们自然会聚集拢来，围在他的身边。于是他开始讲故事了。

跛乞丐讲的故事，孩子们都记得很熟。关于他自己的故事，就是左脚为什么跛了，他也讲给孩子们听过。以下就是孩子们转讲给我的。

他的父亲是个棺材匠。他十三四岁的时候，父亲对他说："你的年纪渐渐地大了，不可不学会一种职业。我看就学了我的本业，将来也当一个棺材匠吧。"

"不，不行。"他回答道，"<u>我看见街上抬过棺材，人家总要吐一口唾沫。人家都不喜欢棺材这个东西。我要是当了棺材匠，就得一生陪着棺材挨骂，所以我不愿意。</u>"（跛乞丐的回答体现了他叛逆的性格，也说明他有自己的理想和原则。）

父亲大怒道："你敢违抗我的话！我就是棺材匠，几时看见人家骂我讨厌我？"

"我，我就讨厌你，就要骂你。好好一个人，不做别的东西，去做一个个木匣子，把人一个个装在里边！"

父亲怒到极点，举起手里的斧头就向他的头上劈过来。幸亏他双手灵活，抢住了斧头的柄，嘴里喊道："不要像劈木头一样劈你的儿子！我不是木头呀！"

父亲的手被挡住，狠劲也过去了，就说："饶了你这条小命吧！可是，你不肯继承我的本业，也就不是我的儿子。今天就离开这里，不许你再跨进我的大门！"

他从此被赶出家门了。肚子渐渐有点儿饿了，他想，现出必须找一个职业了。但是做什么呢？一时拿不定主意。他就沿着街道走去，看有什么他愿意做的事情。

有个孩子趴在楼窗上，望着街那头的太阳，天真地说："是时候了，爸爸的心，爸爸的信，该在绿衣人的背包里吧。安慰人们的绿衣人呀，你快快来到我家的门前吧！"

他听了孩子的话，深深地点点头，仍旧朝前走去。

矮矮的竹篱内有一间书房，窗正开着。有个青年坐在里边，伏在桌子上写东西，忽然抬起头看看墙上的钟，满怀希望地说："是时候了，朋友的心，朋友的信，该在绿衣人的背包里吧。安慰人们的绿衣人呀，你快快来到我的竹篱外边吧！"

他听了青年的话，更深深地点点头，仍旧朝前走去。

路旁是一个公园，有个女郎坐在凉椅上，对着花坛里的花出神。树上的鸟儿一阵叫，把她惊醒了。她四围望望，自言自语说："是时候了，他的心，他的信，该在绿衣人的背包里吧。安慰人们的绿衣人呀，你快快来到我的家里吧！"她站起来，匆匆地走了。看她步子这样轻快，知道她的希望正火一般地燃烧呢。（将希望比作燃烧的火，体现了女子的情感的炽烈，非常形象。）

听了女郎的话，他很高兴地拍着手道："我已经选定了我的职业了！"

他奔到邮政局里，自称愿意当一个绿衣人。邮政局里允许了，给他一身绿衣服和一个绿背包。他穿上绿衣服，背上了绿背包，就跟每个在街上看见的绿衣人一模一样了。

他当绿衣人比别人走得快。他取了信连忙向背包里塞，背包胀得鼓鼓的，像胖子的肚子。他拔脚就跑，将每封信送到等候信的人的手里，还恳切地说："你的安慰来了，你的希望来了，快拆开来看吧！"说罢，他又急忙跑到第二个等候信的人的面前。

人们都非常欢喜他。从他手里接到信，除了信里的安慰，还先从他的话里得到安慰。所以人们只希望接到他送来的信。人们又想，发出去的信由他投送，收信的人一样可以得到分外的安慰，所以都愿意把信交到他的手里。

他的背包跟不断打气的气球一样，越来越鼓了。别的绿衣人的背包跟乞丐的肚子一样，越来越瘪了。（通过将他的背包和其他绿衣人的背包相比较，体现了他受人们欢迎的程度。）他背着沉重的背包，羊一般地飞跑，不怕疲倦，也不想休息。

街旁有一所屋子，藤萝挂满了门框，好像个仙人住的山洞。他每回经过这家门前，总见一个姑娘站在那里，忧愁地问他："你的背包里可有他的心？"他很不安地回答说："很抱歉，没有他的信。"姑娘两手掩着脸，伤心地哭了。

姑娘盼望的是她情人的信，也是她情人的心。情人离开了她，去到什么地方，她不知道，也没有来过一封信。她天天在门前等着，等候这可爱的绿衣人经过。可是她终于伤心地哭了，两手掩着脸。

这一天他经过这家门前，姑娘照旧悲哀地问他。他又只好回答："很抱歉，没有他的信。"姑娘好像要晕过去了，哭得只是呜咽。停了一会，才断断续续地说："三年前的今天，他离开了我。整整的三年，没有一点信息，不知道他的心在哪里了！"说罢，更加呜咽不止。

他听了非常难过，就安慰姑娘说："你不要哭，滴干了眼泪是不好的。我一定替你去找寻，把你要的他的心带给你。三天，不出三天！"

姑娘止住了啼哭，向他点点头表示感激，含着泪水的眼睛放出希望的光。

他就日夜不停地走，穿过了白天不见太阳、夜晚不见月亮的树林，经过了没有水也没有草的沙漠，爬过了有毒蛇猛兽的峻峭的山岭，才找到了姑娘的情人所在的地方。（运用一组排比句，强调了他寻找姑娘的情人的艰难和辛苦。）他告诉姑娘的情人，姑娘怎样地思念，怎样地哀伤，怎样地啼哭。姑娘的情人被感动了，立刻写了一封很长的信，极真挚的信，把整个心藏在里边了；写好之后，就交给他，托他送给那个姑娘。

他拿了信，爬过了有毒蛇猛兽的峻峭的山岭，经过了没有水也没有草的沙漠，穿过了白天不见太阳、夜晚不见月亮的树林，来到姑娘的门前——来回刚好是三天工夫。

姑娘已经在门前等候，看见了他连忙问："我要的心，我要的心呢？"他不作声，就把信交给姑娘。姑娘马上拆开来看，越看越露出笑容，看到末了就快乐地说："他爱我，他依然爱我呢！可爱的绿衣人，多谢你的帮助！"

"这算得什么呢？只要你得到安慰，我什么都愿意的。"他高兴地回答。

他回到邮政局里。邮政局里因为他三天没有到差，罚去他一个月的工钱。他依然羊一般地飞跑，把安慰送给人们。（表明他已经完全沉浸在工作的快乐里，根本不在乎自己受到的损失。）

在街上，他常常遇见一个孩子，拦住他说："我有一封信，寄给去年的朋友小燕子，请你带了去吧！"他很不安地回答说："很抱歉，我不晓得小燕子住在什么地方，没有法子替你带去。"那孩子呆呆地站着，现出失去了伴侣的苦闷的神色。

孩子的朋友小燕子去年住在孩子家里。他们俩一同在屋檐下歌唱，一同到草地上游戏，一刻也不分离。秋天到了，小燕子忧愁地对孩子说："要跟你分别了，我的家族要迁居了。"孩子十分不愿意，但是没有法子，只得含着眼泪送走了她的朋友。小燕子去后，孩子十分想念，就写了一封信，希望最可爱的绿衣人能给她带去。可是她终于呆呆地站着，现出失去了伴侣的苦闷的神色。

这一天他送信，在街上经过，一个妇人拦住了他，对着他哭，伤心得连话也说不成了，拿着一封信向他的背包里乱塞。他一看，就是孩子天天拿着的那封信，上面很有些手指的污痕了。他问妇人说："孩子怎么了？"妇人勉强抑住了哭，哀求他说："我的孩子病了，昏倒在床上。她迷迷糊糊地说，一定要把她的这封信寄去。你给她带了去吧，可怜可怜我的孩子吧！"说罢，她的眼泪成串地往下掉。

他听了十分难过，就安慰妇人说："你不要哭，回去陪着你的孩子吧。我一定替她去找寻小燕子，把她的信送到。你回去告诉她，叫她放心。"

妇人收住了眼泪，向他说了声"多谢"，慈祥的脸上露出一丝笑容。

他就日夜不停地走，经过了树木长得很高很大的炎热的地方，渡过了风浪险恶的海洋，才寻到了小燕子所在的海岛。他把信交给小燕子，并且告诉他，孩子怎样想念他，怎样害了病。小燕子快活地扑着翅膀说："我也给她写了一封信，没法寄，想念得快要生病呢。你既然来了，我的信就托你带去吧。"

<u>他拿了小燕子的信，渡过了风浪险恶的海洋，经过了树木长得很高很大的炎热的地方，来到孩子的家里——来回一共是五天工夫。</u>（表现了他回家的过程，与前文相呼应。）

孩子看见他，连忙问："我的信，我的心寄去了吗？"他把小燕子的信交给孩子，对孩子说："这是你没想到的东西。"孩子连忙拆开来看，快活得只是乱跳，欢呼道："他快来看我了！他快来看我了！可爱的绿衣人，多谢你的帮助！"

"这算得什么呢？只要你得到安慰，我什么都愿意的。"他高兴地

回答。

他回到邮政局里。邮政局里因为他五天没有到差，罚去他两个月的工钱。

有一天，他送信经过街上，看见一个猎人抱着猎枪，坐在凉椅上打盹儿，身旁堆着好几头打死的野兽。忽然听见有个很弱很弱的声音在招呼他："一封紧急的快信，烦你送一送吧！"他仔细一看，原来有一只野兔还没有死，血沾满了灰色的毛，凝成一团，样子很难看，眼睛已经睁不大开，前爪拿着一封信。

他问野兔："你怎么啦？"野兔忍着痛回答说："我中了枪弹，快要死了。我死算不了什么，就是不放心我的许多同伴。我们这几天开春季联欢会，聚集在一起，在山林里取乐。我刚才听这位打盹的先生说：'那边东西多，明天要约几个打猎的朋友，多多地打他一回。'我就想我的死不是值得害怕的事儿。我这封快信，就是要告诉我的同伴，不要只顾快乐；灾难快要到临，赶紧避开吧！"野兔的声音越来越弱，话才说完，四条腿轻轻地挺了几挺，就跟他旁边的同伴一同长眠了。

他听着看着，心里很难过，不觉滴下眼泪来。（细节描写表现了他的善良，即使对鸟兽，他也同样具有同情心。）他连忙拾起野兔的信，照着信封上写的地方奔去。越过了很深的山涧，爬上了很陡的崖石，钻进了很密的树林，他才到了野兔的同伴们聚集的地方。山羊，梅花鹿，野兔，松鼠，都在那里歌唱，都在那里跳舞；鲜美的果子堆得满地。

小兽们玩儿得正高兴，看见了他，觉得有点奇怪，都走近来打听。他把野兔的信交给小兽们。小兽们看了都非常惊慌，纷纷向密林中逃窜。正在这时候，起了一种嘈杂的声音。他才回转身，不知什么地方发来"砰"的一枪，一颗枪子打中他的左腿，他昏倒了。

他醒转来以后，用草叶裹了受伤的腿，一步一颠回到邮政局里。又是两天没有到差了，这是第三次犯过失，跛子又本来不适宜送信，邮政局就不要他了。

他再不能做什么事，就成了乞丐。

（1922年4月14日写毕）

名师赏析

故事的主人公是一个悲凉的角色：他乐于助人，勤劳善良，勇敢坚强。可偏偏这样一个一心想着为别人送去安慰和快乐的人，自己却因此遭到了不幸。见义勇为的他并没有得到应有的尊敬，反而丢了工作，成了乞丐，人们见到他甚至都避而远之，这正反映了当时社会的冷漠和无情。当然，这个故事也告诉我们，不能只凭外表去判断一个人的心灵，对于生活中像主人公这样的人物，我们必须给予尊敬和赞美。

● 写作借鉴

本文采用倒叙的手法，开头先写出了跛乞丐的现状，突出了他的不幸和凄惨，引发读者的疑问：跛乞丐原来是什么样子的？为什么会变成这样？然后再从头说起，讲述了跛乞丐如何认真工作，如何帮助别人，以及如何变成跛乞丐的经过。前后反差之大，令人印象深刻。

● 延伸思考

1.孩子们为什么不讨厌跛乞丐，反而很喜欢他？
2.试着描述一下跛乞丐在遭到人们的嫌弃和厌恶时的心理活动。

快乐的人

世界上有快乐的人吗？谁是最快乐的人？（开篇即提出了两个疑问，激发读者的阅读兴趣。）

世界上有快乐的人的，他就是最快乐的人。现在告诉你们他的故事。

他很奇怪，讲出来或者不能使你们相信，但是他确实这样奇怪。他周身包围着一层极薄的幕，这是天生的，没有谁给他围上，他自己也不曾围上。这层幕很不容易说明白。假若说像玻璃，透明得跟没有东西一样倒是像了，但是这层幕没有玻璃那么厚。假若说像蛋壳，把他裹得严严的倒是像了，但是蛋壳并不透明。总之，这层幕轻到没有重量，薄到没有质地，密到没有空隙，明到没有障蔽。（连用四个"没有"，直接否定了这层幕的众多物理性质，使其更加神秘，令人难以捉摸。）他被这么一件东西包围着，但是他自己不知道被这么一件东西包围着。

他在这层幕里过他的生活，觉得事事快乐，时时快乐。他隔着这层幕看环绕他的一切，又觉得处处快乐，样样快乐。

有一天，他坐在家里，忽然来了两个客人。这两个客人原来是两个骗子。他们打算弄些钱去喝酒取乐，就扮做募捐的样子，一直跑到他家里。因为他们知道，他周身围着一层幕，看不出他们的破绽。

两个客人开口向他募捐。他们的声音十分慈善，他们的话语十分恳切。他们说：受到旱灾的同胞饿得只剩薄皮包着骨头；受到水灾的同胞全身黄肿，到处都渗出水来；受到兵灾的同胞提着快要折断的手臂在哀哭，抱着快要死去的孩子在狂叫。他们说救济苦难的同胞是大家应当做的事，所以愿意尽一点微力，出来到处募捐。

他听了两个客人的话，心里十分感动：受灾的同胞这样悲惨，这样痛苦，他觉得可怜；两位客人这样热心救人，他又很敬佩。他从口袋里取出一大块黄金交到客人的手里。两个客人诚恳地道了谢，就告别了。出了大门，两个人互相看看，脸上现出狡狯的笑容，一同去喝酒取乐了。

他捐了一大块黄金，觉得非常快乐。他闭着眼睛想："这两位客人拿了我的黄金，飞一般地跑到受灾的同胞那边，把黄金分给他们。饿瘦了的立刻有得吃了，个个变得丰满而强健；浸肿了的立刻得到医治，个个变得活泼而精壮；快要折断的手臂接上了；快要死去的孩子救活了。这多么快活！"他又想："我能得到这样的快活，都靠这两位客人。我会遇到这样好的客人，又多么快活！"他快活极了，对着镜子里的自己只是笑。

他的妻子在里屋，知道他又给骗子骗去了一大块黄金。她一直不满意他这样做，很想阻止他，但是看着他堆满了笑意的脸，不知为什么又没有勇气直说了，只在心里实在气不过的时候，冷讽热嘲地说他几句。他听妻子的话全然辨不出真味，因为他周身围着一层幕。

一大块的黄金无缘无故到了骗子的手里，他的妻子的心里该有多么难过。她想这一回一定要重重实实地骂他一顿，教训他以后不要再上骗子的当。她满脸怒容，从里屋赶出来。<u>但是一看见他堆满笑意的脸，她的怒气就发不出来了，骂他的话也在喉咙口梗住了。她只得脸上露出冷笑，</u>（妻子先是满脸怒容，后来只是冷笑，神态的变化表现了妻子的气愤和无奈。）用奚落的口气说："你做得天大的善事，人家一开口，大块的黄金就从口袋里摸出来。你真是世间唯一的好人！这样的好事，以

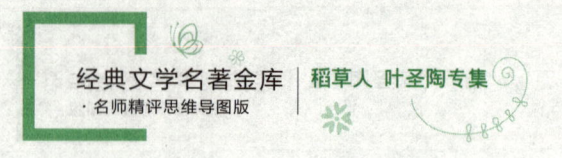

后尽可以多做些！做得越多，就见得你这个人越好！"

他看着妻子的笑脸，这么美丽，这么真诚，已经快乐得没法说了；又听她的话语这么恳切，这么富有同情，更快乐得如醉如痴，不知怎么才好。他的嘴笑得合不拢来，肥胖的脸上都起了皱纹；一连串笑声像是老鹳夜鸣。他好容易忍住了笑，说道："我遇见的人没有一个不是好人，尤其是你，好到使我想不出适当的话来称赞，更觉得含有深浓无比的快活。我当然依你的话，以后要尽量多做好事。"他说着，带了几块更大的金子，向外面走去。

前面是一片田野，矮墩墩绿油油的，尽栽些桑树。他远远望去，看见有好些人在桑林中行动。原来这时候正是初夏天气，蚕快要做茧了，急等着桑叶吃。养蚕的人昼夜不停地采了桑叶去喂蚕。桑林不是那些人自己的，他们得给桑林的主人付了钱才能动手采。他们又没有钱，只好把破棉衣当了，把缺了腿的桌子凳子卖了，凑成一笔钱来付给桑林的主人。所以每一片桑叶都染着钱的臭气。这种臭气弥漫在田野间，淹没了花的香气，泥土的甘芳。养蚕的人好几夜没有睡了，疲倦的脸上泛着灰色，眼睛网满了红丝。他们几乎要病倒了，还勉强支撑着，两手不停地摘采，不敢懈怠。这样困倦的人在桑林中行动，减损了阳光的明亮，草树的葱绿。（将养蚕人的辛苦融到客观景物之中，使景物也带上了困倦的色彩，这是一种移情于景的写作手法。）

他走近桑林，一点也觉察不到采桑的人的困倦，也嗅不出遍布在桑林里的钱的臭气，因为他周身围着一层幕，虽然这幕是透明无质的。他只觉得满心的快乐。他想："这景象多么悦目，多么叫人心醉啊！那些人真幸福！采桑喂蚕，正是太古时候的淳朴的生活。他们就过着这种淳朴的生活呢。"他一边想，一边停了脚步，看他们把一条一条的桑枝剪下来，盛满一筐，又换过一个空筐子。不可遏止的诗情像泉水一般涌出来了，他的诗唱道：

　　满野的绿云，满野的绿云，
　　人在绿云中行。
　　采了绿云喂蚕儿，喂蚕儿，
　　蚕儿吐丝鲜又新。
　　髻儿蓬松的姑娘们，姑娘们，
　　可不是脚踏绿云的仙人！
　　身躯健壮的，胳膊健壮的，
　　可不是太古时代的快活人！

　　他得意极了，反复吟唱自己的新诗，似乎鸟儿也和着他吟唱，泉水也跟着他赞美。若有人问："快乐的天地在哪里？"他一定会跳跃着回答："我们的天地就是快乐的天地。因为在这天地间，没有一个人、一块石头、一根草、一片叶子不快乐。"

　　他走过田野，来到都市里。最使他触目的，是一座五层楼房。机器的声响从里面传出来，雄壮而有韵律。原来这是一所纺纱厂，在里面工作的全是妇女。做妻子的，因为丈夫的力气已经用尽，还养不活一家老小；做女儿的，因为父亲找不到职业，一家人无法生活：她们只好进这个纺纱厂来做工。早上天还没亮，她们赶忙跑进厂去；傍晚太阳早回家了，她们才回家。她们中午吃的，是带进去的冷粥和硬烧饼。她们没有工夫梳头，没有工夫换衣服，没有工夫伸伸腰打个呵欠，就是生下了孩子，也没有工夫喂奶。她们聚集在一处工作，发出一种浓厚的混污的气息，凝成一种惨淡的颓丧的景象。这种气息，这种景象，充塞在厂房以内，笼罩在厂房之外，这座五层楼房，就仿佛埋在泥沙里、阴沟里。

他走进厂房，一点也觉察不到四围的混污和颓丧，因为他周身围着一层幕，虽然这幕是透明无质的。他只觉得眼前的一切都有趣味。他想："这机器的发明真是人类的第一快乐的事呵！试看机器的工作，多么迅速，多么精巧！那些妇女也十分幸福，她们只做那最轻松的工作，管理机器。"他看着机器在转动，女工在工作，雪白的细纱不断地纺出来，诗情又潮水一般升起来了，他的诗唱道：

人的聪明，只要听机器的声音，

人的聪明，只要看机器在运行。

机器给我们东西，好的东西。

我们领受它的厚礼。

我赞美工作的女人，

洁白的棉纱围在周身，

虽然用的力量这么轻微，

人间已感激她们的力量的厚意。

他兴奋极了：反复吟唱自己的新诗，似乎机器也和着吟唱，女工们都点头赞叹。若有人问："快乐的天地在哪里？"他必然会跳跃着回答："这里也就是一个快乐的天地。因为在这里，没有一个人、一块铁、一缕纱、一条带不快乐。"

他走出纺纱厂，一大群人迎了上来，欢呼的声音像潮水一般，而且一齐向他行礼。<u>这些人探知他带着很多的大块的黄金，想骗到手，大家分了买鸦片烟吸。他是不会知道底细的，他周身围着一层幕呢！</u>（这段心理描写表现了这些人实为口是心非、阴险狡诈之徒。）

这些人中的一个代表温和地笑着，向他说："天地是快乐的，人是快乐的，先生是这么相信，我们也这么相信。我们想，咱们在快乐的天地间，做快乐的人，真是最快乐不过的事。这可不能没有个纪念。我们打算造个快乐纪念塔，想来先生一定是赞成的。"

"赞成！赞成！"他高兴地喊着，就把带来的大块的黄金都交给了他们。他们欢呼了一阵，就走了，后来把黄金分了，大家买了鸦片烟拼命地吸。他呢，欢欢喜喜地回到家里，只是设想那快乐纪念塔怎么精美，怎么雄伟；落成的那一天怎么热闹，怎么快乐。这天夜里，他的妻子听见他在梦中发狂般地欢呼。

以上说的，是他一天的经历。他的快乐生活都是这么过的。

有一天，大家传说他死了，害的什么病，都不大清楚。后来有人说："他并不是害病死的。有一个恶神在地面游行，要使地面上没有一个快乐的人，忽然查出了他，就把他的透明无质的幕轻轻地刺破了。"

（1922年5月24日写毕）

名师赏析

所谓"最快乐的人"，不过是因为他被周身围着的幕蒙蔽了双眼，所以才看不到一切不快乐的事，这种建立在无知上的快乐是可悲可笑的。我们应当明辨是非善恶，在对真理的追求中寻找真正的快乐。

● 好词好句

冷讽热嘲　如醉如痴　弥漫　懈怠　不可遏止　颓丧

● 延伸思考

为什么快乐的人会因为幕被刺破而死掉呢？

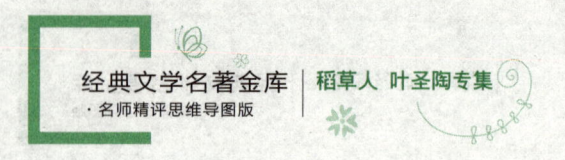

小黄猫的恋爱故事

孩子很奇怪,这几天里那只小黄猫常常找不到。往日里,小黄猫跟孩子一天到晚在一起,追赶那才着地又滚开的皮球,戏弄那才歇下来又飞走了的蝴蝶,彼此十分快活。吃饭的时候,小黄猫跟孩子并排坐着,等候孩子夹些鱼骨头之类的东西送到他嘴里。睡觉的时候,小黄猫钻进孩子的被窝,蜷着身子睡在他的肩旁。他们两个从不分离,几乎在梦里也没有孤单的时刻。可是最近几天,小黄猫常常不顾孩子,独自走开了。孩子尝到了从未尝过的孤寂滋味,着急地要把小黄猫找回来。<u>什么地方都找到了,在小黄猫常到的没生火的炉子旁边,在堆存旧东西的房间里,在破板壁的窟窿里,在院子角落里水缸的后边,都像找绣花针似的找过了,不见一丝儿踪影。</u>(强调了孩子寻找小黄猫的认真和执着,几乎每个角落都找遍了。)

有一天,小黄猫自己懒洋洋地回来了。孩子非常快活,迎上去把他抱在怀里,呜他,吻他,比平时更加亲昵。但是孩子立刻觉察到小黄猫有点儿异样,对于这样亲热的欢迎,小黄猫没有一点儿快乐的表示,平时那样轻轻地吟哦,活泼地蹦跳,也都不来了,好像有什么心事似的。孩子一不当心,小黄猫又独自走开了。好几回了,小黄猫老是这样。

孩子哪里料得到他的好朋友小黄猫,那只眼睛发亮毛色美丽的小黄猫,为什么跟他疏远,不再跟他一起玩儿呢?原来小黄猫在恋爱了。

事情是这样发生的。在一丛灌木的前面有一个清浅的池塘。树枝伸在水面上轻轻摇动，把池塘边装点得非常美丽。缠在树枝上的藤正开着蓝色的紫色的小花，清清楚楚映在池塘里。一头鹅儿在这图画似的池塘里游泳。葱绿的树枝遮住了阳光，鹅儿雪白的羽毛衬着碧清的水，有一种说不出的美。（通过对小黄猫恋爱环境的描写，介绍了故事发生的背景，并用美景衬托出鹅儿的美丽。）小黄猫正好来到池塘边散步，一看见鹅儿，爱情就火一般地燃烧起来了。

她确实是一只美丽的鹅儿，一身柔软的羽毛，戴着黄玉似的鹅冠，眼睛闪着金光，左顾右盼，好看极了。谁看见了都会爱她，何况是第一次看见她的小黄猫。他还是一只年轻的小黄猫呢。

小黄猫走近一点儿，用他的固有的柔和声音说："白衣的小姑娘，你在水面上游泳，好快乐呀！"

"我很快乐！"鹅儿略微转过头来，眼睛半开半阖，越见得姿态优美。小黄猫快乐得闭上了眼睛，好像嘴里含着一块糖，仔细品尝她那姿态的滋味。（用吃糖果时的感受来比喻小黄猫的快乐，象征着恋爱的幸福甜蜜，非常贴切。）

"你独自一个在这儿，不嫌寂寞吗？"停了一会儿，小黄猫问。

"倒不觉得。不过谁要是愿意跟我做朋友，在一起玩儿，我也非常欢迎。"鹅儿回答得这样婉转，足见她是一位聪明的姑娘。

"我跟你做朋友，在一起玩儿吧！"小黄猫诚恳地说。

"如果你愿意，那太好了。"鹅儿回答。

从此他们之间的友谊就建立起来了。小黄猫时常到池塘边去访鹅儿。他们谈池上的风景，什么时候彩色的蝴蝶飞来了，什么时候新鲜的花朵开了。他们各自唱心爱的歌儿给对方听，还讲自己听到的许多故

事。有时候鹅儿上岸来，跟小黄猫一同到灌木丛中，在绿荫下歇息。他们寻找藏在叶丛里的天牛，谁找到最美丽的谁赢。他们猜测从绿叶稀处飘过的浮云，什么时候过尽，什么时候再有云来。小黄猫因此就忘了往常一天到晚在一起玩儿的孩子了。

小黄猫虽然时常跟鹅儿一起玩儿，一起谈话，心里总觉得不宁帖，因为他有一句想说的最要紧的话还没有说出来，他有一个比一起玩儿进一步的希望还没有达到。"这怎么说呢？说了她将怎样呢？"他不断地想。忍着吧，实在忍不住，径直开口吧，又有点儿胆怯。（细节描写突出了小黄猫内心的犹豫不决。）因此他离开鹅儿回家的时候，唯有默默地沉思。孩子怎么会知道呢？他只觉得奇怪。

一天，小黄猫再也忍不住了，不管鹅儿将怎样回答他，他决意要把那句最要紧的话向鹅儿说出来。他准备了一篮青萍作为送给鹅儿的礼物，竹篮的柄儿上插了一束粉红的野蔷薇。他走在路上还鼓励自己要有勇气，不要临时说不出口。他又在河边上自己照了照，举起前爪把脸上的绒毛抚摩得十分光润，把胡须捻得向两边翘起。（动作描写表现了小黄猫非常在意自己的形象，希望给鹅儿留下一个好印象。）他想自己是一只漂亮的小黄猫了。

他走到池边，看见鹅儿正在池边散步，可爱的影子倒映在池塘里。他走近去，脸上表现出欢悦的笑容，对鹅儿说："白衣的小姑娘，你已经来了，等得你心焦了吧？"他不等她回答又说："今天带了一些毫不足贵的东西送给小姑娘，我的意思是真诚的，请你收下吧。"说着把篮子递给鹅儿。鹅儿一看是她爱吃的青萍和娇红的鲜花，十分喜爱，热诚地谢了他，把一束花儿插在胸前。小黄猫觉得她更加可爱了。他们就跟平日一样地玩儿起来。

小黄猫心里想："勇气，勇气，不要胆怯！"经过几回自我鼓励，他终于把那句要说的最要紧的话说出来了。"白衣的小姑娘，可以不可以跟你说一句话……我就说了吧，就是我爱你，我爱你！"小黄猫心里慌张得很呢。

"你爱我吗？"鹅儿惊奇地问。稍稍沉思了一会儿，她就恢复了温和安静的态度。她说："你爱我，我非常感激。但是请你告诉我，你爱我什么呢？你必须明白告诉我，我才可以考虑能不能使你满足。"（鹅儿既没有拒绝也没有同意，而是出乎意料地提出了一个问题，其实这也是读者想知道的答案。）

小黄猫听了鹅儿的回答，快活得要飞起来了，正想贴近去跟她接个吻，可是马上想到了她提出的问题，"我爱她的什么呢？"一时想不清楚，又不好不回答，就说："我爱你的洁白的羽毛，白得像雪一样的羽毛。"

"我给你洁白的羽毛，白得像雪一样的羽毛。"鹅儿把全身的羽毛褪下来了。一阵风轻轻吹过，羽毛飘了一地，鹅儿聚拢来都给了小黄猫。（鹅儿怪异的举动令读者大为惊奇，这就是童话中想象的魅力。）

"我爱你灵活美丽的眼睛，闪着金光的眼睛。"小黄猫又说。

"我给你灵活美丽的眼睛，闪着金光的眼睛。"鹅儿把一双眼珠取了出来，随即扔给了小黄猫。小黄猫敏捷地用前爪接住了。

"我爱你头顶的鹅冠，黄玉似的鹅冠。"小黄猫又说。

"我给你头顶的鹅冠，黄玉似的鹅冠。"鹅儿把鹅冠摘下来扔给小黄猫，正掉在小黄猫的脚边。

"我爱你可爱的嘴，能唱好听的歌的嘴。"小黄猫又说。

"我给你可爱的嘴，能唱好听的歌的嘴。"鹅儿的嘴又掉在小黄猫的脚边。

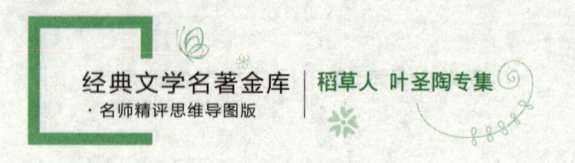

"我爱你玲珑的脚掌。"

鹅儿的脚掌也离开了鹅儿的身体。这时候,鹅儿只剩下一个剥光的身体了。

"我爱你又白又嫩的裸露的身体。"小黄猫又说。

"我给你又白又嫩的裸露的身体。"鹅儿的剥光的身体就滚到小黄猫跟前。

小黄猫悲伤极了,他的心几乎碎了。鹅儿一一满足他的要求,他所爱的全都到手了,哪里知道从此就不见了可爱的鹅儿!(作者不惜用大量笔墨描述了小黄猫和鹅儿之间的对话,说明了小黄猫爱的仅仅是鹅儿的外表,并不懂鹅儿的内在美。)

"白衣的小姑娘,你在哪里呀?"小黄猫垂头丧气走回家去。孩子抱着他跟他取笑的时候,只见他眼眶里满含眼泪。

第二天,小黄猫管不住自己,又走到池塘边,想看看羽毛、眼睛、鹅冠等等东西。好不快活,只见鹅儿又在池塘里游泳了,清脆的鸣声,幽雅的姿态,跟从前没有一点儿不同。

小黄猫问鹅儿:"昨天你把一切东西都给了我,我说不出该怎样感激你。可是你自己藏到哪里去了呢,我的亲爱的小姑娘?"

"请你再不要说什么爱不爱吧。昨天的把戏已经玩过了,不必再玩了。以后咱们还是做朋友的好。"鹅儿很自然地更正对她的称呼。

"仅仅是朋友吗?"小黄猫失望地问。

"昨天的把戏告诉咱们,咱们只能做朋友,要说到爱情,非常对不起,你不能得到我的爱。"

小黄猫终于失败了。

(1922年5月27日写毕)

稻草人

　　田野里白天的风景和情形，有诗人把它写成美妙的诗，有画家把它画成生动的画。到了夜间，诗人喝了酒，有些醉了；画家呢，正在抱着精致的乐器低低地唱：都没有工夫到田野里来。那么，还有谁把田野里夜间的风景和情形告诉人们呢？有，还有，就是稻草人。

　　基督教里的人说，人是上帝亲手造的。且不问这句话对不对，咱们可以套一句说，稻草人是农人亲手造的。他的骨架子是竹园里的细竹枝，他的肌肉、皮肤是隔年的黄稻草。破竹篮子、残荷叶都可以做他的帽子；帽子下面的脸平板板的，分不清哪里是鼻子，哪里是眼睛。他的手没有手指，却拿着一把破扇子——其实也不能算拿，不过用线拴住扇柄，挂在手上罢了。他的骨架子长得很，脚底下还有一段，农人把这一段插在田地中间的泥土里，他就整天整夜站在那里了。（通过对稻草人外貌特征和制作材料的描写，刻画出一个栩栩如生的稻草人形象。）

　　稻草人非常尽责任。要是拿牛跟他比，牛比他懒怠多了，有时躺在地上，抬起头看天。要是拿狗跟他比，狗比他顽皮多了，有时到处乱跑，累得主人四外去找寻。他从来不嫌烦，像牛那样躺着看天；也从来不贪玩，像狗那样到处乱跑。（将稻草人与牛和狗对比，凸显出稻草人非常尽职的优秀品格。）他安安静静地看着田地，手里的扇子轻轻摇动，赶走那些飞来的小雀，他们是来吃新结的稻穗的。他不吃饭，也不

睡觉，就是坐下歇一歇也不肯，总是直挺挺地站在那里。

这是当然的，田野里夜间的风景和情形，只有稻草人知道得最清楚，也知道得最多。他知道露水怎么样凝在草叶上，露水的味道怎么样香甜；他知道星星怎么样眨眼，月亮怎么样笑；他知道夜间的田野怎么样沉静，花草树木怎么样酣睡；他知道小虫们怎么样你找我、我找你，蝴蝶们怎么样恋爱：总之，夜间的一切他都知道得清清楚楚。（这组排比句罗列了稻草人每天都在观察的事，既表现了他的繁忙，也再次强调了稻草人的尽职尽责。）

以下就讲讲稻草人在夜间遇见的几件事儿。

一个满天星斗的夜里，他看守着田地，手里的扇子轻轻摇动。新出的稻穗一个挨一个，星光射在上面，有些发亮，像顶着一层水珠；有一点儿风，就沙拉沙拉地响。稻草人看着，心里很高兴。他想，今年的收成一定可以使他的主人——一位可怜的老太太——笑一笑了。她以前哪里笑过呢？八九年前，她的丈夫死了。她想起来就哭，眼睛到现在还红着；而且成了毛病，动不动就流泪。她只有一个儿子，娘儿两个费苦力种这块田，足足有三年，才勉强把她丈夫的丧葬费还清。没想到儿子紧接着得了白喉，也死了。她当时昏过去了，后来就落了个心痛的毛病，常常犯。这回只剩她一个人了，老了，没有气力，还得用力耕种，又挨了三年，总算把儿子的丧葬费也还清了。可是接着两年闹水，稻子都淹了，不是烂了就是发了芽，她的眼泪流得更多了，眼睛受了伤，看东西模糊，稍微远一点儿就看不见。她的脸上满是皱纹，倒像个风干的橘子，（将老人干瘪的脸比作风干的橘子，形象地刻画出老人的沧桑感。）哪里会露出笑容来呢！可是今年的稻子长得好，很壮实，雨水又不多，像是能丰收似的。所以稻草人替她高兴：想到收割的那一天，她看见收下的稻穗又大又饱满，这都是她自己的，总算没有白受累，脸上的皱纹一定会散开，露出安慰的满意的笑容吧。如果真有这一笑，在稻草人看来，那就比星星月亮的笑更可爱，更可珍贵，因为他爱他的主人。

稻草人正在想的时候，一个小蛾飞来，是灰褐色的小蛾。他立刻认出那小蛾是稻子的仇敌，也就是主人的仇敌。从他的职务想，从他对主人的感情想，都必须把那小蛾赶跑了才是。于是他手里的扇子摇动起来。可是扇子的风很有限，不能够教小蛾害怕。那小蛾飞了一会儿，落在一片稻叶上，简直像不觉得稻草人在那里驱逐他似的。稻草人见小蛾落下了，心里非常着急。可是他的身子跟树木一样，定在泥土里，想往前移动半步也做不到；扇子尽管扇动，那小蛾却依旧稳稳地歇着。他想到将来田里的情形，想到主人的眼泪和干瘪的脸，又想到主人的命运，心里就像刀割一样。（心理描写表现了稻草人的善良和无奈。）但是那小蛾是歇定了，不管怎么赶，他就是不动。

星星结队归去，一切夜景都隐没的时候，那小蛾才飞走了。稻草人仔细看那片稻叶，果然，叶尖卷起来了，上面留着好些小蛾下的子。这使稻草人感到无限惊恐，心想祸事真个来了，越怕越躲不过。可怜的主人，她有的不过是两只模糊的眼睛；要告诉她，使她及早看见小蛾下的子，才有挽救呢。他这么想着，扇子摇得更勤了。扇子常常碰在身体上，发出啪啪的声音。他不会叫喊，这是唯一的警告主人的法子了。

老妇人到田里来了。她弯着腰，看看田里的水正合适，不必再从河里车水进来。又看看她手种的稻子，全很壮实；摸摸稻穗，沉甸甸的。再看看那稻草人，帽子依旧戴得很正；扇子依旧拿在手里，摇动着，发出啪啪的声音；并且依旧站得很好，直挺挺的，位置没有动，样子也跟以前一模一样。她看一切事情都很好，就走上田岸，预备回家去搓草绳。

稻草人看见主人就要走了,急得不得了,连忙摇动扇子,想靠着这急迫的声音把主人留住。这声音里仿佛说:["我的主人,你不要去呀!你不要以为田里的一切事情都很好,天大的祸事已经在田里留下根苗了。一旦发作起来,就要不可收拾,那时候,你就要流干了眼泪,揉碎了心;趁着现在赶早扑灭,还来得及。这儿,就在这一棵上,你看这棵稻子的叶尖呀!"]❶他靠着扇子的声音反复地警告;可是老妇人哪里懂得,一步一步地走远了。他急得要命,还在使劲摇动扇子,直到主人的背影都望不见了,他才知道警告是无效了。

除了稻草人以外,没有一个人为稻子发愁。他恨不得一下子跳过去,把那灾害的根苗扑灭了;又恨不得托风带个信,叫主人快快来铲除灾害。[他的身体本来很瘦弱,现在怀着愁闷,更显得憔悴了,连站直的劲儿也不再有,只是斜着肩,弯着腰,好像害了病似的。]❷

不到几天,在稻田里,蛾下的子变成的肉虫,到处都是了。夜深人静的时候,稻草人听见他们咬嚼稻叶的声音,也看见他们越吃越馋的嘴脸。渐渐地,一大片浓绿的稻全不见了,只剩下光秆儿。他痛心,不忍再看,想到主人今年的辛苦又只能换来眼泪和叹气,禁不住低头哭了。

这时候天气很凉了,又是在夜间的田野里,冷风吹得稻草人直打哆嗦;只因为他正在哭,没觉得。忽然传来一个女人的声音:"我当是谁呢,原来是你。"他吃了一惊,才觉得身上非常冷。但是有什么法子呢?他为了尽责任,而且行动不由自主,虽然冷,也只好站在那里。他看那个女人,原来是一个渔妇。田地的前面是一条河,那渔妇的船就停在河边,舱里露出一丝微弱的火光。她那时正在把撑起的鱼罾(一种用木棍或竹竿做支架的方形渔网)放到河底;鱼罾沉下去,她坐在岸上,等过一会儿把它拉起来。

舱里时常传出小孩子咳嗽的声音，又时常传出困乏的、微细的叫妈的声音。这使她很焦心，她用力拉罾，总像很不顺手，并且几乎回回是空的。舱里的孩子还在咳嗽还在喊，她就向舱里说："你好好儿睡吧！等我得着鱼，明天给你煮粥吃。你老是叫我，叫得我心都乱了，怎么能得着鱼呢！"

孩子忍不住，还是喊："妈呀，把我渴坏了！给我点儿茶喝！"接着又是一阵咳嗽。

"这里哪来的茶！你老实一会儿吧，我的祖宗！"

"我渴死了！"孩子竟大声哭起来。在空旷的夜间的田野里，这哭声显得格外凄惨。

［渔妇无可奈何，放下拉罾的绳子，上了船，进了舱，拿起一个碗，从河里舀了一碗水，转身给孩子喝。］❸孩子一口气把水喝下去，他实在渴极了。可是碗刚放下，他又咳嗽起来；而且更厉害了，后来就只剩下喘气。

渔妇不能多管孩子，又上岸去拉她的罾。好久好久，舱里没有声音了，她的罾也不知又空了几回，才得着一条鲫鱼，有七八寸长。这是头一次收获，她很小心地把鱼从罾里取出来，放在一个木桶里，接着又把罾放下去。这个盛鱼的木桶就在稻草人的脚旁边。

名师导读
Mingshi Daodu

❶ 对于稻草人的心理活动，作者并没有以旁观者的身份加以叙述，而是从稻草人的角度出发，模拟他的语言写出了稻草人内心的焦急和迫切，感情真挚，更能打动读者。
（语言描写）

❷ 通过对稻草人的神态和动作的描写，表现了他的痛苦和无奈。这样的稻草人和前文中站得直挺挺的、非常有精神的稻草人形成鲜明对比，赋予了稻草人像人一样的喜怒哀乐。

❸ "放""上""进""拿""舀""给"，这一系列动作将渔妇匆匆忙忙拿水给孩子喝的情景表现得简洁明了，反映了渔妇的焦急和忙碌。
（动作描写）

这时候稻草人更加伤心了。他可怜那个病孩子,渴到那样,想一口茶喝都办不到;病到那样,还不能跟母亲一起睡觉。他又可怜那个渔妇,在这寒冷的深夜里打算明天的粥,所以不得不硬着心肠把病孩子扔下不管。他恨不得自己去作柴,给孩子煮茶喝;恨不得自己去作被褥,给孩子一些温暖;又恨不得夺下小肉虫的赃物,给渔妇煮粥吃。(这组排比句体现了稻草人想要帮助别人的急切心情,感情强烈。"恨不得"一词更是将那种无奈和揪心表现得淋漓尽致。)如果他能走,他一定立刻照着他的心愿做;但是不幸,他的身体跟树木一样,定在泥土里,连半步也不能动。他没有法子,越想越伤心,哭得更痛心了。忽然啪的一声,他吓了一跳,停住哭,看出了什么事情,原来是鲫鱼被扔在木桶里。

木桶里的水很少,鲫鱼躺在桶底上,只有靠下的一面能够沾一些潮润。鲫鱼很难受,想逃开,就用力向上跳。跳了好几回,都被高高的桶框挡住,依旧掉在桶底上,身体摔得很疼。鲫鱼的向上的一只眼睛看见稻草人,就哀求说:"我的朋友,你暂且放下手里的扇子,救救我吧!我离开我的水里的家,就只有死了。好心的朋友,救救我吧!"

听见鲫鱼这样恳切的哀求,稻草人非常心酸;但是他只能用力摇动自己的头。他的意思是说:"请你原谅我,我是个柔弱无能的人哪!我的心不但愿意救你,并且愿意救那个捕你的妇人和她的孩子,除了你、渔妇和孩子,还有一切受苦受难的。可是我跟树木一样,定在泥土里,连半步也不能自由移动,我怎么能照我的心愿去做呢!请你原谅我,我是个柔弱无能的人哪!"(此刻的稻草人已不像开始时警告老妇人那样急切了,他表现得更多的是无奈。这说明稻草人的意志已经开始消沉,这也为后文中稻草人彻底倒下埋下伏笔。)

鲫鱼不懂稻草人的意思,只看见他连连摇头,愤怒就像火一般地烧起来了。（把愤怒比作熊熊燃烧的火焰，凸显了这种愤怒的强烈，非常形象。）"这又是什么难事！你竟没有一点儿人心，只是摇头！原来我错了，自己的困难，为什么求别人呢！我应该自己干，想法子，不成，也不过一死罢了，这又算得了什么！"鲫鱼大声喊着，又用力向上跳，这回用了十二分力，连尾巴和胸鳍的尖端都挺了起来。

　　稻草人见鲫鱼误解了他的意思，又没有方法向鲫鱼说明，心里很悲痛，就一面叹气一面哭。过了一会儿，他抬头看看，渔妇睡着了，一只手还拿着拉罾的绳；这是因为她太累了，虽然想着明天的粥，也终于支持不住了。桶里的鲫鱼呢？跳跃的声音听不见了，尾巴好像还在断断续续地拨动。稻草人想，这一夜是许多痛心的事都凑在一块儿了，真是个悲哀的夜！可是看那些吃稻叶的小强盗，他们高兴得很，吃饱了，正在光秆儿上跳舞呢。（小肉虫们欢快的心情和稻草人悲痛的心情形成强烈反差，凸显了作者对这些强盗的痛恨。）稻子的收成算完了，主人的力量又白费了，世界上还有比这更可怜的吗！

　　夜更暗了，连星星都显得无光。稻草人忽然觉得由侧面田岸上走来一个黑影，近了，仔细一看，原来是个女人，穿着肥大的短袄，头发很乱。她站住，望望停在河边的渔船；一转身，向着河岸走去；不多几步，又直挺挺地站在那里。稻草人觉得很奇怪，就留心看着她。

　　一种非常悲伤的声音从她的嘴里发出来，微弱，断断续续，只有听惯了夜间一切细小声音的稻草人才听得出。那声音是说："我不是一头牛，也不是一口猪，怎么能让你随便卖给人家！我要跑，不能等着明天真个被你卖给人家。你有一点儿钱，不是赌两场输了就是喝几天黄汤花了，管什么用！你为什么一定要逼我？……只有死，除了死没有别的路！死了，到地下找我的孩子去吧！"这些话又哪里成话呢，哭得抽抽

搭搭的，声音都被搅乱了。

稻草人非常心惊，又是一件惨痛的事情让他遇见了。她要寻死呢！他着急，想救她，自己也不知道为什么。他又摇起扇子来，想叫醒那个沉睡的渔妇。但是办不到，那渔妇睡得跟死了似的，一动也不动。他恨自己，不该像树木一样，定在泥土里，连半步也不能动。见死不救不是罪恶吗？自己就正在犯着这种罪恶。这真是比死还难受的痛苦哇！"天哪，快亮吧！农人们快起来吧！鸟儿快飞去报信吧！风快吹散她寻死的念头吧！"他这样默默地祈祷；可是四围还是黑洞洞的，也没有一丝儿声音。他心碎了，怕看又不能不看，就胆怯地死盯着站在河边的黑影。（"胆怯地死盯着"，一个简单的动作就将稻草人的不忍、痛苦和无奈的心情刻画得入木三分。）

那女人沉默着站了一会儿，身子往前探了几探。稻草人知道可怕的时候到了，手里的扇子拍得更响。可是她并没跳，又直挺挺地站在那里。

又过了好大一会儿，她忽然举起胳膊，身体像倒下一样，向河里面蹿去。（这几处动作描写表现了女人的犹豫不决，反映了她对死亡的恐惧，但生活的磨难却促使她不得不面对死亡。）稻草人看见这样，没等到听见她掉在水里的声音，就昏过去了。（最后竟然连用稻草做成的稻草人都因承受不住悲痛而倒下，可见人们的苦难之深。至此，全文的感情达到了最高潮。）

第二天早晨，农人从河岸经过，发现河里有死尸，消息立刻传出去。左近的男男女女都跑来看。嘈杂的人声惊醒了酣睡的渔妇，她看那木桶里的鲫鱼，已经僵僵地死了。她提了木桶走回船舱；生病的孩子醒了，脸显得更瘦了，咳嗽也更加厉害。那老农妇也随着大家到河边来看；走过自己的稻田，顺便看了一眼。没想到才几天工夫，完了，稻叶稻穗都没有了，只留下直僵僵的光秆儿，她急得跺脚，捶胸，放声大哭。大家跑过来问她劝她，看见稻草人倒在田地中间。

（1922年6月7日写毕）

名师赏析 Mingshi Shangxi

作者通过稻草人的视角，讲述了一个个令人心酸和愤慨的故事，向读者展示了旧社会劳动人民所背负的多重苦难。稻草人心地善良，同情劳动人民的遭遇，迫切希望能帮助他们，却因为自己不能动、不能言而一次次落空，最后终于因内疲和痛苦而倒地不起。作者通过这个故事表达了对劳动人民的同情，也表现了自己作为一个知识分子想拯救社会却无能为力的尴尬和无奈。

● 好词好句

酣睡　满天星斗　断断续续　抽抽搭搭

新出的稻穗一个挨一个，星光射在上面，有些发亮，像顶着一层水珠；有一点儿风，就沙拉沙拉地响。

● 延伸思考

1. 稻草人最大的痛苦是什么？
2. 你觉得那个渔妇是好人还是坏人呢？
3. 如果能赋予稻草人一项和人一样的技能，你希望他获得什么？

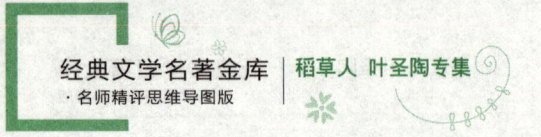

古代英雄的石像

为了纪念一位古代的英雄，大家请雕刻家给这位英雄雕一个石像。

雕刻家答应下来，先去翻看有关这位英雄的历史，想象他的容貌，想象他的性情和气概。雕刻家的意思，随随便便雕一个石像不如不雕，要雕就得把这位英雄活活地雕出来，让看见石像的人认识这位英雄，明白这位英雄，因而崇拜这位英雄。

功到自然成。[雕刻家一边研究，一边想象，石像的模型在他心里渐渐完成了。石像的整个姿态应该怎样，面目应该怎样，小到一个手指头应该怎样，细到一根头发应该怎样，他都想好了。]❶他的意思，只有依照他想好的样子雕出来，才是这位英雄的活生生的本身，不是死的石像。

雕刻家到山里采了一块大石头，就动手工作。他心里有现成的模型，雕起来就有数，看着那块大石头，什么地方应该留，什么地方应该去，都清楚明白。钢凿一下一下地凿，刀子一下一下地刻，大小石块随着纷纷往地上掉。像黄昏时星星的显现一样，起初模糊，后来明晰，这位英雄的像终于站在雕刻家面前了。（用星星慢慢显现的过程来比喻雕刻的过程，生动形象地表现了石像逐步成形的变化。）真是一丝也不多，一毫也不少，正同雕刻家心里想的一模一样。

[这石像抬着头，眼睛直盯着远方，表示他的志向远大无边。嘴张着，好像在那里喊"啊！"左胳膊圈向里，坚强有力，仿佛拢着他下面

的千百万群众。右手握着拳，向前方伸着，筋骨突出像老树干，意思是谁敢侵犯他一丝一毫，他就不客气给他一下子。］❷

市中心有一片广场，大家就把这新雕成的石像立在广场的中心。立石像的台子是用石块砌成的，这些石块就是雕刻家雕像的时候凿下来的。这是一种新的美术建筑法，雕刻家说比用整块的方石垫在底下好得多。台子非常高，人到市里来，第一眼望见的就是这石像，就像到巴黎去第一眼望见的是那铁塔一个样。

雕刻家从此成了名，因为他能够给古代英雄雕一个石像，使大家都满意。

为了石像成功曾经开一个盛大的纪念会。［市民都聚集到市中心的广场，在石像下行礼，欢呼，唱歌，跳舞；还喝干了几千坛酒，挤破了几百身衣裳，摔伤了很多人的膝盖。］❸从这一天起，大家心里有这位英雄，眼里有这位英雄，做什么事情都像比以前特别有力气，特别有意思。无论谁从石像下经过，都要站住，恭恭敬敬地鞠个躬，然后再走过去。

骄傲的毛病谁都容易犯，除非圣人或傻子。那块被雕成英雄像的石头既不是圣人，又不是傻子，只是一块石头，看见人们这样尊敬他，当然就禁不住要骄傲了。

名师导读

❶ 细节描写表现了雕刻家具有极高的艺术造诣，为这件作品付出了很多心血，读者不难想象出，最后完成的古代英雄石像一定是一个非常伟大的作品。
（细节描写）

❷ 对石像外貌的细致描写，表明雕刻家将其雕刻得栩栩如生。而石像神态所透露出的庄严和英勇正符合人们对于英雄的想象，这也与前文提到的雕刻家的高深造诣相呼应。

❸ 运用夸张的手法，反映出纪念会的盛大和热闹，表现了人们对这尊石像的崇敬。
（夸张）

"看我多荣耀!我有特殊的地位,站得比一切都高。所有的市民都在下面给我鞠躬行礼。我知道他们都是诚心诚意的。这种荣耀最难得,没有一个神圣仙佛能够比得上!"

他这话不是向浮游的白云说,白云无精打采的,没有心思听他的话;也不是向摇摆的树林说,树林忙忙碌碌的,没有工夫听他的话。他这话是向垫在他下面的伙伴——大大小小的石块说的。骄傲的架子要在伙伴面前摆,也是世间的老规矩。但是他仍然抬着头,眼睛直盯着远方,对自己的伙伴连一眼也不瞟,这就见得他的骄傲是太过了分。(神态描写突出了石像的骄傲自满。)他看不起自己的伙伴,不屑于靠近他们,甚至还有溜到嘴边又咽回去的一句话:"你们,垫在我下面的,算得了什么呢!"

"喂,在上面的朋友,你让什么东西给迷住心了?你忘了从前!"台子角上的一块小石头慢吞吞地说,像是想叫醒喝醉的人,个个字都说得清楚,着实。

"从前怎么样?"上面那石头觉得出乎意料,但是不肯放弃傲慢的气派。

"从前你不是跟我们混在一起吗?也没有你,也没有我们,咱们是一整块。"

"不错,从前咱们是一整块。但是,经过雕刻家的手,咱们分开了。钢凿一下一下地凿,刀子一下一下地刻,你们都掉下去了。独有我,成了光荣尊贵的、受全体市民崇拜的雕像。我高高在上是应当的。难道你们想跟我平等吗?如果你们想跟我平等,就先得叫地跟天平等!"

"嘻!"另一块小石头忍不住,出声笑了。

"笑什么!没有礼貌的东西!"

"你不但忘了从前,也忘了现在!"

"现在又怎么样?"

"现在你其实也并没跟我们分开。咱们还是一整块,不过改了个样式。你看,从你的头顶到我们最下层,不是粘在一起吗?并且,正因为改成现在的样式,你的地位倒不安稳了。你在我们身上站着,只要我们一摇动,你就不能高高地……"

"除了你们,世间就没有石块了吗?"

"用不着费心再找别的石块了!那时候就没有你了,一跤摔下去,碎成千块万块,跟我们毫无分别。"

"没有礼貌的东西!胡说!敢吓唬我?"上面那石头生气了,又怕失去了自己的尊严,所以大声吆喝,像对囚犯或奴隶一样。

"他不信,"砌成台子的全体石块一齐说,"马上给他看看,把他扔下去!"

上面那石头吓了一跳,顾不得生气了,也暂时忘了自己的尊严,就用哀求的口气说:"别这样!彼此是朋友,连在一起粘在一起的朋友,何必故意为难呢!你们说的一点儿也不错,我相信,千万不要把我扔下去!"

"哈!哈!你相信了?"

"相信了,完全相信。"

危险算是过去了。骄傲像隔年的草根,冬天刚过去,就钻出<u>一丝丝的嫩芽</u>。(<u>用隔年的草根来比喻骄傲,说明石像的骄傲还会再次复苏,比喻生动而形象。</u>)上面那石头故意让语声柔和一些,用商量的口气说:"我想,我总比你们高贵一些吧,因为我代表一位英雄,这位英雄在历史上是很有名的。"

一块小石头带着讥笑的口气说:"历史全靠得住吗?几千年前的人

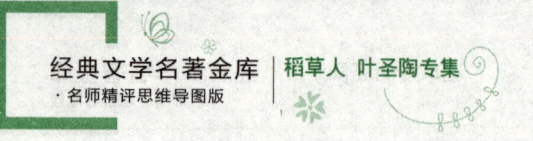

自个儿想的事情，写历史的人都会知道，都会写下来，你说历史能不能全信？"

另一块石头接着说："尤其是英雄，也许是个很平常的人，甚至是个坏蛋，让写历史的人那么一吹嘘，就变成英雄了；反正谁也不能倒过年代来对证。还有更荒唐的，本来没有这个人，明明是空的，经人一写，也就成了英雄了。哪吒，孙行者，不都是英雄吗？这些虽说是小说里的人物，可是也在人的心里扎了根，这种小说跟历史也差不了多少。"

"我代表的那位英雄总不会是空虚的，"上面那石头有点儿不高兴，竭力想说服底下的那些石头，"看市民这样纪念他，崇拜他，一定是历史上的实实在在的英雄。"

"也未必！"六七块石头同时接着说。

一块伶俐的小石头又加上一句："市民最大的本领就是纪念空虚，崇拜空虚。"

上面那石头更加不高兴了，自言自语地说："空虚？我以为受人崇拜总是光荣的，难道我上了当……"

一块小石头也自言自语地说："我们岂但上了当，简直受了罪——一辈子垫在空虚的底下……"

大家不再说话了，都在想事情。

半夜里，石像忽然倒下来，像游泳的人由高处跳到水里。离地高，摔得重，碎成千块万块。石像，连下面的台子，一点儿原来的样子也没有了，变成大大小小的石块，堆在地上。

第二天早晨，市民从石像前边过，预备恭恭敬敬地鞠躬，可是广场中心只有乱石块，石像不知哪里去了。大家你看看我，我看看你，说不出一句话，无精打采地走散了。（市民们无精打采的表现正好与前文中小石块所说的"纪念空虚"相呼应。)

雕刻家在乱石块旁边大哭了一场，哀悼他生平最伟大的杰作。他宣告说，他从此不会雕刻了。果然，以后他连一件小东西也没雕过。

乱石块堆在广场的中心很讨厌，有人提议用它筑市外往北去的马路，大家都赞成。新路筑成以后，市民从那里走，都觉得很方便，又开了一个庆祝的盛会。

晴和的阳光照在新路上，块块石头都露出笑脸。他们都赞美自己说：

"咱们真平等！"

"咱们一点儿也不空虚！"

"咱们集合在一块儿，铺成真实的路，让人们在上面高高兴兴地走！"

（1929年9月5日写毕）

名师赏析

被雕成英雄的石头以为自己也成了英雄，看不起那些和自己有相同本质的小石块。幸好小石块们的话警醒了他：所有的名声、赞美不过都是虚荣，只有踏踏实实地做事才最有意义。所以，石像最后又回到了小石块的群体中，和大家一起铺成了一条方便所有人的马路。

● 好词好句

气概　浮游　无精打采　不屑　高高在上　荒唐

● 延伸思考

你觉得石像是自己倒下来的，还是小石块们给扔下来的？

毛贼

一处地方，连年受螟虫的灾害，逢到秋收，收到的大半是枯烂的稻秸。种田人一要交地主的租，二要吃饱自己的肚皮，对着这对折还不到的收成，只有唉声叹气，单顾一方尚且勉强，怎么能双方兼顾呢！想来想去总想不出办法来，却引起了一线的希望，希望神来救助他们。

"圣明的神呀！您应该保佑我们，替我们驱除那可恶的螟虫，让我们能好好儿活下去，一能交地主的租，二能吃饱自己的肚皮。除开了您，我们还有什么可巴望的呢？我们只有等死，没有别的办法可想了。"

这样的意思想在心里，也就说在口头；我也说，你也说，他也说，渐渐成为普遍的一致的呼声。似乎这个地方别的全不缺少，单单缺少一个圣明的神。圣明的神一朝到来，所有的灾害困苦立刻张开翅膀逃走了。

李二和吴三是两个小毛贼，这样的呼声触动了他们的贼智。他们遮遮掩掩踅（来来回回地走，中途折回）到荒落的凉亭里，商量做一笔生意。商量停当了，两个相对眨一眨眼睛，微微地一笑，又遮遮掩掩踅了出来。

王大是个老实的种田人，家境比较好一点儿，所以在这个地方大家都相信他。这一晚他出去上茅厕；天上没有月亮也没有星星，因为习惯了，他没带一个灯笼。忽然听得有一种声音，像在茅厕后面，又像就在他的头顶上：仔细听时知道是人声，但是不像平常的人声，是《双包案》里的大花脸的那种藏在瓮中一般的哑声。（这段描述写出了声音的捉摸不透，使人容易想象成神灵的声音。）王大没想到害怕，侧着耳朵听那个大花脸说些什么，原来是——

"这个地方的人听着！你们要我保佑你们，替你们驱除那可恶的螟虫，让你们好好儿活下去。我现在来了，我答应你们的要求，只要你们好好儿供奉我。"

王大这一欢喜比多收了两担谷不知增加多少倍。他连忙跑回去，唤出隔壁的方老头儿，气咻咻地说："告诉你一件可喜的事儿，一件奇怪的事儿！"

方老头儿一点儿不明白。看看王大褐色里泛着红的脸，问道："你喝醉了酒吗？"

"不！"王大歇一歇气，高兴地说："神来了！咱们巴望的圣明的神来了！"

"在哪儿？"方老头儿也突然高兴起来，眉目颧颊（颧骨与颊骨，借指人的面部容颜）都浮着笑意，"圣明的神来了就好了，阿弥陀佛！在财神庙里吗？在土地堂里吗？"

"都不。就在茅厕那边。你跟我去听听他是怎么说的。"

方老头儿连忙跟着王大去到茅厕旁边，静了一会儿，果然听得大花脸一样的声音说道：

"……我现在来了，我答应你们的要求，只要你们好好儿供奉我。我选中了五里外那棵大银杏树底下的土地堂，你们必须在那里供奉我。"

方老头儿满腔的感激和虔诚，只想要跪下来磕头。但是不知为什么，他不曾真个跪下来，却哈哈大笑起来，拍着王大的肩说："圣明的神来了，自然要好好儿供奉。小毛包的戏班子正在邻近的地方，就从后

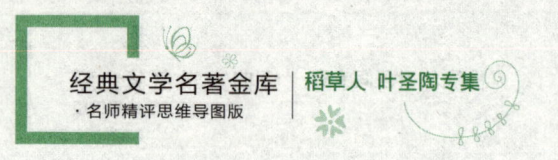

天起，咱们邀他来演三台戏，先敬敬神吧。"

"你这想法好。"王大回拍一下方老头儿的背脊，表示赞成。

第二天，王大同方老头儿把神已经自己到来的信息在茶馆里宣布。一个是老实人，另一个又是上了年纪的，两个都亲耳朵听到了神说的话，还有什么不能相信的？

"现在好了！"大家欢呼起来，"神有灵，如咱们的愿，来保佑咱们了。现在好了！"于是嘻嘻哈哈凑起演戏的钱来。［钱袋本都是瘪瘪的，一倒就空了，但是大家觉着空了并不要紧。又把家里留着的很少的米磨成粉，蒸糕做饼，预备带到戏场上去吃。一些瘠瘦的猪儿鸡鸭却出乎意料，忽然给白刀子割破咽喉，鲜红的血流到盆儿钵儿里，生命就此完毕，——它们是敬神的献品。］❶这个地方的人以为从今以后，生活完全是幸福了；这一回虔敬地供奉着神，报答神的恩惠，趁便庆祝庆祝，表示自己心里的高兴，就是花费一点儿也是应该的。

又到了第二天，天还不曾亮，各家的男女老少早已从床上爬起来，打扮的打扮，干事的干事，个个怀着一颗欢跃的心。个个眼前耀着将要来到的幸福的光彩——［田里是异乎寻常地丰收，家家都快活，安适健康。］❷

所有的人都向五里外那棵大银杏树底下的土地堂跑去，结成个很大的队伍。他们的步调整齐而轻快，按着步调，他们唱出快乐的歌：

咱们多么幸福，

得蒙明神到来！

恶神就会死个干净，

从此后再没凶灾。

咱们多么幸福，

得蒙明神到来！

田里就会遍满金稻，

金稻呀便是钱财。

咱们多么幸福，

得蒙明神到来！

就要从苦难的海底，

升上快乐的天台。

咱们欢呼踊跃，

庆祝明神到来！

今朝呀非比他日，

不竭尽兴致不回！

小毛包的戏班子开锣以前，有人说敬神没有神像是不行的，特地装塑是来不及了，只好到神显灵的地方——茅厕背后去寻找。

地上有的是枯草，此外有一根一尺来长的桑树枝。[把桑树枝捡起来看，一端恰作人头形；几个人闭起一只眼，单用一只眼来凝视，就觉得这上边耳目口鼻齐全，都分布在适当的位置上，尤其是那鼻子，高高的，鼻梁统直，是一个神的鼻子。]❸

"这一定是神自己预备在这里的了。"大家这样说，把桑树枝恭恭敬敬请回去，让它朝着戏台站在正中一把大交椅上。于是男女老少个个对它拜，数不清磕了多少头，直磕到心里

名师导读

❶ 细节描写表现了大家为了供奉神，已经把家里所剩无几的钱粮等都拿出来了，体现了大家孤注一掷的决心，以及对神的深信不疑。
（细节描写）

❷ 能有个好收成，能安安稳稳地过日子，这就是种田人的所有期望。体现了种田人的淳朴和老实。

❸ 一根桑树枝也能看出神的面貌，这并不是说大家的眼神都不好，而是表现了大家对神的深信不疑，潜意识里一直在给自己暗示，所以即使是毫不相干的东西也能想象出神的模样。
（夸张）

满足畅快，方才站起来。

从戏台上开锣到散场，足有四个时辰。在这四个时辰当中，谁都快乐得说不出来。因为连年的荒歉，戏是好久没演了。现在为了迎接自己来到的神，重又看到戏，真应该尽兴乐一乐。糕饼鸡鸭猪肉横七竖八地装进了大家的肚皮；肚皮已经撑满了，嚼而未烂的东西还在往喉咙口塞。

一路跳着笑着，大家又结成队伍回家。只觉从前每一次看戏回家，都没带回来这样多的快乐。（大家的快乐并不是来自获得了多好的享受，而是因为大家心里都充满了希望。）

"啊呀！毛贼来过了！偷了东西去！"东家忽然喊起来。（快乐的气氛戛然而止，剧情突然出现转折，那两个毛贼终于再度出现，读者的探究兴趣再次被调动起来。）

"啊！该死的毛贼！把箱子都拿空了！"西家立刻接应着。

"毛贼！……毛贼！……"各家同时这样喊，好像患了传染病似的。

各家的人奔出来，互相询问所受的损失。才知道所有的破板箱都被打开，凡是比较像样的旧衣服全不见了；杀剩下来的鸡鸭不复睡在它们一向睡的屋角里，铜水壶暖脚炉之类也杳无踪影。（这组排比句强调了大家所受损失的严重程度，令人揪心。）

幸福的生活还没来，却先来了荒歉以外的灾难，这是这个地方的人不曾预料的。

然而大家并不难过。他们想，保佑他们的神既已到来，那么幸福的生活是十分有把握的，他们又想到刚才供在正桌上看戏的那根桑树枝，这明明是神确已到来的凭证，眼前少许的损失又算得了什么呢？失了旧衣服，正好做新衣服；失了铜水壶，正好打金水壶；在幸福的生活里，这些事情都不算稀奇。于是他们高兴地讲到明天的戏，讲到明天怎样更热烈地表示庆祝。一会儿他们又欢唱起歌来：

咱们多么幸福，

得蒙明神到来！

就要从苦难的海底，

升上快乐的天台。

（1929年12月22日发表）

名师赏析

读完全文，我们一方面痛恨毛贼的行为，一方面也为种田人的愚昧和迷信感到气愤，然而更多的还是对种田人悲惨遭遇的同情和无奈。所以说，美好的生活不应寄希望于任何外来的施舍和帮助，而应依靠自己的奋斗和努力，创造真正的幸福。

● 好词好句

唉声叹气　遮遮掩掩　出乎意料　异乎寻常

● 延伸思考

1. 你能说出两个毛贼的完整计划吗？

2. 当两个毛贼知道所有人都在准备供奉神的时候，他们会有什么样的心理活动呢？请试着描述一下。

3. 为什么种田人在遭受了那么大的损失之后还那么开心？

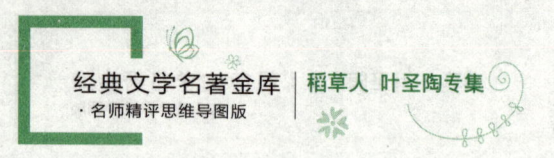

皇帝的新衣

从前安徒生写过一篇故事,叫《皇帝的新衣》,想来看过的人很不少。

这篇故事讲一个皇帝最喜欢穿新衣服,就被两个骗子骗了。骗子说,他们制成的衣服漂亮无比,并且有一种神奇的力量,凡是愚笨的或不称职的人就看不见。他们先织衣料,接着就裁,就缝,都只是用手空比画。皇帝派大臣去看好几次。大臣没看见什么,但是怕人家说他们愚笨,更怕人家说他们不称职,就都说看见了,确是非常漂亮。新衣服制成的一天,皇帝正要举行一种大礼,就决定穿了新衣服出去。两个骗子请皇帝穿上了新衣服。皇帝也没看见新衣服,可是他也怕人家说他愚笨,更怕人家说他不称职,听旁边的人一齐欢呼赞美,只好表示很得意,赤身裸体走出去了。沿路的民众也像看得十分清楚,一致颂扬皇帝的新衣服。可是小孩子偏偏爱说实心话,有一个喊出来:"看哪,这个人没穿衣服。"大家听到,你看看我,我看看你,都笑了,终于喊起来:"啊!皇帝真是没穿衣服!"<u>皇帝听得真真的,知道上了当,像浇了一桶凉水;</u>(将皇帝知道真相的感觉比作凉水灌顶,形象地表现了皇帝的震惊。)可是事儿已经这样,也不好意思再说回去穿衣服,只好硬着头皮往前走去。

以后怎么样呢?安徒生没说。其实以后还有许多事儿。

皇帝一路向前走,硬装作得意的样子,身子挺得格外直,以致肩膀和后背部有点儿酸痛了。跟在后面给他拉着空衣襟的侍臣，知道自己正在做非常可笑的事儿，直想笑；可是又不敢笑，只好紧紧地咬住下嘴唇。护卫的队伍里，人人都死盯着地，不敢斜过眼去看同伴一眼；只怕彼此一看，就憋不住，哈哈大笑起来。

民众没有受过侍臣护卫那样的训练，想不到咬紧嘴唇，也想不到死盯着地，既然让小孩子说破了，说笑声就沸腾起来。

"哈哈，看不穿衣服的皇帝！"

"嘻嘻，简直疯了！真不害臊！"

"瘦猴！真难看！"

"吓，看他的胳膊和大腿，像褪毛的鸡！"

皇帝听到这些话，又羞又恼，越羞越恼，就站住，吩咐大臣们说："你们没听见这群不忠心的人在那里嚼舌头吗？为什么不管！我这套新衣服漂亮无比，只有我才配穿；穿上，我就越显得尊严，越显得高贵：你们不是都这样说吗？这群没眼睛的浑蛋！以后我要永远穿这一套！谁故意说坏话就是坏蛋，就是反叛，立刻逮来，杀！就，就，就这样。赶紧去，宣布，这就是法律，最新的法律。"（为了维护面子，皇帝竟用荒谬的法律强制人们服从自己的意志，体现了他的蛮横和残暴。）

大臣们不敢怠慢，立刻命令手下的人吹号筒，召集人民，用最严厉的声调把新法律宣布了。果然，说笑声随着停止了。皇帝这才觉得安慰，又开始往前走。

可是刚走出不远，说笑声很快地由细微变得响亮起来。

"哈哈，皇帝没……"

"哈哈，皮肤真黑……"

"哈哈，看肋骨一根根……"

"他妈的！从来没有的新……"

皇帝再也忍不住了，脸气得一块黄一块紫，冲着大臣们喊："听见吗？"

"听见了。"大臣们哆嗦着回答。

"忘了刚宣布的法律啦？"

"没，没……"大臣们来不及说完，就转过身来命令兵士，"把所有说笑的人都抓来！"

街上一阵大乱。兵士跑来跑去，像圈野马一样，用长枪拦截逃跑的人。人们往四面逃散，有的摔倒了，有的从旁人的肩上窜出去。哭的，叫的，简直乱成一片。（场面描写表现了兵士捉人时非常混乱的情形。）结果捉住了四五十个人，有妇女，也有小孩子。皇帝命令就地正法，为的是叫人们知道他的话是说一不二，将来没有人再敢犯那新法律。

从此以后，皇帝当然不能再穿别的衣服。上朝的时候，回到后宫的时候，他总是赤裸着身体，还常常用手摸摸这儿，摸摸那儿，算作整理衣服的皱纹。他的妃子和侍臣们呢，本来也忍不住要笑的；日子多了，就练成一种本领，看到他黑瘦的身体，看到他装模作样，也装得若无其事，不但不笑，反倒像是也相信他是穿着衣服的。在妃子和侍臣们，这种本领是非有不可的；如果没有，那就不要说地位，简直连性命也难保了。

可是天地间什么事儿都难免例外，也有因为偶尔不小心就倒了霉的。

一个是最受皇帝宠爱的妃子。一天，她陪着皇帝喝酒，为了讨皇帝的欢喜，斟满一杯鲜红的葡萄酒送到皇帝嘴边，一面撒娇说："愿您一口喝下去，祝您寿命跟天地一样长久！"

皇帝非常高兴，嘴张开，就一口喝下去。也许喝得太急了，一声咳嗽，喷出很多酒，落在胸膛上。

"啊呀！把胸膛弄脏了！"

"什么？胸膛！"

妃子立刻醒悟了，粉红色的脸变成灰色，颤颤抖抖地说："不，不是；是衣服脏了……"

"改口也没有用！说我没穿衣服，好！你愚笨，你不忠心，你犯法了！"皇帝很气愤，回头吩咐侍臣，"把她送到行刑官那里去！"

又一个是很有学问的大臣。他虽然也勉强随着同伴练习那种本领，可是一看见皇帝一丝不挂地坐在宝座上，就觉得像只剃去了毛的猴子。他总怕什么时候不小心，笑一声或说错一句话，丢了性命。所以他假说要回去侍奉年老的母亲，向皇帝辞职。

皇帝说："这是你的孝心，很好，我准许你辞职。"

大臣谢了皇帝，转身下殿；好像肩上摘去五十斤重的大枷，（将负担比作沉重的枷锁，体现了大臣的心理负担之重。）心里非常痛快，不觉自言自语地说："这回可好了，再不用看不穿衣服的皇帝了。"

皇帝听见仿佛有"衣服"两个字，就问下面伺候的臣子："他说什么啦？"

臣子看看皇帝的脸色，很严厉，不敢撒谎，就照实说了。

皇帝的怒气像一团火喷出来，"好！原来你是不愿意看见我，才想回去。——那你就永远也不用想回去了！"他立刻吩咐侍臣，"把他送到行刑官那里去。"

经过这两件事以后，无论在朝廷或后宫，人们都更加谨慎了。

可是一般人民没有妃子和群臣那样的本领，每逢皇帝出来，看到他那装模作样的神气，看到他那干柴一样的身体，就忍不住要指点，要议论，要笑。结果就引起残酷的杀戮。皇帝祭天的那一回，被杀的有三百

175

多人；大阅兵的那一回，被杀的有五百多人；巡行京城的那一回，因为经过的街道多，说笑的人更多，被杀的竟有一千多人。（这一组排比列举了多个数字，表明了被杀的人之多，而数字的递进则体现了皇帝越来越残暴，越来越愤怒。）

人死得太多，太惨，一个慈心的老年大臣非常不忍，就想设法阻止。他知道皇帝是向来不肯认错的；你要说他错，他越说不错，结果还是你自己吃亏。妥当的办法是让皇帝自愿地穿上衣服；能够这样，说笑没了，杀戮的事儿自然也就没有了。他一连几夜没睡觉，想怎么样才能让皇帝自愿地穿上衣服。

办法算是想出来了。那老臣就去朝见皇帝，说："我有个最忠心的意思，愿意告诉皇帝。您向来喜欢新衣服，这非常对。新衣服穿在身上，小到一个纽扣都放光，您就更显得尊严，更显得荣耀。可是近来没见您做新衣服，总是国家的事儿多，所以忘了吧？您身上的一套有点儿旧了，还是叫缝工另做一套，赶紧换上吧！"

"旧了？"皇帝看看自己的胸膛和大腿，又用手上上下下摸一摸，"没有的事！这是一套神奇的衣服，永远不会旧。我要永远穿这一套，你没听见我说过吗？你让我换一套，是想叫我难看，叫我倒霉。就看你向来还不错，年纪又大了，不杀你；去住监狱去吧！"

那老臣算是白抹一鼻子灰，杀人的事情还是一点儿也没减少。并且，皇帝因为说笑总不能断，心里很烦恼，就又规定一条更严厉的法律。这条法律是这样：凡是皇帝经过的时候，人民一律不准出声音；出声音，不管说的是什么，立刻捉住，杀。（法律的变本加厉体现了皇帝越来越昏庸，越来越残暴，为后面人民的反抗埋下伏笔。）

这条法律宣布以后，一般老实人觉得这太过分了。他们说，讥笑治罪固然可以，怎么小声说说别的事儿也算犯罪，也要杀死呢？大伙就聚集到一起，排成队，走到皇宫前，跪在地上，说有事要见皇帝。

皇帝出来了，脸上有点儿惊慌，却装作镇静，大声喊："你们来干什么！难道要造反吗？"

老实人头都不敢抬，连声说："不敢，不敢。皇帝说的那样的话，我们做梦也不敢想。"

皇帝这才放下心，样子也立刻像是威严高贵了。他用手摸摸其实并没有的衣襟，又问："那么你们来做什么呢？"

"我们请求皇帝，给我们言论的自由，给我们嬉笑的自由。那些胆敢说皇帝笑皇帝的，确是罪大恶极，该死，杀了一点儿也不冤枉。可是我们决不那样，我们只要言论自由，只要嬉笑自由。请皇帝把新定的法律废了吧！"

皇帝笑了笑，说："自由是你们的东西吗？你们要自由，就不要做我的人民；做我的人民，就得遵守我的法律。我的法律是铁的法律。废了？吓，哪有这样的事！"他说完，就转过身走进去。

老实人不敢再说什么。过了一会儿，有几个人略微抬起头来看看，原来皇帝早已走了，没有办法，大家只好回去。从此以后，大家就变了主意，只要皇帝一出来，就都关上大门坐在家里，谁也不再出去看。

有一天，皇帝带着许多臣子和护卫的兵士到离宫去。<u>经过的街道，空空洞洞的，没有一个人，家家的门都关着。大街上只有嚓、嚓、嚓的脚步声，像夜里偷偷地行军一个样。</u>（就像暴风雨前的宁静一样，表面的平静更加预示了即将到来的动乱。）

可是皇帝还是疑心，他忽然站住，歪着头细听。人家的墙里好像有声音，他严厉地向大臣们喊："没听见吗？"

大臣们也立刻歪着头细听，赶紧瑟缩地回答：

"听见啦，是小孩子哭。"

"还有，是一个女人唱歌。"

"有笑的声音——像是喝醉了。"

皇帝的怒火又爆发了，他大声向大臣们吆喝："一群没用的东西，忘了我的法律啦？"

大臣们连声答应几个"是"，转过身就命令兵士，把里面有声音的门都打开，不论男女，不论大小，都抓出来，杀。

没想到的事儿发生了。兵士打开很多家大门，闯进去捉人；这许多家的男男女女，老老小小就一起拥出来。他们不向四外逃，却一齐扑到皇帝跟前，伸手撕皇帝的肉，嘴里大声喊："撕掉你的空虚的衣裳！撕掉你的空虚的衣裳！"

这真是从来没见过的又混乱又滑稽的场面。男人的健壮的手拉住皇帝的枯枝般的胳膊，女人的白润的拳头打在皇帝的又黑又瘦的胸膛上，有两个孩子也挤上来，一把就揪住皇帝腋下的黑毛。人围得风雨不透，皇帝东窜西撞，都被挡回来；他又想蹲下，学刺猬，缩成一个球，可是办不到。最不能忍的是腋下痒得难受，他只好用力夹胳膊，可是也办不到。他急得缩脖子，皱眉，掀鼻子，咧嘴，简直难看透了，惹得大家哈哈大笑。（细节描写详细刻画了百姓和皇帝扭打在一起的场面，非常滑稽，皇帝现在的狼狈样和之前的嚣张跋扈形成鲜明对比。）

兵士从各家回来，看见皇帝那副倒霉的样子，活像被一群马蜂螫得没办法的猴子，也就忘了他往常的尊严，随着大家哈哈大笑起来。

大臣们呢，起初是有些惊慌的，听见兵士笑了，又偷偷看看皇帝，也忍不住哈哈大笑起来。

笑了一会儿，兵士和大臣们才忽然想到，原来自己也随着人民犯了法。以前人民笑皇帝，自己帮皇帝处罚人民，现在自己也站在人民一边了。看看皇帝，身上红一块紫一块，哆嗦成一团，活像水淋过的鸡，确是好笑。好笑的就该笑，皇帝却不准笑，这不是浑蛋法律吗？想到这里，他们也随着人民大声喊："撕掉你的空虚的衣裳！撕掉你的空虚的衣裳！"

你猜皇帝怎么样？他看见兵士和大臣们也倒向人民那一边，不再怕他，就像从天上掉下一块大石头砸在头顶上，身体一软就瘫在地上。

（1930年1月20日发表）

名师赏析

　　自作聪明的皇帝在知道真相之后，不仅不思悔改，反而为了面子不惜用各种残暴手段强迫人民服从自己。他的固执己见最终使他走上了一条不归路，为此付出了沉重的代价。作者通过续写安徒生的童话，抨击了封建皇权，指出统治者压制人民言论自由，必将遭到人民的唾弃和反抗。

● 好词好句

嚼舌头　怠慢　装模作样　自言自语　滑稽　东窜西撞

● 延伸思考

1.你觉得皇帝在知道自己没穿衣服之后，他的心理会有怎样的变化？
2.请大胆发挥自己的想象，为安徒生的《皇帝的新衣》续写一个新故事。

书的夜话

年老的店主吹熄了灯，一步一步走上楼梯，预备去睡了。但是店堂里并不就此黑暗，青色的月光射进来，把这里照成个神奇的境界，仿佛立刻会有仙人跑出来似的。

店堂里三面靠墙壁都是书架子，上面站满了各色各样的书。有的纸色洁白，像女孩子的脸；有的转成暗黄，有如老人的皮肤。有的又狭又长，好比我们在哈哈镜里看见的可笑的长人；有的又阔又矮，使你想起那些肠肥脑满的商人。有的封面画着花枝，淡雅得很；有的是乱七八糟的一幅，好像是打仗的场面，又好像是一堆乱纷纷的虫豸。有的脊梁上的金字放出灿烂的光，跟大商店的电灯招牌差不多，吸引着你的视线；有的只有朴素的黑字标明自己的名字，仿佛告诉人家它有充实的内容，无须打扮得花花绿绿的。（这组排比句为读者描摹了书架上各式各样的书，足见数量之多，并运用比喻的手法生动贴切地表现了每种书籍的样子，让本来没有生命的书也变得活灵活现，令人印象深刻。）

这时候静极了，街上没有一点儿声音。月光的脚步向来是没有声响的，它默默地进来，进来，架上的书终于都沐浴在月光中了。这当儿，要是这些书谈一阵话，说说彼此的心情和经历，你想该多好呢？

听，一个温和的声音打破了室内的静寂。

"对面几位新来的朋友，你们才生下来不久吧？看你们颜色这样娇嫩，好像刚从收生婆的浴盆里出来似的。"（将新书比作刚出生的婴儿，形象地体现了新书的干净和齐整。）

开口的是一本中年的蓝面书，说话的声调像一位喜欢问东问西的和善的太太。

"不，我们出生也有二十多年了。"新来的朋友中有一个这样回答。那是一本红面子的精致的书，里面的纸整齐而洁白。"我们一伙儿一共二十四本，自从生了下来，就一同住在一家人家，没有分离过。最近才来到这个新地方。"

"那家人家很爱你们吧？"蓝面书又问，它只怕谈话就此截止。

"当然很爱我们，"红面书高兴地说，"那家人家的主人很有趣，凡是咱们的同伴他都爱，都要收罗到他家里。他家里的藏书室比这里大多了，可是咱们的同伴挤得满满的，没有一点儿空地方。书橱全是贵重的木料做的，有玻璃门，又有木门，可以轮替装卸。木门上刻着我们的名字，都是当今第一流大书法家的手笔。我们住在里面，舒服，光荣，真是无比的高等生活。像这里的书架子，又破又脏，老实说，我从来不曾见过。可是现在也得挤在这里，唉，我们倒霉了！"

蓝面书不觉跟着伤感起来，叹息道："世间的事情，往往就这样料想不到。"

"不过，二十多年的优越生活也享受得够了。"红面书到底年纪轻，能自己把伤感的心情排遣开，又回忆起从前的快乐来。"那主人得到我们的时候，心头充满着喜悦。他脸上露出十二分得意的神色，告诉他的每一个朋友说，'我又得到了一种很好的书！'他的声调既郑重，又充满着惊喜，可见我们的价值比珍宝还要贵重。每得到一种咱们的同伴，他总是这样。这是他的好处，他懂得待人接物应该平等。〔他把我们摆在贵重木料做的书橱里，从此再也不来碰我们——我们最安适的就是这一点。他每天在书橱外面看我们一回，从这边看到那边，脸上当然带着微笑，有时候还点点头，好像说：'你们好！'客人来了，他总不会忘记了说：'看看我的藏书吧。'朋友们于是跟他走进藏书室，像走进了宝库一样赞叹道：'好多的藏书啊！'他就谦逊道：'没有什么，不过一点点。可都是很好的书呢！'在许多的客人面前受这样的赞扬，我们觉得异常光荣。]❶这二十多年的生活呀，舒服，光荣，我们真享受得够了！"

"那么你们为什么离开了他呢？"这个问题在蓝面书的喉咙口等候多时了。

"他破产了！不知道为什么。我们只见他忽然变了样子，眉头皱紧，没有一丝儿笑意，时而搔头皮，时而唉声叹气。收买旧货的人有十几个，凌乱地在他家里各处翻看，其中一个就把我们送到这里来了。不知道许多同伴怎样了。也许它们迟来几天，在这里，我们将会跟它们重新相聚。"

<u>"这才有趣呢。你们来到这里，因为主人破了产；而我们来到这里，却因为主人发了财。"</u>（相同的遭遇却有着完全相反的原因，剧情的转折让读者充满好奇。）

说话的是一本紫面金绘的书。[这本书虽然不破，但是沾了好些墨迹和尘土。可见它以前的处境未必怎么好，也不过是又破又脏的书架子罢了。它的语调带着滑稽的意味，好像游戏场里涂白了鼻子引人发笑的角色。]❷

"为什么呢？"蓝面书动了好奇心，禁不住问。

"发了财还会把你丢了！"红面书也有点不相信。"像我们从前的主人，假如不破产，他是永远不肯放弃我们的。"

"哈哈，你们不知道。我的旧主人为了穷，才需要我和我的同伴。等到发了财，他的愿望已经达到，我们对他还有什么用呢？他的经历很好玩，你们喜欢听，我就说给你们听听。反正睡不着，今晚的月光太好了。"

"我感谢你。"蓝面书激动地说，"近来我每晚失眠，谁跟我说个话儿，解解我的寂寞，我都感谢。何况你说的一定是很有趣的。"

"那么我就说。他是个要看书而没有书的人，［又是个要看书而不看书的人。］❸怎么说呢？他本来很穷，见到书铺子里满屋子的书，书里有各种的学问，他想：如果能从这些学问中间吸取一部分，只消最小最小的一部分，至少可以把自己的处境改善一点儿吧。但是他买不起书。那时候，他是要看书而没有书。后来，他好容易攒了一点钱，抱着很大的热心跑到书铺子里，买了几种他最向往的书。他看得真用心，把书里最微细的错误笔画都一一校出来了。（细节描写表现了紫面金绘书的主人开始看书时的细致和用心，与后面囫囵吞枣式的阅读形成鲜明对比。）靠他的聪明，他有了新的发现。他以为把整本书从头看到尾是很愚蠢的，简捷的办法只消看前头的序文。序文往往把全书的大要都讲明白了，知道了大要，不就是抓

名师导读

❶ 这段描写表现了红面书的主人不过是一个徒有虚名的图书收藏者而已，书对他来说只是一种用来炫耀的资本，他根本不懂书的真正价值。所以，他对书的细心照顾不过是一种深刻的讽刺。

❷ 寥寥几笔就将这本书的面貌、遭遇等勾勒出来了，拟人化的手法赋予了书以情感和性格，形象生动。

❸ 要看书却又不看书，这本是非常矛盾的两面，却同时发生在一个人身上，实在令人捉摸不透。看似奇怪的结论让读者充满好奇，激发了读者的阅读兴趣。

住了全书的灵魂吗？以后他买了书就按照他的新发现办，一直到他完全抛弃我们。因此，他的书只有封面沾污了，只有开头几页印上了他的指痕，此外全是干干净净的，只看我就是个榜样。你要是问他做什么，他当然是看书。但是单看一篇序文能算看书吗？所以我说，他要看书而不看书。"

"啊，可笑得很。他的发现哪里说得上聪明！"红面书像爽直的青年一样笑了。

"没有完呢！"紫面书故意用冷冰冰的口气说，"我还没有说到他的发财。你们知道他怎样发了财？他看了好几本书的序文，写了一篇文章，题目是《某某几本书的比较研究和批评》，投给了报馆。过了几天，报上把这篇文章登出来了，背后有主笔的按语，说这篇文章如何如何有意思，非博通各种学问的人是写不出来的。他得到了一笔稿费，这一快活真没法比拟。他想：'这才开始！改善处境的道路已经打开，大步朝前走吧！'于是他继续写文章，材料当然不用愁，有许许多多的书的序文在那里。稿费一笔一笔送到，名誉拍着翅膀跟了来，他渐渐成为了不起的人物。学校请他指定学生必读的书，图书馆请他鉴定古版书的真伪。报馆的编辑和演讲会的发起人等候在他的会客室里，一个说：'给我们写一篇文章吧！'一个说：'给我们做一回演讲吧！'他的回答常常是'没有工夫想'。请求的人于是说：'关于书，你是无所不知的，还用得着想吗？你的脑子犹如大海，你只要舀出一勺来，我们就像得到了最滋补的饮料了。'他迟疑再三，算是勉强答应下来。请求的人就飞一般回去，在报上刊登预告，把他的名字写得饭碗一样大，还加上'读书大家''博览群书'一类的字眼。（紫面金绘书的主人是一个名不副实的"大学问家"，这些字眼其实是对他深刻的讽刺。）有一天，他忽然想到计算他的财产。'啊，成了富翁了吗！'他半信半疑地喊了

184

出来。他拧了一下自己的大腿，感觉到痛，知道并非在梦中。他就想自己已经成了富翁，何必再去看那些序文呢？可做的事情不是多着呢吗？他招了个旧货商来，把所有的书都卖了，从此他完全丢开我们了。现在，他已经开了个什么公司在那里。"

"原来是这样！"蓝面书自言自语，它听得出了神。

"在运走的时候，我从车上摔了下来。我躺在街头，招呼同伴们快来扶我。它们一个也没听见，好像前途有什么好境遇等着它们，心早已不在身上了。后来一个苦孩子把我捡起来，送到了这里。"紫面书停顿一下，冷笑说，"我心里很平静，不巴望有什么好境遇，只要能碰到一个真要看我的主人，我就心满意足了。"

"真要看书的主人，算我遇到得最多了。然而也没有什么意思。"说这话的是一本破书，没有封面，前后都脱落了好些页，纸色转成灰黑，字迹若有若无。它的声音枯涩，又夹杂着咳嗽，很不容易听清楚。

（通过对这本书的外观和语气的描写，表现了它的破旧和衰老。）

红面书顺着破书的意思说："老让主人看确乎没有意思，时时刻刻被翻来翻去，那种疲劳怎么受得了。老公公，看你这样衰弱，大概给主人们翻得太厉害了。像我以前，主人从不碰我，那才安逸呢。"

"不是这个意思。"破书摇摇头，又咳嗽起来。

"那倒要听听，老公公是什么意思。"紫面书追问一句。它心里当然不大佩服，以为书总是让人看的，有人看还说没意思，那么书的种族也无妨毁掉了。

"你们知道我多大年纪？"破书倚老卖老地问。

"在这里没有一个及得上你，这是可以肯定的。你是我们的老前辈。"蓝面书抢出来献殷勤。

"除掉零头不算,我已经三千岁了。"

"啊,三千岁!古老的前辈!咱们的光荣!"许多静静听着没开过口的书也情不自禁地喊出来。

"这并不稀奇,我不过出生在前罢了,除了这一点,还不是同你们一个样?"破书等大家安静下来,才继续往下说,"在这三千多年里头,我遇到的主人不下一百三十个。可是你们要知道,我流落到旧书铺里,现在还是第一次呢。以前是由第一个主人传给第二个,第二个又传给第三个,一直传了一百几十回。他们的关系是师生:老师传授,学生承受。老师干的就是依据着我教,学生干的就是依据着我学。传到第一二十代,学起来渐渐难了,等到明白个大概,可以教学生了,往往已经是白发老翁。再往后,当然也不会变得容易一些。他们传授的越来越少了,在这个人手里掉了三页,在那个人手里丢了五页,直把我弄成现在这副寒酸的样子。"(这段描写表面上是指书的页数脱落了不少,实际上也在暗示,人们在传承学问的过程中丢弃了很多有价值的内容。)

"老公公,你不用烦恼,"蓝面书怕老人家伤心,赶紧安慰他,"凡是古老的东西总是破碎不全的。破碎不全,才显得古色古香呢。"

"破碎不全倒也没有什么,"破书的回答出乎蓝面书的意料,"我只为我的许多主人伤心。他们依据着我耗尽心力学,学成了,就去教学生。学生又依据着我耗尽心力学,学成了,又去教学生。我被他们吃进去,吐出来,是一代;再吃进去,再吐出来,又是一代。除了吃和吐,他们没干别的事。(将学习和传授知识的过程比作吃和吐,表现了他们学习方法的刻板和不知变通,暗含讽刺。)我想,一个人总得对世间做一点事。世间固然像大海,可是每一个人应该给大海添上自己的一勺水。我的许多主人都过去了,不能回来了,他们的一勺水在哪里呢!如果没有我,不把吃下去吐出来耗尽了他们的一生,他们也许能干点儿事吧。我为他们伤心,同时恨我自己。现在流落到旧书铺里,我一点不悲哀。假若明天落到了垃圾桶里,我觉得也是分所应得。"

"老公公说得不错。要看书的也不可一概而论。像老公公遇见的那许多主人,他们太要看书,只知道看书,简直是书痴了,当然没有什么意思。"紫面书十分佩服地说。

月光不知在什么时候默默地溜走了。黑暗中,破书又发出一声伤悼它许多主人的叹息。

（1930年2月1日发表）

名师赏析

> 书是伟大的,它能带给人智慧和启迪。我们应当看书、爱书。不过,对书的喜爱绝不能仅仅流于表面,而是要真正用心去阅读和思考。读书讲究的是积累,决不能急功近利。读书也要善于思考,善于发问,死读书,读死书都是不可取的。

● 写作借鉴

本文采用故事中套有故事的叙述方法,将几个相互独立的故事融合到一起,讽刺了形形色色的伪知识分子。这种构思方法给予了作者充分的发挥空间,可充分表达主题,却又不会造成故事情节的混乱。

● 延伸思考

你对待书的态度是什么样的?有没有需要改进的地方呢?

含羞草

一棵小草跟玫瑰是邻居。小草又矮又难看，叶子细碎，像破梳子，茎瘦弱，像麻线，站在旁边，没一个人看它。玫瑰可不同了，绿叶像翡翠雕成的，花苞饱满，像奶牛的乳房，谁从旁边过，都要站住细看看，并且说："真好看！快开了。"（用对比的方式着重渲染了小草的寒酸和玫瑰的高贵。）

玫瑰花苞里有一个，仰着头，扬扬得意地说："咱们生来是玫瑰花，太幸运了。将来要过什么样的幸福生活，现在还说不准，咱们先谈谈各自的愿望吧。春天这么样长，闷着不谈谈，真有点儿烦。"

"我愿意来一回快乐的旅行，"一个脸色粉红的花苞抢着说，"我长得漂亮，这并不是我自己夸，只要有眼睛的就会相信。凭我这副容貌，我想跟我一块儿去的，不是阔老爷，就是阔小姐。只有他们才配得上我呀。他们的衣服用伽南香熏过，还洒上很多巴黎的香水，可是我蹲在他们的衣襟上，香味最浓，最新鲜，真是压倒一切，你说这是何等荣耀！车，不用说，当然是头等。椅子呢，是鹅绒铺的，坐上去软绵绵的，真是舒服得不得了。窗帘是织锦的，上边的花样是有名的画家设计的。放下窗帘，你可以欣赏那名画，并且，车里光线那么柔和，睡一会儿午觉也正好。要是拉开窗帘，那就更好了，窗外边清秀的山林，碧绿的田野，在那里飞，飞，飞，转，转，转。这样舒服的旅行，我想是最有意思的了。"（作者用大量笔墨描绘出贵族生活的奢华和讲究，表现了玫瑰花对这种浮夸生活的无比向往。）

"你想得很不错呀！"好些玫瑰花苞在暖暖的春天本来有点儿疲倦，听它这么一说，精神都来了，好像它们自己已经蹲在阔老爷阔小姐的衣襟上，正坐在头等火车里做快乐的旅行。

可是左近传来轻轻的慢慢的声音："你要去旅行，的确是很有意思，可是，为什么一定要蹲在阔老爷阔小姐的衣襟上呢？你不能谁也不靠，自己想怎么着就怎么着吗？并且，你为什么偏看中了头等车呢？一样是坐火车，我劝你坐四等车。"

"听，谁在那儿说怪话？"玫瑰花苞们仰起头看，天青青的，灌木林里只有几个蜜蜂嗡嗡地飞，鸟儿一个也没有，大概是到树林里玩耍去了——找不到那个说话的。玫瑰花苞们低下头一看，明白了，原来是邻居小草，它抬着头，摇摆着身子，像一个辩论家似的，正在等对方答复。（通过对小草神态的描写，表现了它的轻松悠闲以及不卑不亢。）

"头等车比四等车舒服，我当然要坐头等车。"愿意旅行的那个玫瑰花苞随口说。说完，它又想，像小草这么卑贱的东西，怎么能懂得什么叫舒服，非给它解释一下不可。它就用教师的口气说："舒服是生活的尺度，你知道吗？过得舒服，生活才算有意义，过得不舒服，活一辈子也是白活。所以吃东西就要山珍海味，穿衣服就要绫罗绸缎。吃杂粮，穿粗布，自然也可以将就活着，可是，有吃山珍海味、穿绫罗绸缎舒服吗？当然没有。就为这个，我就不能吃杂粮，穿粗布。同样的道理，四等车虽然也可以坐着去旅行，我可看不上。座位那么脏，窗户那么小，简直得憋死。你倒劝我去坐四等车，你安的什么心？"

[小草很诚恳地说："哪样舒服，哪样不舒服，我也不是不明白，

只是，咱们来到这世界，难道就专为求舒服吗？我以为不见得，并且不应该。咱们不能离开同伴，自个儿过日子。并且，自己舒服了，看见旁边有好些同伴正在受罪，又想到就因为自己舒服了它们才受罪，舒服正是罪过，这时候舒服还能不变成烦恼吗？知道是罪过，是烦恼，还有人肯去做吗？求舒服，想吃好的，穿好的，用好的，都是不知道反省，不知道自己的行为是罪过的人。"]❶

愿意旅行的那个玫瑰花苞很看不起小草，冷笑了一声说："照你这么说，大家挤在监狱似的四等车里去旅行，才是最合理啦！那么，最舒服的头等车当然用不着了，只好让可怜的四等车在铁路上跑来跑去了，这不是退化是什么！你大概还没知道，咱们的目的是世界走向进化，不是走向退化。"

"你居然说到进化！"小草也冷笑一声，"我真忍不住笑了。你自己坐头等车，看着别人猪羊一样在四等车里挤，这就算是走向进化吗？[照我想，凡是有一点儿公平心的，他也一样盼望世界进化，可是在大家不能都有头等车坐的时候，他就宁可坐四等车。四等车虽然不舒服，比起亲自干不公平的事儿来，还舒服得多呢。"]❷

"嘘！嘘！嘘！"玫瑰花苞们嫌小草讨厌，像戏院的观众对付坏角色一样，想用嘘声把它哄跑，"无知的小东西，别再胡说了！"

"咱们还是说说各自的希望吧。谁先说？"一个玫瑰花苞提醒大家。

"我愿意在赛花会里得第一名奖赏。"说话的是一朵半开的玫瑰花，它用柔和的颤音说，故意显出娇媚的样子，"在这个会上，参加比赛的没有凡花野花，都是世界上第一等的，稀有的，还要经过细心栽培，细心抚养，一句话，完全是高等生活里培养出来的。在这个会上得第一名奖赏，就像女郎当选全世界的第一美人一个样，真是什么荣耀也比不上。再说会上的那些裁判员，没一个是一知半解的，他们学问渊博，有正确的审美标准，知道花的姿势怎么样才算好，颜色怎么样才算好，又有历届赛花会的记录作参考，当然一点儿也不会错。他们判定的第一名，是地地道道的第一名，这是多么值得骄傲。还有呢，彩色鲜明气味芬芳的会场里，挤满了高贵的文雅的男女游客，只有我，站在最高的紫檀几上的古瓷瓶里，在全会场的中心，收集所有的游客的目光。看吧，［爱花的老翁捻着胡须向我点头了，华贵的阔佬挺着肚皮向我出神了，美丽的女郎也冲着我，从红嘴唇的缝儿里露出微笑了。］❸我，这时候，简直快活得醉了。"

"你也想得很不错呀！"好些玫瑰花苞都一致赞美。可是想到第一名只能有一个，就又都觉得第一名应该归自己，不应该归那个半开的：不论比种族，比生活，比姿势，比颜色，自己都不比那个半开的差。

但是那个好插嘴的小草又说话了，态度还是很诚恳的："你想上进，比别人强，志气确是不错。可是，为什么要到赛花会里去争第一名呢？你不能离开赛花会，显显你的本事吗？并且，你为什么这样相信那些裁判员呢？依我说，同样的裁判，我劝你宁可相信乡村的庄稼老。"

名师导读

❶ 语言描写表现了小草并不是因为自己的愚昧无知而反对玫瑰花，相反，小草有着非常深入的思考和独特的见解。此外，小草说这段话时态度诚恳，语气平和，也体现了它的礼貌和谦逊，与玫瑰花的傲慢无礼形成鲜明对比。

❷ 语言描写深刻揭示了小草的价值观：相较于个人的舒服，他更希望大家拥有公平的生活。

❸ 这组排比句细致描述了不同观众的神态，形象生动，从侧面表现了玫瑰花的虚荣。

"你又胡说！"玫瑰花苞们这回知道是谁说话了，低下头看，果然是那邻居小草，它抬着头，摇摆着身子，在那里等着答复。

愿意得奖的玫瑰花苞歪着头，很看不起小草的样子，自言自语说："相信庄稼老的裁判？太可笑了！不论什么事，都有内行，有外行，外行夸奖一百句，不着边儿，不如内行的一句。我不是说过吗？赛花会上那些裁判员，有学问，有标准，又有丰富的参考，对于花，他们当然是百分之百的内行。为什么不相信他们的裁判呢？"它说到这里，心里的骄傲压不住了，就扭一扭身子，显显漂亮，接着说，"如果我跟你这不懂事的小东西摆在一起，他们一定选上我，踢开你。这就证明他们有真本领，能够辨别什么是美，什么是丑。为什么不相信他们的裁判呢？"

"我并不想跟你比赛，抢你的第一名。"小草很平静地说，"不过你得知道，你们以为最美丽的东西，不过是他们看惯了的东西罢了。他们看惯了把花朵扎成大圆盘的菊花，看惯了枝干弯曲得不成样子的梅花，就说这样的花最美丽。就说你们玫瑰吧，你们的祖先也这么臃肿吗？当然不是。也因为他们看惯了臃肿的花，以为臃肿就是美，园丁才把你们培养成这样子，你还以为这是美丽吗？什么爱花的老翁，华贵的阔佬，美丽的女郎，还有有学问有标准的裁判员，他们是一伙儿，全是用习惯代替辨别的人物。让他们夸奖几句，其实没有什么意思。"

愿意得奖的玫瑰花苞生气了，噘着嘴说："照你这么一说，赛花会里就没一个人能辨别啦？难道庄稼老反倒能辨别吗？只有庄稼老有辨别的眼光，咳！世界上的艺术真算完了！"

"你提到艺术，"小草不觉兴奋起来，"你以为艺术就是故意做成歪斜屈曲的姿势，或者高高地站在紫檀几上的古瓷瓶里吗？依我想，艺术要有活跃的生命，真实的力量，别看庄稼老……"

"不要听那小东西乱说了,"另一个玫瑰花苞说,"看,有人买花来了,咱们也许要离开这里了。"

来的是个肥胖的厨子,胳膊上挎着个篮子,篮子里盛着脖子割破的鸡,腮盖一起一落的快死的鱼,还有一些青菜和莴苣。厨子背后跟着个弯着腰的老园丁。

老园丁举起剪刀,喀嚓喀嚓,剪下一大把玫瑰花苞。这时候,有个蜜蜂从叶子底下飞出来,老园丁以为它要螫手,一袖子就把它拍到地上。

剪下来的玫瑰花苞们一半好意,一半恶意,跟小草辞别说:"我们走了,荣耀正在等着我们。你自个儿留在这里,也许要感到寂寞吧?"它们顺手推一下小草的身体,算是表示恋恋不舍的感情。

一阵羞愧通过小草的全身,破梳子般的叶子立刻合拢来,并且垂下去,正像一个害羞的孩子,低着头,垂着胳膊。(将含羞草的神态比作害羞的孩子,生动形象,极富画面感。)它替无知的庸俗的玫瑰花苞们羞愧,明明是非常无聊,它们却以为十分光荣。

过了一会儿,小草忽然听见一个低微的嗡嗡的声音,像病人的呻吟。它动了怜悯的心肠,往四下里看看,问:"谁哼哼哪?碰见什么不幸的事儿啦?"

"是我,在这里。我被老园丁拍了一下,一条腿受伤了,痛得很厉害。"声音是从玫瑰丛下边的草丛里发出来的。

小草往那里看,原来是一只蜜蜂。它很悲哀地说:"你的腿受伤啦?要赶紧找医生去治,不然,就要成瘸子了。"

"成了瘸子,就不能站在花瓣上采蜜了!这还了得!我要赶紧找医生去。只是不知道什么地方有医生。"

"我也不知道——喔,想起来了,常听人说'药里的甘草',甘草

是药材，一定知道什么地方有医生。隔壁有一棵甘草，等我问问它。"<u>（通过甘草来找医生，体现了小草的聪明，也使得故事更具童趣。）</u>小草说完，就扭过头去问甘草。

甘草回答说，那边大街上，医生多极了，凡是门口挂着金字招牌，上边写某某医生的都是。

"那你就快到那边大街上，找个医生去治吧！"小草催促蜜蜂说，"你还能飞不能？要是还能飞，你要让那只受伤的腿蜷着，防备再受伤。"

"多谢！我就照你的话办。我飞是还能飞，只是腿痛，连累得翅膀没力气。忍耐着慢慢飞吧。"蜜蜂说完，就用力扇翅膀，飞走了。

小草看蜜蜂飞走了，心里还是很惦记它，不知道能不能很快治好，如果十天半个月不能好，这可怜的小朋友就要耽误工作了。它一边想，一边等，等了好半天，才见蜜蜂哭丧着脸飞回来，翅膀好像断了似的，歪歪斜斜地落下来，受伤的腿照旧蜷着。

"怎么样？"小草很着急地问，"医生给你治了吗？"

"没有。我找遍了大街上的医生，都不肯给我治。"

"是因为伤太重，他们不能治吗？"

"不是。他们还没看我的腿，就跟我要很贵的诊费。我说我没有钱，他们就说没钱不能治。我就问了：'你们医生不是专给人家治病的吗？我受了伤为什么不给治？'他们反倒问我：'要是谁有病都给治，我们真个吃饱了没事做吗？'我就说：'你们懂得医术，给人治病，正是给社会尽力，怎么说吃饱了没事做呢？'他们倒也老实，说：'这种力我们尽不了，你把我们捧得太高了。我们只知道先接钱，后治病。'我又问：'你们诊费诊费不离口，金钱和治病到底有什么分不开的关系呢？'他们说：'什么关系？我们学医术，先得花钱，目的就在现在给人治病挣更多的钱。你看金钱和治病的关系怎么能分开？'我再没什么话跟他们说了，我拿不出诊费，只好带着受伤的腿飞回来。朋友，我真没想到，世界上有这么多医生，却不给没钱的人治病！"蜜蜂伤感极了，身体歪歪斜斜的，只好靠在小草的茎上。

又是一阵羞愧通过小草的全身，破梳子般的叶子立刻合拢来，并且垂下去，正像一个害羞的孩子，低着头，垂着胳膊。它替不合理的世间羞愧，有病走进医生的门，医生却拒绝医治。（将含羞草赋予了人的情感，将含羞草的本能反应理解成是替世间羞愧，想象奇特，发人深思。）

没多大工夫，一个穿短衣服的男子来了，买了小草，装在盆里带回去，摆在屋门前。屋子是草盖的，泥土打成的墙，没有窗，只有一个又矮又窄的门。从门往里看，里边一片黑。这屋子附近还有屋子，也是这个样子。这样的草屋有两排，面对面，当中夹着一条窄巷，满地是泥，脏极了，苍蝇成群，有几处还存了水。水深黑色，上边浮着一层油光，仔细看，水面还在轻轻地动，原来有无数孑孓（即蚊子的幼虫，由蚊子的卵在水中孵化而成）在里边游泳。

小草正往四外看，忽然看见几个穿制服的警察走来，叫出那个穿短衣服的男子，怒气冲冲地说："早就叫你搬开，为什么还赖在这里？"

"我没地方搬哪！"男子愁眉苦脸地回答。

"胡说！市里空房子多得很，你不去租，反说没地方搬！"

"租房子得钱，我没有钱哪！"男子说着，把两只手一摊。

"谁叫你没有钱！你们这些破房子最坏，着了火，一烧就是几百家，又脏成这样，闹起瘟疫来，不知道要害死多少人。早就该拆。现在不能再宽容，这里要建筑华丽的市场，后天开工。去，去，赶紧搬，赖在这里也白搭！"（语言描写表现了警察的蛮横和强词夺理。）

"往哪儿搬！叫我搬到露天去吗？"男子也生气了。

"谁管你往哪儿搬！反正得离开这儿。"说着，警察就钻进草屋，紧接着一件东西就从屋里飞出来，掉在地上，嘭！是一个饭锅。饭锅在地上连转带跑，碰着小草的盆子。

又是一阵羞愧通过小草的全身，破梳子般的叶子立刻合拢来，并且垂下去，正像一个害羞的孩子，低着头，垂着胳膊。它替不合理的世间羞愧，要建筑华丽的市场，却不管人家有没有住的地方。

这小草，人们叫它"含羞草"，可不知道它羞愧的是上边讲的一些事儿。

（1930年2月20日发表）

名师赏析 Mingshi Shangxi

含羞草会合拢叶片本是自然反应，作者却赋予了它人的思考和感性，构思奇特，想象丰富。虽然小草所遇到的事情看上去都是平常小事，却折射出社会上太多的不公平和不合理，以小见大，发人深思。

● **好词好句**

扬扬得意　清秀　绫罗绸缎　娇媚　臃肿　恋恋不舍

● **延伸思考**

1.想象一下，玫瑰花被老园丁剪下来之后会有什么样的经历呢？
2.关于含羞草的来历有很多美丽的传说，你能说出其中一个吗？

蚕和蚂蚁

　　撒，撒，撒，像秋天细雨的声音，所有的蚕都在那里吃桑叶。（将蚕吃桑叶的声音比作细雨的声音，既表现出了声音的细密，又充满诗意的美感。）它们也不管桑叶是好是坏，只顾往下吞，好像它们生到世上来，只有吃桑叶一件大事。

　　不大一会儿，桑叶光了，只剩下一些脉络。蚕的灰白色的身体完全露出来，连成一个平面，在那里波动。养蚕的人来了，又盖上大批桑叶，撒撒撒的声音跟着响起来，并且更响了，像一阵秋风吹过，送来紧急的雨声。

　　蚕里有一条，蹲在竹器的边上，挺着胸，抬着头，不吃桑叶，并且一动也不动。（通过对蚕的神态的描写，表现了它的与众不同，为后文做铺垫。）它是要入眠吗？是吃得太饱吗？不，都不是，它是正在那里想。看它那副神气，俨然是个沉默深思的思想家。

　　不管什么事情，只要能想，到底会弄明白的。

　　［它先想自己生在世上究竟为了什么，是不是专为吃桑叶这件大事。它查考祖先的历史，看它们的经历怎么样。祖先是吃够了桑叶做成茧，人们把茧扔到开水里，抽出丝来织成绸缎，做成华丽的衣裳。它明白了，蚕生到世上来，唯一的大事是做茧。吃桑叶并不是大事，只是一种手段，不吃桑叶就做不成茧，为做茧就得先吃桑叶。想到这里，它灰

心极了，辛辛苦苦一辈子，原来是为那全不相干的"人"！它再不想吃桑叶了，只是挺着胸，抬着头，一动也不动地蹲在竹器边上。］❶

又一批新桑叶盖到蚕身上，急雨似的声音又紧跟着响起来。只有它，连看都不看。

左近有个细微的声音招呼它："朋友，又上新叶啦！怎么不吃啊？客气可就吃不着啦。"

它头也不回，自言自语地说："你们只知道'吃'，'吃'！我饱得很，太饱了，不想吃！"

"你一定在什么地方吃了更好的东西吧？"［话刚说完，来不及等答话，嘴早就顺着桑叶边缘一上一下地啃去了。］❷

"更好的东西！你们就不能把'吃'扔下，动动脑筋吗？我饱了，是因为厌恶，很深的厌恶！"

"你厌恶什么？"

"厌恶什么？厌恶工作。没有比工作更讨厌的了。从今以后，我决定不再工作。我刚编了一支歌，唱给你听听。"它就唱起来：

　　什么叫工作！

　　没意思，没道理，

　　什么也得不着，白费力气。

　　我们不要工作，

　　看看天，望望地，

　　一直到老死，乐得省力气。

［但是跟它说话的那条蚕还没听完它的新歌，就爬到另一张桑叶的背面去了。其余的蚕全没留心有个朋友决心不吃桑叶的事。］❸

　　什么叫工作！

没意思，没道理，……

它一边唱，一边爬，就到了竹器的外边。既然决定不再工作，何妨离开工作的地方呢？并且，那些糊里糊涂只知道吃的同伴，也实在教人看着生气。它从木架上往下爬，恨不得赶紧离开，脚的移动就加快，不大工夫就爬到屋子外边的地面上。它站住，听听，听不见同伴吃桑叶的声音了，就挺起胸，抬起头，开始过那"看看天，望望地"的"不要工作"的日子。

忽然像针刺似的，它觉着尾巴那儿一阵痛，身体不由自主地扭动一下，连忙回头看，原来是一个蚂蚁。

那蚂蚁自言自语地说："想不到还是活的。"

"你以为我是死的吗？"

"你像掉在地上的一节干树枝，我以为至少死了三天了。"（将蚕比作干树枝，体现了它的干瘦，表明蚕已经绝食很久了。）

"你看我身体干瘦吗？"

"不错，你既然还活着，为什么这样干瘦呢？"

"你知道我决心不吃东西了吗？"

"你这是怎么啦？为什么想自杀，把自己饿死？"

"我厌恶工作。我看透了，吃东西只是为

名师导读 Mingshi Daodu

❶ 作者用大段篇幅详细描写了蚕的思考过程，为后文埋下伏笔，它最后做出绝食的决定也是水到渠成，令读者感同身受。
（心理描写）

❷ 动作描写表现了蚕吃桑叶时迫不及待的心情，以及动作的迅速和麻利。

❸ 其他蚕的反应表明它们完全沉浸在吃桑叶的快乐中，对周围的任何事情都漠不关心，当然也不会思考工作的意义。这样更衬托出那条蚕的特立独行，与众不同。
（对比烘托）

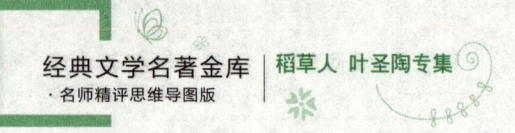

了工作，我不想再吃了。小朋友，我有个新编的歌，唱给你听听。"

蚂蚁听蚕有气没力地唱它的宣传歌，忍不住笑了，它说："哪里来的怪思想！不要工作，这不等于不要生命，不要种族了吗？"（简单两句话就说出了蚂蚁心中的工作的意义。）

蚕呆呆地看了蚂蚁一眼，叹息着说："生命和种族，我看也没什么意思。开水里煮，丝一条条地抽出去，想起这些事，我眼前就一团黑。"

"我从来没听见过这样的话，大概你工作太累，神经有点儿昏乱了。我们也有歌，唱给你听听，让你清醒一下吧。"

"你们也有歌？"

"有。我们都能唱。唱起歌来，像是精神开了花。"（用精神开花来形容唱歌所带来的精神上的愉快感觉，比喻生动，非常新颖。）

说着，蚂蚁就用触角一上一下地打着拍子，唱起歌来：

我们赞美工作，

工作就是生命。

它给我们丰富的报酬，

它使我们热烈地高兴。

我们全群繁荣，

我们个个欣幸。

工作！工作！

——我们永远的歌声。

蚂蚁唱完了，哈哈大笑，接着就仰起头，摇动着腿，跳起舞来。（通过蚂蚁的神态和动作可以看出它内心无比的快乐。）蚂蚁一边跳一边问："我们的歌比你那倒霉的歌怎么样？你说谁有光明的前途？"

蚕猜想那小东西一定也是什么都不知道的，跟那些死守在竹器里吃桑叶的同伴一模一样，不然，就想不透它这一团高兴是哪儿来的。就问："难道没有一锅开水等着你们吗？"

蚂蚁摇摇头，说："我们喜欢喝凉水，渴了，我们就到那边清水池子里去喝。"

"不是说这个。是说没有'人'用开水煮你们抽丝吗？"

"什么叫'人'？我不懂。"

蚕想解释，可是不知道怎么说才好。停一会儿，它决定从另一个方面问："难道你们的工作不是白做的吗？"

"你怎么问这个？"蚂蚁很惊奇，"世界上哪会有白做的工作！"

"我的意思正跟你相反，世界上哪会有不白做的工作！"（这段对话体现了它俩认识的极大反差：蚂蚁是完全的乐观主义者，而蚕却是极度的悲观主义者。）

"你不信？去看看我们就明白了。我们的工作没有白做的，只要费一点儿力，就能对全群有贡献，给全群增福利。"

"我想不出来你说的那样的事，我只知道工作的结果是全群叫开水煮死。"

蚂蚁有些不耐烦："顽固的先生，怎么跟你说你也明白不了，只有亲眼去看，你才知道我不是骗你。我现在有工作，还要去找吃的，不能陪你去，给你一封介绍信吧。"说着，伸出前腿，把介绍信交给蚕——介绍信上的字，要是人类，就得用很好的显微镜才能看见。

蚕接了介绍信，懒懒地说："谢谢你。我反正不想工作，在这儿也没事做，去看看也好。"

它们分别了。蚂蚁匆匆地跑去，跑一段路，停一会儿，四外看看，换个方向，又匆匆地跑去。蚕懒洋洋地爬着，好像每个环节移动一点儿

都要停好久似的。(匆匆忙忙的蚂蚁和懒洋洋的蚕形成鲜明对比,体现了它们截然相反的工作态度。)

蚕慢慢爬,爬,终于到了蚂蚁的国土。它把介绍信递给门前的守卫,就得到很热诚的招待。它们领着它去参观各种工作,运粮食,开道路,造房屋,管孩子,又领着它参观各种地方,隧道,礼堂,育儿室,储藏室。它好像到了另一个世界,看它们个个都有精神,卖力气,忙碌,可是也很愉快,真个工作就是它们的生命。(多方面展示了蚂蚁们勤劳肯干的作风,体现了工作的伟大价值。)最后,都看完了,它们开会招待它,大家合唱以前那个蚂蚁唱给它听的那支歌:

我们赞美工作,

工作就是生命。

它给我们丰富的报酬,

它使我们热烈地高兴。

我们全群繁荣,

我们个个欣幸。

工作!工作!

——我们永远的歌声。

蚕细心听着,听到"工作!工作!——我们永远的歌声"那儿,眼泪忍不住掉下来。(流泪的细节表明蚕意识到了自己的错误,幡然醒悟,与它之前听这首歌时所产生的怀疑形成鲜明对比。)它这才相信,世界上真有不是白做的工作,蚂蚁们赞美工作确实有道理。

(1930年12月17日写毕 原题为《蚕儿和蚂蚁》)

慈儿

慈儿是一家富裕人家的孩子。他出生的时候，厨房里正在杀一头猪，猪被捆在屠凳上，用撕裂一般的声音喊叫。这声音传到初生婴儿的耳朵里，婴儿就哇哇地哭起来。父亲说他不忍心听那凄惨的声音，倒是个心地慈善的孩子，就给他取名"慈儿"。还吩咐厨夫把那头猪放了，永远不杀它，作为慈儿初次表露他的心地慈善的纪念。

慈儿渐渐长大起来，的确心地慈善。他看到昨天在园里逍遥的鸡，今天仰卧在菜碗里，无论如何不忍下筷子吃它；吃鱼先要问清楚买来时是活的还是死的，如果是死的，他才举筷子，因为它本来就死了，并不是为他死的。（即使是吃鸡吃鱼这样的小事，慈儿也于心不忍，细节描写体现了慈儿善良的本性。）家里人知道他这脾气，专弄些精美的滋补的素菜给他吃，不叫他吃死鱼，怕死鱼有毒；同时赞扬他的慈善心肠，当做一件宝贵的新闻向各处传播。慈儿这就出了名，认识他的人都称他"小慈善家"。

一天，天气很好，他从公园出来，心里非常愉快。他嘴里哼着母亲教给的歌曲，那歌曲是赞美春天的光明的，最适合当前的情景。

轻云露笑涡，

轻风漾碧波。

"小官人做做好事吧！可怜我残疾！可怜我只有一条腿！"

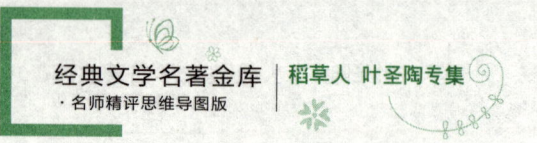

慈儿听到这不愉快的声音就停住了歌唱，[他瞧见柳树下有个一条腿的老乞丐，一双哀求的眼睛直看着他，两腋下各支着一根烂木头，向前伸的手不停地颤动着。]❶——多么伤心的一幅图画呀！

世界上会有这样的人！[慈儿觉得可爱的春天忽然变了，轻云好像愁惨的浓雾，轻风好像严酷的狂飙，新发芽的柳条儿也似乎枯黄了。]❷看那老乞丐的干瘦的脸，好像几十年不曾吃饱；而且只有一条左腿，单是躺下去爬起来就很不方便。支撑的木头为什么不能换两根结实干净点儿的呢？总之，从蓬乱的黄发直到沾满了泥的足趾，他没有一处不可怜，没有一处不表现出这个世界的羞耻。

一番感动的结果是给钱。慈儿遇见乞丐总给钱的，眼前的一个不同寻常，要多给一点儿才能使心里稍稍安适一点儿。他就把带在身边的两块钱都拿了出来，像奉献礼物一般给了那老乞丐，还说："身边只带着这点儿钱。请你收下吧！"他对乞丐一向这般恭敬，他相信如果带着傲慢的神态给钱，比不给钱还要卑鄙，还要可恶。

两枚光亮的银元落在乌黑的手心里，那手忽然抖动得非常厉害，似乎承受不住的样子，满脸都是疑惑和感激的表情。老乞丐颤声说："谢谢你。小官人，我从来没遇见过你这样的好人，我一辈子都感激你！"他那双眼睛霎地发亮，像花儿开放似的，绽出两颗泪珠来。（生动的细节描写将老乞丐的惊喜和感动表现得淋漓尽致。）

"这没有什么。"慈儿又端详了老乞丐一眼，转身就走。他一边走路一边回味那出自真心的感谢，和那像花儿开放似的绽出来的泪珠。他好像得了珍宝似的，高兴极了。再看上下四方，春天仍然是那样可爱，他又唱起歌来：

轻云露笑涡，

轻风漾碧波。

"你慢高兴。这算不得什么真正的慈善行为。慈善行为须往根底里追究，往根底里做去！"

［慈儿回转头看，只见行人各自走各自的路，没有人跟他讲话。但是他确实听到了这些话，分明带着严峻的调子。是谁在说话呢？］❸

他站住了，不再考求这话是谁说的，只仔细辨认"往根底里追究，往根底里做去"的意思，跟碰上了算学难题一个样。忽然好像有一线光通过他的头脑，他悟到了解答这道难题的门径。他急忙回转身，走到刚才那棵柳树下，还好，独腿的老乞丐还没有离开那里。

他走近去，亲切地说："我想问你一句话，请你回答我。"

"呀，小官人，你又回来了！尽管问，我能够回答的我都回答。"

"你的那条腿怎么失去的？我只问你这一句。"

"没想到你会问起我那条腿来！"老乞丐显出伤心的神色，"我那条腿失去几十年了，从来没有人问起它，我也早把它给忘了！经你这么一提，使我回想起我从前确实还有一条腿！"

慈儿听老乞丐这样说，觉得很抱歉。他握

名师导读
Mingshi Daodu

❶ 通过对人物的腿、眼睛、两腋、手这几处的着重描写，生动地刻画出一个凄惨潦倒的老乞丐形象，人物特征跃然纸上。
（外貌描写）

❷ 作者采用移情于景的手法，将慈儿忧愁苦闷的情绪附着在春天上，令春天也带上了忧愁的色彩。所以，在慈儿眼中，可爱的春天才会突然变得愁云满布，狂风肆虐。

❸ 这突如其来的话不仅让慈儿摸不着头脑，也让读者弄不清状况。对此，作者没有立刻给出答案，而是卖了个关子，以激发读者的探究兴趣。

着他枯瘦的手臂说："请原谅我，我不该勾起你的悲伤。"

"那不要紧，悲伤原是我的家常便饭。我告诉你，我那条腿是在'六年战役'里失去的。一颗枪弹飞来，嗤地中在我的腿上。我醒来的时候知道腿骨断了，只好截去了。剩下了一条腿不能再冲锋陷阵，我就不再当兵，作了现在这行业。"

慈儿听到这里，觉得刚才给他两块钱对于他来说太无补于事了。这个可怜的老人，应该把他留养在家里才是。父亲是很好讲话的，说不定能容许这样办。（心理描写体现了慈儿的善良，他并不只是给两块钱做做样子，而是真心实意地想要帮助这位老乞丐。）

老乞丐又说了："小官人，像我这样的人多得很。没有什么稀奇。也有失了臂膀的，也有伤了内脏的，总之是退出来了，作这在路旁伸手的买卖！"

"你说很多人都跟你一样吗？"慈儿非常惊骇。

"大概有十万人，数目可不算小。"

慈儿的计划被打得粉碎了，即使父亲容许收留这个老乞丐，还有许多的人分散在各处，在路旁做伸手的买卖，能把他们全都收留下来吗？就说能，保不定还会有第二回"六年战役"，还会有第二批十万人要落到这样的下场。慈儿一直"往根底里追究"，想到根底就是"六年战役"，于是他问："'六年战役'是怎么一回事呢？"

老乞丐脸上忽然呈现出光荣的神采。（神态的突然转变说明在老乞丐的眼中，那次战役的正义性是不容置疑的。）他把右手的拇指竖了起来，对慈儿说："人家都这么说，那是为正义！敌人太没有道理，不能不用战争去制服他们。"

"原由就是这样吗？"

"当然啰,你不论问谁,没有一个不这样回答你的。"

"谢谢你告诉了我这许多事儿!"慈儿放开握住老乞丐的手臂的手,带着一肚子的不高兴走回家去。他本想收留那老乞丐,可是这样的人太多了,没法全都收留,为公平,只好忍心放弃了那老乞丐;可是对老乞丐,总觉得负了一重罪孽。慈儿没有心思再观看四周的景物还像不像个可爱的春天了。

他到了家里,跑进父亲的书室,第一句就问:"'六年战役'是怎么一回事?爸爸,请你告诉我。"

父亲捻着髭须笑着说:"你在研究历史吗?你这样好学使我很喜欢!'六年战役'完全为着正义!敌人太没有道理,不能不用战争去制服他们。"

"噢!"慈儿点头信服,父亲的口吻和字眼,跟老乞丐的竟如此地相同。但是他又产生了新的疑问:"正义固然好,难道只剩一条腿也是好的吗?"

父亲指着挂在墙上的画像继续说:"凡是主张正义的人都参加了'六年战役'。你祖父捐出了许多许多钱充作军需,咱们一边才得到了最后的胜利。历史上记载着这件大事,谁都知道你祖父,谁都崇拜你祖父。孩子,对他的画像行个礼吧。你应该知道,你是这位伟大人物的孙子。"

慈儿向画像行了礼,仔细看画上的祖父。丰满的脸庞,突起的颧颊,眼睛有摄住别人的光耀,须发全白,很浓,像刚劲的金属丝;是一个威严的不大容易亲近的老人。(外貌描写将慈儿的祖父描绘得栩栩如生,形象鲜明。)他"主张正义""捐出许多许多钱""得到最后的胜利",慈儿想,这些都值得崇拜,但是十万人丢了胳膊少了腿,伤了内

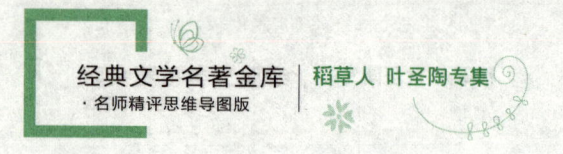

脏，又该怎么说呢？

"爸爸，我刚才遇见一个老乞丐，说是参加过'六年战役'的，可怜得很，他失掉了一条腿！"

"他也是为着正义呀！为着正义去冲锋陷阵，虽死而无怨。"

慈儿还是疑惑，为什么老乞丐说起那条失去的腿，还是非常悲伤呢？他不再问父亲，把这个问题记在心里。

从此他时时想起那个独腿的老乞丐，联带想到祖父，因为他们俩同样地参加过正义的"六年战役"，但是后来的结局彼此大不相同；一个很得意，从画像上就可以看出来，一个却潦倒悲伤，在路旁作伸手的买卖。慈儿想不透这中间的所以然，就时常去看祖父的画像。他用明澈的眼睛凝望着画像，希望画像会告诉他一些什么。

一天，父亲出去了，慈儿又到书室中看祖父的画像，忽然"啪"一声，那幅画像落了下来，使他大吃一惊。

托板跟框子脱离了，画布褶皱了，许多油彩的碎屑落在地上，还有一本薄薄的书摊在框子旁边。（突如其来的转变，也让读者大为惊奇，更加期待后面的剧情发展。）

慈儿觉得奇怪，画像的框子里怎么会有一本书，他就拾起来看。书上的字写得很大，一页至多四五行，一团一团地，像陈列着拍死的蟑螂。他从头看下去。

大块的荒地，周围五百里，开垦起来利益多么大。

本来是荒地，无主的，谁都可以拿。谁拿到手谁就占便宜，那是当然的。

他们要先下手了，理由是那荒地连接他们的境界。这是什么话！有我们在呢，他们竟把我们看做不懂事的小孩子！

这种侮辱不能忍受！我们用"正义"这个口号跟他们斗一下吧，战争！战争！

这里有一页空白，翻过了看次页，字迹更加潦草，可以看出是在慌忙中写的。

战争延长了五年，没有必胜的把握。我们的人死得不少。这倒不打紧，死一批可以再招一批。只是军需不足，吃用渐见困乏，最可忧虑。

待我算一算。如果我们失败了，荒地既得不到，还许失掉所有的一切。如果我投一注大资本，让我们胜了，保住了现有的自不必说，我是大股东，还可分得大部的荒地。

就是瞎子也会走后面的一条路。

决意捐出全部家产的十分之九！一点儿一点儿搜刮，积成这份家产虽然不容易，但是在这样的生死关头，也不能不演出这样的壮举。

以下的字特别大：

胜利！胜利！最后胜利属于我们。

庆祝大会。被人家高高举起，在大路上游行。大家说没有我就没有这一回的胜利。

大部的荒地划归我大股东，要添养不知多少的奴才才能把荒地经营好。

除夕，结算今年出入的总账，利润是破天荒的。我高兴极了，我投资的眼光竟这样准。

慈儿读罢，如梦方醒，祖父自己写的《六年战役史》原来是这样的！祖父当然要得意，乞丐当然要潦倒悲伤了。

给老乞丐的两块钱是父亲给的，父亲的钱是祖父传下来的，祖父的钱是老乞丐一班人代他挣来的。靠了人家的一条腿，挣来了许多的钱，

从这中间取出两块钱来还给人家，能算做了慈善事业吗？

"往根底里做去！"不知谁说的这句话在他的心头闪现。慈儿恍然解悟，他知道真实的慈善事业该从哪一方向着手了。

（1930年12月31日写毕）

名师赏析

本文用一个故事讲述了两个主题。一个主题是明确讲出来的，即真正的慈善不能只做表面文章，需要从根本上解决问题。另一个主题则是暗含的，即很多所谓正义的战争不过是统治者为了自己的私欲而发动的，而那些冲在前线的普通士兵则成了这种私欲的牺牲品。主线和暗线相互关联，却又各自独立，发人深省，令人深思。

● 好词好句

狂飙　不同寻常　霎地　严峻　家常便饭　冲锋陷阵

● 延伸思考

1. 慈儿的善心都体现在哪些方面？
2. 你觉得慈儿醒悟之后会怎么做呢？

熊夫人幼稚园

儿童刊物《儿童世界》登载过一种连环画，接连有好多期，叫做《熊夫人幼稚园》。在那熊夫人开设的幼稚园里，有虎儿、鸡儿、猴儿、猪儿、象儿、麒麟等孩子。他们很淘气，常常想方设法作弄熊夫人，结果受到熊夫人的训诫和斥责。故事都非常有趣，小朋友看了总不会忘记。有些小朋友也许会在梦里走进那个幼稚园，跟虎儿猴儿们一起玩呢。

现在讲的是那个幼稚园最末了的故事。

熊夫人是一位热心的真诚的教育家。什么叫做教育家？就是教导孩子们，养护孩子们，使孩子们样样都好，样样都长进的。教育家前头又加上"热心的"和"真诚的"，可知熊夫人决不是随随便便的、马马虎虎的教育家。（先肯定了熊夫人的优点，又否定了熊夫人不会有的缺点，这样的反复强调体现了熊夫人的尽职尽责。）她当教育家不惜用全副的精神，并且希望收到完满的效果。

一天午后，孩子们刚从午睡醒来，大家神清气爽，一对对小眼睛看着熊夫人闪闪地耀光。他们都一声不响，仿佛在等候熊夫人嘴里出现什么神奇的故事。熊夫人看孩子们这样安静，心里十分愉快。她想：这时刻不像平常那样闹嚷嚷的，如果把早就想问他们的问题在这时刻提出来，真是再适宜没有了。（心理描写表现了熊夫人对孩子们的了解和关

心，以及对工作的认真负责。）

熊夫人轻轻拍了几下手掌——这是她的习惯，跟孩子们说话之前总得先拍几下手掌，然后用她那温和的语调说："孩子们，我要问你们几句话，请你们各自回答我，说得越仔细越好。你们怎么想就怎么说，不要隐藏一丝儿在脑子里。"

象儿有点呆气，但是很听熊夫人的话。他说："知道了，我决不隐藏一丝儿。老师，您要是不相信，可以剖开我的脑壳来看。"

猴儿性急，他想起前一回猜中了谜语，得到熊夫人奖赏的糖果，不禁咽了一口唾沫。他盖住孩子们的笑声，喊着说："老师您快问吧。我们回答得仔细，您可不要舍不得糖果。"

"糖果！""糖果！"孩子们的舌尖上仿佛感到有点儿甜，都咂起嘴来。

"现在我发问了，"熊夫人又拍了几下手掌，引起孩子们的注意，"你们为什么要到我这里来？这句话明白吗？换一句话说，就是你们要从我这里得到些什么？你们各自把想望的告诉我吧，最明白自己的莫过于自己。"

虎儿的手立刻举起来了，身子也耸起了半截。接着，别的孩子也举起手，都表示愿意回答。

熊夫人感激地笑了。她指着虎儿说："照我们平时的规则，虎儿先举手，你先说给我听。"

虎儿得意地站起来，捋着虎须，一双眼珠子向四周一扫，表示他的威武。（动作描写表现了虎儿是一个胆大而骄傲的孩子，人物性格鲜明。）他响亮地说："老师，您当然知道我属于怎样一个种族。我们是喝别种动物的血、吃别种动物的肉过日子的。就是眼前这些同学，他们的祖先大半进了我们的祖先的胃肠！"

像鸡儿那样比较弱小的孩子，听到这话不禁浑身颤抖，眼睛定定的，好像大祸就在面前。象儿却不觉得什么，他带着嘲笑的口气提醒虎儿说："虎儿，这里不是山林，难道你要学你的祖先，做出些不体面的事儿来吗？"

"不，"虎儿直爽地回答，"我现在年纪还小，还在吃奶，不必学我的祖先。但是生活方法天然注定，非喝别种动物的血、吃别种动物的肉不可，这有什么法想？我将来一定得跟我的祖先一样生活，这是无须忌讳的。"他转向熊夫人说，"老师，因为我将来一定得跟我的祖先一样生活，所以要请您指导，练成跟我的祖先一样的本领。我们有一种特别的技能，叫做'虎啸'，伸长了脖子呼啸一声，能使周围的动物个个失魂丧魄，寻不见逃生的路，只好伏在那里等待我们走过去开宴。这种技能，我是必须练成的，希望您好好儿地给我指导。我们又有一种扑攫的功夫。别的动物离我们还比较远，我们能够像生了翅膀似的扑过去把他攫住，又一定攫住大动脉的部位，使他无论如何不能逃生，还便于吸尽他的最精华的血液。这种功夫也是我必须练成的，希望您给我好好儿地指导。此外没有了。"

熊夫人闭了闭眼睛，把虎儿的话想过一遍，记住他所希望的是什么，（细节描写表现了熊夫人对待每一位学生、每一个问题都非常认真，确实是一个热心真诚的教育家。）然后向鸡儿点头问道："鸡儿，现在轮到你了。你想望些什么？回答我，要像虎儿说的那样清楚。"

鸡儿不先开口，他的头向左边一侧，又向右边一侧，表示他想得很深，想得很苦。（几个简单的动作就将鸡儿胆小谨慎的性格刻画得入木三分。）"老师，我们种族的命运，大概您不会不知道吧。生下可爱的蛋来，一会儿就不见了。走到垃圾桶旁边，经常看见蛋壳的碎片。我们一家老小往往不能守在一块，不是丢了爷，就是抛了娘。什么地方去了呢？正如刚才虎儿说的，进了别种动物的胃肠，就此完了！我想这样的世界太不对了，为什么要用这一种动物的血和肉来养活那一种动物呢？被吃掉的太苦痛了，吃掉人家的太残酷了。改变过来吧，让世界上没有被吃掉的，也没有吃掉人家的吧。这不是办不到的事，只要改变大家的心，改变大家的习惯。老师，我虽然只是个小生命，我的志愿可不小。我要劝说人家，把心改变过来，再不要做那种太残酷的事儿了。从近便的开头，自然先轮到同学虎儿，他年纪还小，残酷的习惯还没有养成。至于我自己，我已经打定主意不吃那些小虫子了，吃些菜叶谷粒一样过日子。但是用什么方法劝说人家才能见效呢？我现在一点儿把握也没有，希望老师好好地指导我。就是这么一点儿要求，再没别的了。"

"我决不听他的劝说。"虎儿举起手抢着说，不等熊夫人开口，"他说的是一种可笑的空想。没有被吃掉的，也没有吃掉人家的，这还成什么世界！不如说索性不要这个世界倒来得彻底些。他那种族的命运不大好，我相信；但是这应该怪他自己，他为什么要做鸡儿，为什么不做我虎儿呢？鸡儿生来就是预备被吃掉的。"

熊夫人听了虎儿的话，心里有点儿糊涂，鸡儿说得有道理，虎儿说的正相反，可是似乎也有道理。她怕虎儿当场就做出没规矩的事儿来，破坏幼稚园的和平，就用不太严重的口气禁止他说：（这段描写说明熊夫人是一个心思缜密，考虑问题非常周到的人。）"虎儿，我没有叫你说话，你等会儿再说。现在猪儿站起来回答我吧。要注意你的鼻音。你的鼻音太重了，有时候人家听不清楚你的话。"

猪儿说："我的命运完全跟鸡儿一样，不必多说。可是我的意思完全跟鸡儿不同。你想劝说人家,不要再做太残酷的事儿,虎儿说这是空想,我说你简直在做梦!力量只有用力量去抵挡。一边是力量,一边却空空的一无所有,吃亏是当然的。我想我们种族从前也有过光荣的时代,生活在山林之中,长着锋利的牙齿,奔驰来去,谁也不敢欺侮。只因后来改由人家饲养,一切生活就受人家的支配。人家给我们吃点东西,归根结底为了长胖他们自己的身体。我们的同伴又彼此分散,有的在这一家,有的在那一家,不能互相联络,这才落到现在这样倒霉的地步!然而我并不悲伤,我望见前面有重见光明的道路。如果我们全体能够联络在一起,就是非常伟大的力量,哪怕是虎儿的种族,也尽可以同他们对垒一下!"猪儿说到这里,一双小眼睁得很大,放射出勇敢的光辉。孩子们都觉得今天猪儿跟平时大不相同,他激昂慷慨,竟像一个准备临阵的战士。

虎儿又抢着说:"好,将来咱们对垒一下,看到底谁胜谁负!"

"虎儿你不要开口。猪儿,把你的话说完了。"熊夫人皱起眉头,看看虎儿又看看猪儿。

猪儿摇着他的大耳朵继续说:"我们可以立定志向,生活不再受人家的支配;我们吃东西只为我们自己要生活,不再为了养肥人家。这样,光荣的时代就回来了!现在要老师指导我的是实现我这志愿的方法。彼此分散的同伴怎样才能联络在一起呢?大家一致的志向怎样才能立定呢?亲爱的老师,等到我明白了这些方法,我就好去做我要做的事了!"

"唔!"熊夫人从眼镜上面看着猪儿。<u>她想,这是又一套希望,很值得同情,也得给他满足才好。但是幼稚园里教孩子只能走一条道路,如果依着猪儿的希望,就不能满足虎儿和鸡儿;依着虎儿的或者鸡儿的,情形也相同。到底走哪一条道路好呢?</u>(这段心理独白直接说出了

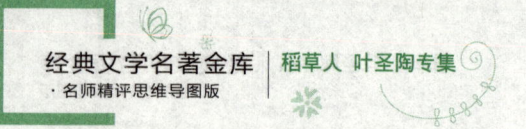

熊夫人内心的矛盾和纠结，措辞简洁，主题一目了然。）她委实决定不下来。她心里很乱，好像一个没有主意的人到了岔路口，不知往哪个方向走才好。她只好再问："麒麟，你希望我给你些什么呢？"

麒麟是个非常漂亮的孩子。他站起来，昂着头说："爸爸妈妈送我到这里来以前，曾经这样说：'孩子，我们是高贵的种族，这一句话你必须永远牢记！我们昂着头，专吃那树顶上的叶子，这就是高贵种族的一个证据。我们当然不用干什么活，只有牛呀马呀那些贱东西才干活。但是你在家里太寂寞了，怕会闷出病来。送你到幼稚园去，让你跟孩子们玩玩，消磨那悠闲的岁月吧。'于是我到这里来了。老师，您什么也不必教给我，只要让我安安逸逸地消磨悠闲的岁月就成了。"

"原来如此！"熊夫人感到不大愉快，只点了点头，表示听明白了。她又问猴儿："猴儿，你又怎么说？"

猴儿听熊夫人唤到他，身子一跃，就站在椅子背上，眼睛骨溜溜地乱转，像个玩杂耍的孩子。他说："老师，您总该读过《西游记》吧？《西游记》里有个孙行者，他偷过王母娘娘的蟠桃。我也想吃王母娘娘的蟠桃，可是不知道怎样上天去，怎样把蟠桃偷到手。这一件您教给了我，我感激您三千年，三万年！"

"要我教你偷……"熊夫人气得再也说不下去。她全身索索发抖，把眼镜抖了下来，露出两颗定定地瞪着的眼珠。（发抖、抖下眼镜、瞪眼，这一系列动作将熊夫人的气愤表现得惟妙惟肖，刻画得十分精彩。）

第二天，幼稚园关门了，因为熊夫人想了一夜，拿不定主意依哪个孩子的希望来教才好。她知道，不拿定主意胡乱教下去是没意思的。她就把孩子们一个个送回家去，把"熊夫人幼稚园"的牌子摘了下来。

（1931年2月1日发表）

绝了种的人

考古家发掘很深的地层，得到一副骸骨，不像现在的人，但确实是人的骸骨。骷髅同平常人一样大。脊骨又细又短，跟骷髅很不相称，好像一个萝卜拖着一条小尾巴。四肢的骨骼更细得不成样子，简直像四根很细的毛连在那小尾巴上，粗心一点儿就看不清。（运用比喻的手法生动刻画了这副骸骨的奇特，为后文埋下伏笔。）

这新发现轰动了所有的考古家，他们要知道这是一种什么人，这种人过怎样的生活，为什么会绝了种。你得相信，考古家真有那种本领，只须看到一块骨头，就能知道一种动物的生活和历史；何况现在全副的骸骨都摆在他们面前，一小节骨头也不缺少。

经过了多时的研究，考古家把这种人的生活和历史完全弄明白了。这种人不是人类学上已经登记过的古代人，学名叽里咕噜怪难记的；这是另一种族，时代比人类学上已经登记过的古代人还要早几十万年。关于这种人生活的情形和绝种的经过，考古家有详细的学术报告书，印成专册在全世界发行。现在把报告书的大概讲一讲。

这种人的祖先并不是这般形象的，头颅，身体，四肢，都很相称，同现在的人差不多。他们各自凭劳力过活，或种田地，或制货品。因为大家这样做，生产出来的东西足够大家吃用。他们的身体都很强健，——身体强健全靠劳动，这虽然是小学教科书里常见的话，确实很

有道理。

后来有一世人贪起懒来，仿佛觉得不花一丝力气，白吃白用，更为幸福。他们就这样做了。自己既不劳动，吃的用的当然是别人生产的。他们对着这种幸福的新生活，还有点儿不大宁帖：以前自己也劳动的时候，吃东西下咽很滑溜，现在却有点儿梗梗的了；以前享用一件东西，舒舒服服，称心适意，现在却像偷了人家的东西似的。［这是羞惭的意念在那里透出芽来。］❶怎么办呢？要去掉这一点儿不宁帖才好。这些人于是想出一个理由来为自己辩护，遏住那羞惭的芽。

理由是说他们劳了心；劳了心的就用不着劳力；劳心劳力，两件之中劳了一件就成了。

特地想出来的为自己辩护的理由，往往越想越觉得对，犹如相信自己长得美的，越照镜子越觉得自己长得美。理由对，那么劳心岂不是一件很有价值的事，值得尊敬值得歌颂吗？他们便想出尊敬自己歌颂自己的种种方法来：譬如说，［劳心得安安逸逸坐在宫殿里才成，不比劳力不妨冒着风霜雨雪，这是一；劳心是要写起方丈的大字刻在高山的石壁上的，不比劳力把力量用尽就完事，这是二；……］❷

还有一种方法必得讲一讲。他们请教变戏法的替他们布置一种魔术的场面，布置停当了就开大会，让所有的人都来看。魔术开始了，轰然一声，五彩的火光耀得人眼睛昏眩，火光中仿佛有龙、凤、麒麟、驺虞等等禽兽在舞蹈。不知什么地方奏起音乐来，那些禽兽的舞蹈合着音乐的节拍。在中央，高高显出那些劳心的人，似乎凌空的，并不倚着或者坐着什么东西。他们穿的衣服画着莫名其妙的花纹和色彩，质料不像普通的丝棉毛羽。他们的神色非常庄严，眼睛看着鼻子，一笑也不笑，像庙里的神像。不等众人看得清楚，又是轰然一声，火光全灭了。大家的鼻子前边拂过一阵浓烈的松脂气和硫黄气。但是大家不免这样想:"他们劳心的人好像真有点儿特殊;不然怎么能高高地显现在中央,而且什么也不倚傍呢?"

自己尊敬自己歌颂的结果,〔羞惭的芽儿早就烂掉了,代替羞惭的是骄傲的粗干。〕❸"劳心的人和劳力的人应该分属于两个世界,比方说劳心的人在天上,那么劳力的人岂止在地下,简直在十八层地狱里。"那些骄傲的心这么想。

劳心的人到底劳的什么心呢?一定有人要这样问。这里不妨大略讲一点。

有些人自信有特别的才能,会替天下人想各种的方法。比如有人问,做人应该怎么做?他们就回答,做人要一天到晚,一晚到天亮,一刻不停地劳力,直到临死,还得把这样的好榜样传给子孙。比如再问,应该崇拜什么样的人?他们就回答,最切实最可靠只有崇拜他们,因为他们是现成的摆在那里的伟大高尚的人物。他们代天下人想出来的许多意见往往写成书籍,流传后世,成为宝贵的经典。

有些人懂得数学,能够计算劳力的人生产出多少东西来;比如有三百十七升谷子,他们能算明白这就是三石一斗七升,又懂得兑换的

名师导读 Mingshi Daodu

❶ 将羞惭的意念比作刚透出的芽,体现了这种刚刚萌发的意念还非常弱小,与后文中这种意念被轻易扼杀相呼应,比喻生动形象。

❷ 运用对比的方式凸显了劳心者和劳力者的巨大差别,让人一目了然。排比的运用也暗示了这种差别之多。(对比、排比)

❸ 将骄傲比作粗干,表明骄傲是根深蒂固的,生命力非常顽强,很难被消灭。这与像嫩芽一样弱小,且早就烂掉的羞惭形成鲜明对比。(比喻、对比)

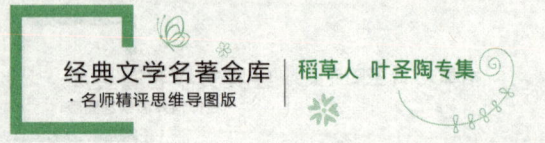

事情，一块大洋可以换几个小银元，一个小银元可以换几个铜子儿，他们弄得很清楚。计算和兑换的结果，他们家里谷子和银洋积得很多，人家称他们为富翁。

有些人编成一种戏文，分配停当脚色（中国戏曲中的角色行当，旧称脚色），排练纯熟，预备喜庆祝贺的时候演唱；或者日子太空闲，生活太无聊，就敲起锣鼓来演唱。戏文里的故事往往是滑稽的，不是美丽的公主同小白兔结婚，便是穷书生梦里中了状元。看演戏文的自然也是劳心的人；他们劳心，才懂得那戏文的高妙。

也说不尽许多，总之这些劳心的人没有生产出一粒谷子来，没有生产出一个瓦罐来。他们取各种东西吃，取各种东西用，也不想想这些东西怎么生产出来的。

中间也有少数人专门帮助劳力的人想办法。他们或者研究种植的道理，使本来收一升的得收一升半；或者研究制造的技巧，使本来粗陋的制品得以精良。但是他们自己从来不动手。倘使你要从他们那里得一点可以吃的可以用的东西，他们也只能给你一双空空的手。

劳力的人怎样呢？一部分人传染了贪懒的毛病，同时羡慕那体面显耀的劳心生活，也想加入劳心的一群。可是这时候不比以前了，不能够想怎样便怎样，要加入劳心的一群先得受一番训练。正好那些老牌的劳心的人开出许多学校来，专收羡慕劳心的人，教授劳心的功课。来学的学生塞满了每一间教室。他们个个明白，只待毕了业，那就堂而皇之是劳心的人了，他们的地位在上面的一个世界，有种种的安适和光荣。

每一个劳力的父亲送儿子进学校，对他这样祝祷："现在送你进学校，祝你永与劳力无缘！你将来是劳心的人。一切安适和光荣都属于你！你尽管白吃白用，快乐无穷！"（语言描写表现了父亲对劳心的生活的向往，以及对儿子的殷切期望。）

儿子自然笑嘻嘻地跳进学校，连吞带咽学习那些劳心的功课。有些因为异常用功，没到规定的年限就毕了业。毕业以后的情形完全合着父亲的祝祷，那是不待说的。

学校里学生越来越多，就是劳力的人越来越少。生产出来的东西渐渐不够大家吃用，这成为全种族的重大问题。

有什么方法增多生产的东西呢？

劳心的人到底劳惯了心，他们略微一想，方法就来了："这很容易，只须让劳力的人加倍劳力就行了。"

事情就照样做了。劳力的人加倍劳力，生产的东西也加一倍；虽然有许多白吃白用的人，还勉强足够分配。

劳心的人于是开庆祝大会，庆祝他们的主张成功实现。那一天，单是葡萄酒一项就倒空了几千万桶，这酒当然是劳力的人酿的。

但是劳心的人还有一件未免懊丧的事。他们取历代祖先的照相来对比，发现一代比一代瘦弱。看看自己躯体，细得像一竿竹，四肢像枯死的树枝，只有头颅还同祖先一样，不曾打折扣；皮色是可怜地白，好像底层没有一丝儿血流过。生活虽安适而光荣，这样的瘦弱毕竟是大可忧虑的。（通过对劳心者外貌的描写，表现了他们身体的变化以及因此带来的忧虑，具有承上启下的作用。）

劳心的人当然明白这完全是太不劳力的缘故。他们想这样下去可不行，也得劳点儿力才好。于是他们做一种打球的游戏。打了二下走向前去，寻到那个球再打一下，再走向前去；这是全身的运动。但是他们不高兴自己带打球的棒，另外雇一些人给他们背袋子，把打球的棒插在袋子里。被雇的自然是劳力的人。

这种游戏成为一时的风尚。无数的田亩开辟作打球的场地。本来是种稻麦蔬菜的，现在铺着一碧如绒的嫩草。一组比赛者跟着另一组比赛者，脚步匀调而闲雅，像电影中特别慢的镜头，可爱的小白球在空中飞过，背打球棒的人追赶着小白球，看落在什么地方，弄得满头是汗。（将打球者的闲适与背打球棒的人的辛劳进行对比，深刻揭示了劳心者和劳力者所受到的极不公平的待遇。）

有少数人眼光比较远一点儿，说这样不大好，与其打这无谓的球，何不径去耕一亩田，织一匹布。人要生活，总要吃要用，而各种东西总得由劳力生产。眼看情形很危险，劳力的人好像中了魔，大批大批地向劳心的群里钻，说不定会有一个也不剩的那一天，真个不堪设想。不如预先防备，每个劳心的人劳一点力，不论研究什么事情的，都兼做劳力的工作。

这个意见使全体劳心的人哄然发笑。

"谁愿意听这样没出息的意见！劳力的人尚且要拥进学校升为劳心的人，难道我们反而要降下去吗？在地上的人希望爬到席上；我们在天上，却自己跌到十八层地狱底里？我们没有那么傻。危机并不是没法排除的。方法很简单，教劳力的人再加倍劳力就是了。"

那些眼光比较远一点儿的人看到大家都不同意，而他们自己又本来没有真个去劳力的勇气，也就罢了。（这段描写表现了劳心者只会夸夸其谈，缺乏实践的勇气。）

打球的游戏太轻松了，并不能恢复劳心人的体格。他们摇摇摆摆在路上往来，像盂兰盆会（即每年农历七月十五的中元节，人们会在这一天祭奠亡人，和清明节类似）中出现的那些纸糊的大头鬼——头颅实在并不大，因为肢体太小，显得特别大。

劳力的人挡不住加倍又加倍的重任，就连本来不想贪懒的人也只好投入劳心的学校，希望透一透气。

到最后一个劳力的人进了学校，这一种族就灭绝了。他们是饿死的。

（1931年4月30日发表）

名师赏析 Mingshi Shangxi

劳动是创造一切的根本，而文中的劳心者却完全抛弃劳动，只知道异想天开，夸夸其谈，最后不仅自己丧失了生存能力，还将劳力者拉入了这片深渊，最后导致了整个种族的灭绝。这一主题和《地球》一文可以说是如出一辙。作者想借此告诉我们，不仅要珍惜劳动者所创造的成果，更要尊重劳动者，并应努力成为一个对社会有贡献的劳动者。

● **好词好句**

叽里咕噜　堂而皇之　连吞带咽　懊丧　不堪设想

● **延伸思考**

1. 为什么劳力的人都拼命往劳心的人群里钻？
2. 你觉得劳心的人是聪明还是愚蠢呢？
3. 将本文与《地球》一文对比，说说它们的相同与不同。

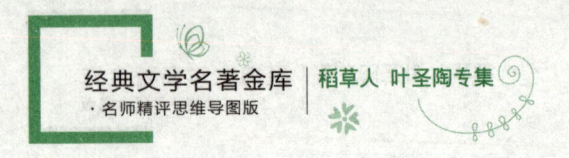

阿菊

[编者按]

在五四前后创作的一些文学作品中,专指女性时多用"伊"来表示,后来都改用"她"了。

一天早上,阿菊被他的父亲送进一个光明空阔透气的地方。他仿佛从一个世界投入别一个世界里。他的家里只有一张桌子和两条坏了的长凳,已使他的小身躯回旋不得;半截的板门撑起,微弱的光线从街上透进来,——因为对面是典当里库房的高墙,使他从不曾看清他母亲的面庞。门外墙角是行人的小便处,时常有人在那里图一己的便当,使他习惯了不良空气的呼吸。现在这个境界在哪里呢?他真投入了别一个世界了!(细节描写表现了阿菊家里狭窄、昏暗、空气污浊的生活环境,反衬出这别一个世界的奇妙,引起读者的阅读兴趣。)

阿菊的父亲是给人家做零雇的仆役的。人家有喜事丧事,雇他去上宾客们的菜,伺候宾客们的茶水烟火;此外他还当码头上起货落货的脚夫。人家干喜庆哀吊的事,酒是一种普遍而无限量施与的东西,所以他尽有尽量一醉的机会;否则也要靠着酱园里的酒缸盖,喝上两三个铜子麦烧(白酒的一种),每喝一口总是时距很长,分量很少,像是舍不得喝的样子,直到酱园收夜市,店门快关了,才无可奈何地喝干了酒,一摇一摆地回家去。（细节描写表现了阿菊父亲对酒的沉迷，他那慢慢品尝，舍不得喝的样子也说明了他们非常贫穷。）那时阿菊早睡得很熟了。

阿菊的母亲是搓草绳的。伊的眼皮翻了出来，常常分泌眼泪，眼球全网着红丝，——这个是他们家里的传染病，阿菊父子也是这样，不过较轻些。（将眼里布满血丝说成一种传染病，作者是想说明，阿菊一家都十分劳累辛苦。）伊从起身到睡眠总坐在一条破长凳上，两手像机器似的工作。除了伊的两手，伊的身躯动也不动，眼睛眨也不眨；伊不像有思想，不像有忧乐，似乎伊的人世只为着那几捆草绳而来的。当阿菊初生时，他尖着小嘴衔着伊的奶头，小手没意识地抓着，可爱的光辉的小眼睛向伊的面庞端详着；对于那些，伊似乎全无知觉，只照常搓伊的草绳。他吸了一会儿奶，便被弃在一个几乎站不住的草窠里。他咿呀欲达意吧，号哭欲起来吧，伊总不去理会他，竟同没什么在旁边一样，柔和的催眠声，甜蜜的抚慰语，在伊的声带和脑子里是没有种子的。他到了四岁，还是吸伊淡薄的奶汁，因为这样可以省却两小碗粥；还是躺在那个破草窠里，仰看黑暗的尘垢的屋板，因为此外更没别的可以容他的地方。

阿菊今年是八岁了。除了一间屋子和门前的一段街道，他没有境遇；除了行人的歌声，小贩的叫卖声，母亲的咳嗽声，和自己的学语声，啼哭声，他没有听闻；除了母亲，他没有伴侣——父亲只伴他睡眠；他只有个很狭窄的世界。（这组排比句表现了阿菊生活的单调和视野的狭窄，凸显了阿菊的不幸，令人动容。）今天他才从这很窄狭的世界投入别一个宽阔的世界里。

他被一位女教师抚着他的肩，慈爱地轻婉地问道："你知道你自己

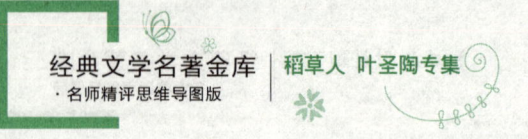

的名字吗？"他从没经过被询问，这是骤然闯进他生命里的不速之客，竟使他全然无法应付。他红丝网满的眼睛瞪住了，本来滑润的泪泉里不绝地涌出眼泪来。那位女教师也不再问，但携着他的手走到运动场里。[他的小手感觉着温的柔的爱的接触，是他从没尝过的，引起了他的怅惘，恐怖，疑虑，使他的脚步格外地迟缓，]❶似乎他在那里猜想道："人和人的爱情这么浓郁吗？"

运动场里没有一件静止的凝滞的东西：十几株绿树经了风微微地舞着，无数雀儿很天真地在树上飞跃歌唱；秋千往还着，浪木震荡着，皮球腾跳着，铁环旋转着，做那些东西的动原的小儿们，更没一个不活泼快乐，正在创造他们新的生命。阿菊随着那位女教师走，他那看惯了黑暗的眼睛经辉耀的壮丽的光明照映着，几乎张不开来。他勉强定睛看去，才见那些和己一样而从没亲近过的孩子们。他自知将要加入他们的群里，心里便突突地跳的快起来，脚下没有劲了，就站住在场角一株碧桃树下。女教师含笑问道："你不要同他们一起玩耍吗？"他并不回答；他那平淡的紧张的小面庞，只现出一种对于他的新境遇觉得生疏淡漠的神情。他的视官不能应接这许多活动不息的物象，他的听官不能应接这许多繁复愉快的音波，他的主宰此刻退居于绝无能力的地位了。女教师见他不答也不动，便轻轻地抚他的背说道：（动作描写表现了女教师的温柔和细心，人物性格跃然纸上。）"你就站在这里看他们玩耍吧。"伊姗姗地走入场中，给伊的小友做伴侣去了。

一个小皮球流星似的飞到他的头上来，打着头顶又弹了出去，才把他迷惘的主宰唤醒，使他回复他微弱的能力。[于是他觉得那温的柔的爱的接触没有了；四顾自己的周围，那携着自己的手的人在哪里呢？打在头顶的又是什么东西？母亲的手掌吗？没有这么轻。桌子的角吗？没有这么软。这件东西真奇怪，可怕。他那怯弱的心里想，这里不是安稳的地方，是神秘的地方；心里想着，两脚尽往后退，直到背心靠住了墙才止。他回转身来，抚摩那淡青色的墙壁，额角也抵住在上边，像要将小身躯钻进去。]❷然而墙壁是砖砌的，哪懂得爱护他，哪里肯放开他坚硬的冰冷的怀抱容纳他，使他避免惊恐，安定心魂呢？

　　阿菊坐在课室里了。全室二十几个孩子，都不过五六岁左右，今天他加入他们的群里，[仿佛平坂浅冈的丛山间插一座魁伟的雄峰。]❸他以前只有他家里的破草窠破长凳是他的座位，如今他有了新的座位，依然照他旧的姿势坐着，在一室里就呈个特异的色彩。他的上半身全拥在桌子上，胸膛磕着桌沿，使他的呼吸增加速度；两脚蜷了起来，尘泥满封的鞋子压在和他并坐的孩子的花衫上边。那位女教师见他这样，先坐给他看，给他一一说明，更指着全室的孩子教他学无论哪一个都好。他看了别人的榜样，勉强将两脚垂下，踏着了地，但不到一分钟又不知不觉地蜷了起来。他的胸膛也很不自然地离开了桌沿；一会儿身躯侧向右面，靠着了并坐的孩子。那个孩子嚷道："你不要来挤我！"他才醒悟，恐惧，现出怅

名师导读

❶ 作者连用三个形容词来描述这种接触的感觉，又连用三个形容词来形容阿菊的心情，表现了他的迷茫和不确定，非常符合阿菊的性格和他此时的心理。

❷ 作者用大量笔墨描写了阿菊此刻的心理和动作，表现了阿菊初入一个新环境时的手足无措和极度的不安全感，刻画得细致入微，人物形象非常鲜明。

❸ 平坂浅冈是指一些低而平的山坡，用它们来比喻那些孩子，并将阿菊比作魁伟的雄峰，显示出阿菊和那些孩子在个头和年龄上的巨大差距，生动形象。（比喻、对比）

悯的愕顾。一阵率性的附和的喧笑声发出来，各人的耳鼓都感到剧烈的震动。这个在他的经验里真是个可怕的怪物，他的上半身不由得又全拥在桌子上。（大段动作描写表现了阿菊非常另类的习惯，暗示了阿菊在思维和意识等方面所存在的缺陷。）

女教师拿出许多耍孩儿来，全室孩子的注意力便一齐集注在教师的桌子上。那些耍孩儿或裸体，或穿红色的背心遮着胸腹，嫩红的小臂和小腿却全然赤露；将他们睡倒了，一放手便跟着站起来，左右摇动了几回，照旧站得挺直。真是可爱的东西！在阿菊看了更是大扩眼界。他那简单的粗莽的欲望指挥着他的手前伸，想去取得他们，可是伸到了充分地直，还搭不到教师的桌子；同时那怯懦的心又牵着他的手，似乎不好意思地缩了下去。（一面是粗莽的欲望指挥着阿菊伸手，一面是怯懦的心牵着他缩手，如此矛盾的反应正体现了阿菊认识的模糊，暗示了阿菊心智上的不健全。）女教师已暗地窥见了他，便笑着对他道："你将这几个可爱的小朋友数一数。"他迟疑了好一会儿，经过了两三回催促，才含糊地仅可听闻地数道："一，二，三，六，五，八，四……"女教师微微摇着头，转问靠近伊桌子的一个女孩子。那女孩子扳着小指，发出尖脆的声音数了，竟没弄错数序。几个孩子跟着伊的尾声喊道："伊数得对。"女教师温颜附和道："果然伊数得对。我给你们各人一个去玩耍吧。"

阿菊取耍孩儿在手，这是他希望而又不敢希望的，几乎不自信是真实的事。他只对着耍孩儿呆看，这是他唯一的玩弄的方法。

"你们可知那些可爱的小朋友住在哪里？"女教师很真诚地发问。

"他们住在屋子里。"群儿作谐和的语调回答。

"屋子里怎么进去？"

"有门的。"

"门比他们的身躯高呢，低呢，阔呢，狭呢？"伊非常悦乐，笑容含优美的画意，语调即自然的音乐。

"阔，高，"有几个说，"自然比他们阔，高。"在那些声音里，露出一个单调的无力的"低"字的音来，这是阿菊回答的。

"门怎么开法？"

"执这个东西。"群儿齐指室门的拉手。

"请你开给我们看。"伊指一个梳着双辫的女孩子说。

那女孩子很喜欢受这使命，伊走到门首，执着拉手往身边拉。但是全无影响。

一部分孩子见他们的同伴不成功，都自告奋勇道："我能开。这么一旋就开了。"

女教师便指一个男孩去。他执着拉手一旋，再往身边拉，门果真开了。伊和群儿都拍手庆贺他的成功。伊更发清朗的语音向群儿道："我们开门先要这么一旋。"说罢，教大家依次去试。

这事轮到阿菊，就觉得是一种最艰难的功课。他拉了一会拉手，不成，又狠命地把它旋转，也不成，便用力向外推，然而何曾推开了一丝半缝。他窘极了，脸皮红到发际，眼泪含在眶里，呼吸也喘起来了，不由得弃了拉手在门上乱敲。（神态和动作描写表现了阿菊的恐慌和不安，刻画细腻，让读者如见其人。）但是外面哪里有应门的人等着呢？

那位女教师接着钢琴，先奏了一曲，便向群儿——他们环成一个圆圈站在乐舞室里了——说："我们要唱那《蝴蝶之歌》哩。"他们笑颜齐开了，双臂都平举着，有几个已作蝶翅蹁跹的姿势。琴声再作，那美妙的愉悦的人心之花宇宙之魂的歌声，也随之而发：

飞，飞，飞，飞到花园里。

这里的景致真美丽。

有红花铺的床供我们睡眠；

有绿草织的毯供我们游戏。

飞呀，飞呀，我们飞得高，飞得高。

飞呀，飞呀，我们飞得低，飞得低。

我们飞作一团，不要分离。

你看花在笑我们了，笑得脸儿更红了。

哈！哈！哈！

花呀，你来和我们一起儿飞！

来呀，和我们一起儿飞！

阿菊站在群儿的圈子里，听不出他们唱些什么，但觉自始至终受着感动，一种微妙的醉心的感动。他的呼吸和琴声歌声应和着，引起一种不可描写的快慰，适意，超过他从前唯一的悦乐——衔着他母亲的奶头睡眠。于是他的手舞动起来，嘴里也高高低低地唱起来；这个舞动呈个触目的拙劣的姿势，没有别的孩子那么纯熟灵活；歌呢，既没词句，又没节奏，自然在大众的歌声里被挤了出来。然而这个与他何涉呢？他总以为是舞了，唱了。刚才的窘急，惶恐，怯懦……他完全和它们疏远了。只可惜他领略歌和舞这么晚，况且他能将以后的全生活沉浸在那里边吗！（一直生活在窘急、惶恐、怯懦等心态下的阿菊终于体会到了快乐和舒适，这真是一件令人宽慰的事。）

阿菊第一天进学校的故事，要算他生活史里最重要的一页了。然而他放学归家，回到他旧的狭窄的世界的时候，他母亲和平日一样，只顾搓伊的草绳，并不看他一眼，问他一声。他自去蹲在黑暗的墙角旁边，玩弄他在学校里偷摘的一根绿草。说不定因这绿草引起了他纷乱的模糊的如梦的记忆，使那些窘急，惶恐，怯懦，感动，快慰，适意……立刻一齐重新闯进他的生命里。晚上他父亲喝醉了人家的残酒归来，摸到板铺的卧榻倒身便睡；他早上曾经送他的儿子进学校，进别一个世界，是忘记得干干净净了。

（1920年12月20日写毕 原题《低能儿》）

名师赏析

不是每个孩子生下来就拥有健全的心智，不是每个孩子都能在一个充满爱意的环境中成长，但我们决不能因此就放弃他们，因为每个孩子都有获得幸福快乐的权利。在女教师的帮助下，阿菊获得了前所未有的幸福和快乐，并且以后也可以一直快乐下去。文中的女教师正是爱心和善心的代表，她寄托了作者对于像阿菊这样的孩子的同情和关心，也是作者呼吁社会来关心这些孩子的象征。

● 好词好句

无可奈何　骤然　不速之客　怅惘　淡漠　平坂浅冈　蹁跹

● 延伸思考

1.阿菊和其他孩子的不同都表现在什么地方？
2.你觉得阿菊这样的性格是由什么原因造成的？
3.你觉得阿菊以后会变成什么样的孩子呢？

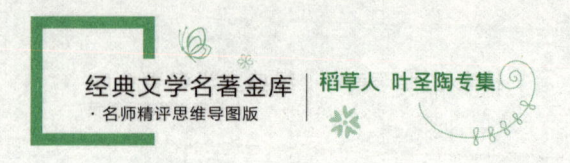

阿凤

杨家娘，我的同居的佣妇，受了主人的使命入城送礼物去，要隔两天才回来。我家的佣妇很羡慕的样子自语道："伊好幸运，可以趁此看看城里的景致了。"［我无意中听见了这句话，就想，这两天里交幸运的不是杨家娘，却是阿凤，伊的童养媳。］❶

阿凤今年十二岁，伊以往的简短而平凡的历史我曾听杨家娘讲过。伊本是渔家的孩子，生出来就和入网的鱼儿睡在一个舱里。后来伊父死了，渔船就换了他的棺材。伊母改嫁了一个铁路上的脚夫。脚夫的职业是不稳定的，哪里能带着个女孩子南北迁徙，况且伊是个消费者。经村人关说（指代人陈说，从中给人说好话），伊就给杨家娘领养——那时伊是六岁。杨家娘有个儿子，今年二十四岁了。当时伊想将来总要给他娶妻，现在就替他整备着，岂不便宜省事。阿凤就此换了个母亲了。

现在伊跟着杨家娘同佣于我的同居。伊的职务是汲水，买零星东西，抱主人五岁的女孩子。伊的面庞有坚结的肌肉，皮色红润，现出活泼的笑意。但是若有杨家娘在旁，笑容就收敛了，因为伊有切实的经验，这个时候或者就会有沉重的手掌打到头上来。哪得不小心防着呢？

杨家娘藏着满腔的不如意，说出来的话几乎句句是诅咒。阿凤就是伊诅咒的对象。若是阿凤吃饭慢了些，伊就说："你是死人，牙关咬紧了吗！"若是走得太匆忙，脚着地发出踢踢的声音，伊又说："你赶去寻死吗！"但是依我猜想，伊这些诅咒并不含有怨怒阿凤的意思；因为伊说的时候态度很平易，说过之后便若无其事，照常工作，算买东西的账，间或凑主人的趣说几句拙劣的笑话——然而也类乎诅咒。伊的粗糙沉重的手掌时时要打到阿凤头上，情形正和诅咒相同。当阿凤抱着的主人的女孩子偶然啼哭时，杨家娘的手掌便很顺手地打到阿凤头上。阿凤汲水满桶，提着走时泼水于地，这又当然有取得手掌的资格了。〔工作暇时，杨家娘替阿凤梳头，头发因好久没梳，乱了，便将木梳下锄似的在头上乱锄。〕❷阿凤受了痛，自然要流许多眼泪，但不哭，待杨家娘一转身，伊的红润的面庞又现出笑容了。

　　阿凤的受骂受打同吃喝睡觉一样的平常，但有一次，最深印于我的心田，至今还不能忘。那一天饭后，杨家娘正在拭一个洋瓷的锅子，伊的手一松，锅子落了地。伊很惊慌的样子取了起来，细察四周，自慰道："没有坏！"〔那时阿凤在旁边洗衣服，抵抗的意念忽然在伊无思虑的脑子里抽出一丝芽来，伊绝不改变工作的态度，但低语道："若是我脱了手，又要打了。"〕❸这句话声音虽低，已足以招致杨家娘的手掌。"啪！啪！"……每打一

名师导读

❶ 作者非常坚决地否定了佣妇的话，却没有点破其中的原因，留下了一个很大的悬念，激发了读者的探究兴趣。

❷ 凌乱的头发本应细细梳理，杨家娘却像锄地一样用力在阿凤头上乱锄。将用力梳头的样子比作下锄，可见杨家娘的动作多么粗鲁和蛮横。这一比喻形象生动，让读者很容易想象到阿凤所受的痛楚。

❸ 这段描写说明阿凤虽然总是逆来顺受，忍气吞声，但她并不是一个没有思想、没有感情的木偶，她的内心其实很明白，而且反抗的意念已经在她的心里悄悄萌芽了。

下，阿凤的牙一咬紧，眼睛一紧闭——再张开时泪如泉涌了。伊这个态度，有忍受的，坚强的，英勇的表情。伊举湿手抚痛处，水滴淋漓，从发际下垂被（同"披"，覆盖的意思）于面，和眼泪混合。但是伊不敢哭。我的三岁的儿子恰站在我的椅子前，他的小眼睛本来是很灵活的，现在瞪视着她们俩，脸皮紧张，现出恐惧欲逃的神情。他就回转身来，两臂支在我的膝上；上唇内敛，下唇渐渐地突出。（对小孩神态的描写惟妙惟肖，表现了他恐惧、难过、委屈的复杂情绪。）"啪！啪！"的声音送到他耳管里还是不断，他终于忍不住，上下唇大开，哭了——我从他这哭声里领略人类的同情心的滋味——便将面庞伏在我的膝上。后来阿凤晒衣服去，杨家娘便笑道："囝囝，累你哭了，这算什么呢？"阿凤晒了衣服回来，便抱主人的女孩子，见杨家娘不在，又很起劲地唱学生所唱的《青蛙歌》了。

杨家娘这等举动似乎可以称为"什么狂"。我所知于伊的一些事实，是伊自述的，或者是伊成为"什么狂"的原因。伊的儿子学习木工，但是他爱好骨牌和黄酒胜于刀锯斧凿。有一回，他输了钱拿不出，因此和人家厮打，给警察拘了去。警察要他孝敬些小费，他当然不能应命，便将他重重地打了一顿。伊又急又气，只得将自己积蓄的工资充警局的罚款，赎出伊受伤的儿子。调理了好多时，他的伤痊愈了，伊再三叮嘱他，此后好好儿做工，不要赌。谁知不到三天，人家来告诉伊，他又在赌场里了。伊便赶到赌场里，将他拖了出来，对他大哭。过了几天，同样的报告又来了；并且此后屡有传来。伊刚听报告时，总是剧烈地愤怒；但一见他竟说不出一句斥责的话，有时还很愿意地给他几百文，教他买些荤菜吃。——这一些事实，或许就是激成"什么狂"的原因。

杨家娘既然受了使命出去，伊的职务自然由阿凤代理。阿凤做一切事务比平日真诚而迅速，没有平日的疏忽，懈缓，过误。伊似乎乐于做事，以做事为生命的样子。不到下午三点钟，一天的事务完了，只等晚上做晚饭了。伊就抱着主人的女孩子，唱《睡歌》给伊听。字句和音节的错误不一而足（指同类事物不止一个，形容很多，无法列举齐全），然而从伊清脆的喉咙里发出连缀的许多声音，随意地抑扬徐疾，也就有一种自然的美。主人的女孩子微微地笑，要伊再唱。伊兴奋极了，索性慈母似的拍着女孩子的身体，提高了喉咙唱起来，和学生起劲时忽然作不规则的高唱一样。

伊从没尝过这个趣味呢。平日伊虽然不在杨家娘跟前，因为声音是可以传送的，一高唱或者就有手掌等在背后，所以只是轻轻地唱。现在伊才得尝新鲜的趣味。

唱了一会儿，伊乐极了，歌声和笑声融合，到末了只余忘形的天真的笑声，杨家娘的诅咒和手掌，勉强做粗重工作的劳苦，伊都疏远了，遗忘了。伊只觉伊的生命自由，快乐，而且是永远的，所以发出心底的超于音乐的赞歌，忘形的天真的笑声。

一只纯白的小猫伏在伊的旁边。伊的青布围裙轻轻动荡，猫的小爪似伸似缩地想将它攫（抓取）住，但是终于没有捉着。伊故意提起围裙，小猫便站了起来，高举前足；一会儿因后足不能持久，点一点地，然后再举。猫的面庞本来有笑的表情，这一只猫的面庞白皙而丰腴，更觉得娇婉优美。它软软地花着眼睛看着伊，似乎有求爱的意思。伊几曾被求爱，又几曾施爱？但是，现在猫求伊的爱，伊也爱猫，被阻遏着的人类心里的活泉毕竟涌溢了。伊平日常常见猫，然而不相干，从今天此刻才和猫成为真的伴侣。

伊就放下女孩子，教伊站在椅旁。伊将围裙的带子的一端拖在地

上，引小猫来攫取。小猫伏地不动，蓄了一会儿势，突前攫那带子。伊急急奔逃，环走室中，小猫跳跃着跟在背后，终不能攫得。那小猫的姿态活泼生动，类乎舞蹈，又含有无限的娇意。伊看了说不出的愉快，更欲将它引逗，两脚不住地狂奔，笑着喊道："来呀！来呀！"汗珠被于面庞，和平日的眼泪一样的多；气息吁吁地发喘，仿佛平日汲水乏了的模样，（将阿凤此时的汗水和往日的泪水相比，将此时玩耍的样子和往日劳累的模样相比，凸显了阿凤不幸的遭遇，令人感伤。）然而伊哪里肯停呢？

这个当儿，伊不但忘了诅咒，手掌和劳苦，伊连自己都忘了。世界的精魂若是"爱""有趣""愉快"，伊就是全世界。

（1921年3月1日写毕）

名师赏析 Mingshi Shangxi

阿凤是不幸的，每天都要承受养母的打骂。然而即使只有片刻的轻松和欢愉，阿凤也觉得幸福无比，可以将一切辛苦和不幸抛诸脑后。阿凤身上透露着"爱""纯真""坚强"和"希望"，而这也是世界上最美好、最珍贵的东西。

● 好词好句

若无其事　泪如泉涌　再三叮嘱　不一而足　丰腴

● 延伸思考

1.请从文中任选一处阿凤被责打的场景，描述她的心理活动。

2.为什么杨家娘不在的时候，阿凤会如此开心？

儿童节

"爸爸妈妈许下我了,明天带我去看《国色天香》。那是一张歌舞片子。我顶欢喜看歌舞片子。"王大春的肩膀贴着李诚的肩膀,歪左歪右地走着,他说罢,从印着红字的纸袋子里掏出一片蛋黄饼干,往嘴里一塞。

李诚也有纸袋子,可是他并不掏出饼干来吃,只用两只手捧在当胸,像请了一件宝贝。(动作描写表现了李诚的谨慎,说明那个纸袋子不同寻常。)他摇摇头说:"歌舞片子没有什么好看,我看过《科学怪人》,那真好看。死尸经科学家使了科学方法,活起来了,直僵僵地走着。不过胆小的人看了就会害怕。"

"你说你胆大吗?你敢不敢独个儿睡在一间屋子里?"王大春嚼着饼干,发音不很清楚。

"我为什么不敢?"

"等会儿鬼出现了,你怎么办?"

"你说鬼到底有没有?"李诚用胳膊推挤王大春的身子。

"怎么没有?我奶奶十几岁的时候亲眼看见过两回鬼。小脚,拖着很长的袖子,身子袅呀袅的,原来是个女鬼。"王大春表演袅呀袅的姿态,可是身子左右摇晃,两条腿向外弓着,活像卓别林。

"这样吗?"李诚听得出了神。"我妈妈告诉过我两句话,叫'不可不信,不可全信'。她说,有些人真会看见鬼,我们怎么能不信?可

是一味闹鬼，那就是迷信了，所以不可全信。"

王大春对于信不信的话不很感兴趣，又掏出一片饼干塞到嘴里。忽然看见距离十来家铺面，有一个相熟的背影一步一顿地前进，他就喊："张蓉生，等我们一块儿走！"

张蓉生站住了，回转头看。待后面两个赶上的时候，就并着王大春的左肩，重又开步。

"今天晚上提灯会，你加入吗？"王大春拉着张蓉生的衣袖。

"我不加入。晚上天气冷，在路上提灯会伤风。并且提灯会也没有什么好玩。"

"你不要瞎扯瞒我了，"王大春的手往上移，抓住了张蓉生的长衫的前胸，"我知道你为的交不出两毛钱的灯费。"

张蓉生的脸立刻涨得通红，喃喃地说："你瞎说，你冤枉人家！两毛钱的灯费，什么稀奇！我自己就积有两块钱，一百五十个铜子，藏在妈妈的箱子里。"

"那么你到底为什么不加入提灯会呢？"李诚向左旋转了头。

"我爸爸叫我不要加入，他说提灯会没有什么意思。"张蓉生抑制着自己的感情，好像提灯会真没有什么意思似的。

"你为什么不听先生的话？"李诚不肯放松，还要问个明白，"先生不是说的吗？'儿童要快快活活过儿童节，加入提灯会可以得到最大的快活！'（此处引用先生的话终于点明了事件的起因，让读者恍然大悟，也为后文埋下伏笔。）"

"先生的话同爸爸的话比，自然应该服从爸爸的话。"张蓉生眼睛看着鼻子，态度很严正。

"爸爸的话错了呢？"李诚再进逼一句。

"爸爸的话没有错的，"张蓉生直接地回答。顿了一顿，又说，"就是错了，还是应该服从。"

"为什么？"

"我们要想想，我们是爸爸生出来的，所以我们应该孝顺他，应该服从他的话。就是爸爸要我们死，我们应该立刻去死！"张蓉生说得很激昂，把拳头举过了头顶。

"这样吗？"

"还有，我们应该服从爸爸的命令，我们的爸爸应该服从皇帝的命令。爸爸的话决没有错的，皇帝的话也决没有错的。"

"你这小卖国奴！"王大春听得生起气来，破口就骂，"你可知道，现在是民国时代，没有皇帝了？"

"我爸爸说的，早晚总得有个皇帝，国家才搞得好。"张蓉生的眼睛望着空中，好像教徒在祈祷天国的来临。（对张蓉生神态的刻画，表明他对爸爸的教诲坚信不疑。）

"我打你这小卖国奴！"王大春一拳落在张蓉生的右臂上。

"哈哈，"李诚拍着张蓉生的胸脯，"你们父子两个倒是皇帝的忠臣！"

张蓉生觉察自己势孤，拔脚就跑，右手里的饼干袋子向后一扬一扬的。跑了二十多家门面，向左拐弯进一条小巷子去了。

王大春和李诚也不去追他。赶走了卖国奴，不免有点儿胜利的骄傲，两个人大模大样地走着。

忽然李诚的注意给一个讨饭的孩子吸引住了。那孩子大约八九岁。从头发到脚背，从衣领到鞋，没有一处地方不脏。可是一对眼珠乌亮亮的，像两颗云石的棋子，而且非常熟悉。想了一想，李诚才省悟那一对眼珠竟同弟弟的一模一样。他不觉撕开手里的纸袋子，取两片饼干递给

239

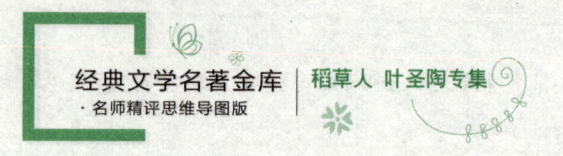

那孩子，同时咕噜着："今天儿童节，给你吃两片儿童节的饼干。"

（李诚开始捧着纸袋不舍得打开，现在因为想到自己的弟弟，才推己及人，给了讨饭的孩子两片饼干，说明李诚也是一个有善心的孩子。）

讨饭的孩子接了两片饼干，莫名其妙地看了一下，一同送到嘴里。随即回转身子，向他妈妈奔去。他妈妈坐在地上，背靠着电线杆。蓬头皱脸。破棉袄完全不扣，只用一条草绳在腰间围了两道。怀中裹着个衔住奶头的婴孩，精赤的小肩膀都露出在外面。她看见孩子背后有个中年绅士走着，像是掏得出一个铜子的，就努一努嘴，向孩子示意。孩子于是伸着手，回转头："先生，做做……先生，做做……"这样随口唱着。孩子走过他妈妈的身边，眼光也不溜过去看他妈妈一下，好像并没有人坐在那里似的。

王大春和李诚跟在中年绅士背后，看那孩子干他的营生。中年绅士起初是把头转向另一边，给那孩子个不理睬。后来却面对着孩子，仿佛还点了点头。那孩子以为有希望了："先生，做做……先生，做做……"声调变得热切起来。但是中年绅士的两手还是反剪在背后，并不掏出一个铜子来。

王大春说："那小叫化倒有恒心，跟了那么些路，还是不肯休歇。"

李诚轻轻说："那个人的恒心也不错，给跟了那么些路，还是不肯掏出一个铜子来。"

"他们两个在比赛呢，谁先歇手谁就输。"

"你看，"李诚指着前方，"不知道是什么事情！"

前方簇聚着二三十个人，中心矗起一堆红红绿绿的东西在那里晃动。

王大春和李诚不由得放弃了小叫化和中年绅士的比赛，跑到许多人簇聚的地方，从人家胳肢窝下往里挤，才看清楚被围在中间的是两辆人力车。一个小车夫拉住一个矮胖的车夫,咬牙切齿地说:"是我先接应,你怎么抢我的生意!"

"我不要坐你的车,"人力车的主顾顿着足,手里蠹起的一些彩灯霍霍地发响,"这么小的年纪,你跑不快!"

矮胖的车夫得意了,他对小车夫冷笑一声,说:"阿弟,你听见吗?人家不要坐你的车,再不要怪我抢你的生意了。"说着,摆脱了小车夫的手,就去蹲在车柄中间,准备拔脚飞奔。

小车夫向周围看了看,仿佛找寻援助似的,然后一把拉着主顾的衣襟,尖声说:"年纪小,不关事,保你跑得快。先生,坐吧!"他仰起瘦脸,一副恳求的神气。

"巡警来了!"看热闹的人嚷着。

巡警从暂时分开的人体间挤进来。"什么事?"白边帽子得劲地这么一侧。

两边同时诉说自己的不错,对方的岂有此理,又加上旁人的唧唧喳喳,使巡警只好皱起眉头咂嘴。他随即把警棍一挥,马马虎虎地说:"去!"

执着彩灯的那人立刻转身,坐上矮胖的车夫的车。车夫提起车柄,得意地冲出重围而去。彩灯有钟形的,有地球形的,有飞机形的,有军舰形的,摇摇晃晃过去,不由人不用眼光相送。(争执之后插入一段对彩灯的描写,将观众关注的焦点又转到儿童节上,非常自然。)至于小车夫怀着一肚皮的气,拖着车向反方向走去,大家全都没有注意到。

"那些灯做啥用的?"

"今天是什么节,不是清明节,是一个新花样的节,晚上有提灯会。"

"今天叫儿童节。"王大春给那人说明。

"不错,叫儿童节,是你们小弟弟的节日。现在的节日太多了,听

说还有妈妈节先生节呢。"

"儿童节啥意思？"

"儿童节是我们寻快活的日子。"这回李诚开口了，"我们在学校里开会，唱歌，演戏，吃茶点，"把手里的纸袋子一扬，"晚上还有提灯会。"

"那么提灯会里全是你们一批小弟弟了？"

不等李诚回答，另一个的问题又来了。"你们可知道，提灯会过不过青龙坊？"

一个沙嗓子的抢着说："县政府在那里，县党部也在那里，哪有不过青龙坊的！"

"今晚上我们早些吃晚饭，到青龙坊看提灯会去。"

"小学生提灯会，"一个干瘪的老人用拖长的低音说，随即摇摇头，"没有什么好看。张大帝出会才好看呢，黄亭子抬着玉如意，金丝线绣的万民伞，还有四四十六名刽子手，红衣服一齐敞开，凸出了巴斗一般的大肚子。提灯会有什么好看！"

"我要看提灯会。"一个挂着鼻涕的女孩似乎偏不相信老人的话，牵着她妈妈的手就要去看。

这当儿簇聚着的人渐渐走散了，王大春和李诚也就想起动脚，走不到几步，只听得清脆的一声，不知道那妇人的手打在女孩的哪一部分。同时女孩"哇"的一声哭了。那妇人跟着骂："小鬼头，也要看提灯会！谁有工夫带你去看？那是他们学生的事情，要你干起劲做什么？你这小鬼头！"

<u>骂声和哭声淡得像烟雾的时候，</u>（将骂声和哭声比作烟雾，说明了<u>王大春他们对此事毫不关心。</u>）王大春说："我不打算吃晚饭。吃了晚饭到学校，只怕嫌迟。我要妈妈给我买十个奶油面包，带在身边吃。"

"我妈妈昨天许过我,给我带八个暹罗蜜橘。"李诚抿着嘴,耸着颧颊,表示得意。

"那么你也不要吃晚饭吧。我们交换着吃,我给你吃奶油面包,你给我吃暹罗蜜橘。"

"好的,好的。"顿了一顿,李诚又说,"你一到家,就去买面包。买了来看我,我们一同到学校。我们要第一个到!我们要帮同先生把那些灯烛点起来!"

仿佛已经看见了灯烛辉煌的美景,他们两个肩膀贴着肩膀,齐着步调,嘴里哼着先生教给他们的口号:"增——进——全——国——儿——童——的——幸——福!"

（1936年4月4日发表）

名师赏析

先生教给学生的口号是"增进全国儿童的幸福",然而在这个故事里,幸福只属于个别人,儿童节的快乐也只有少数孩子能享受到。极大的反差体现了社会的不公平,揭露了旧时教育的虚伪。

● 好词好句

国色天香　一步一顿　激昂　莫名其妙　咬牙切齿

● 延伸思考

本文中的两个主角王大春和李诚有什么不同的地方?

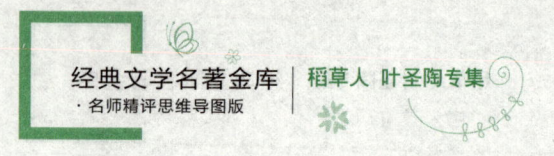

读《稻草人》有感

李 晓

刚放暑假的时候，妈妈给我买了一本书，叫《稻草人》，是叶圣陶爷爷的一本童话集。妈妈还向我推荐说，叶圣陶爷爷是我国儿童文学的奠基人，他的作品可受欢迎了。于是，我迫不及待地翻开了这本书，一下子就被书里的故事吸引住了。

叶圣陶爷爷非常善于用拟人的手法来写故事，像燕子、梧桐子、鲤鱼、画眉、稻草人、石像等，在他笔下都变成了栩栩如生的角色，非常生动，也非常可爱。比如，《小白船》里写道："一条小溪是各种可爱的东西的家。小红花站在那儿，只顾微笑，有时还跳起好看的舞来……"优美的文字一下子就把我带到了那个梦幻般的美景里，让人舍不得离开。在《鲤鱼的遇险》中，当那些善良天真的鲤鱼遇到危险时，我的心简直提到了嗓子眼儿。而当他们最后终于凭借大家共同的努力转危为安时，我也忍不住为他们拍手称快。

不过，这本书中令我印象最深刻的是《梧桐子》。故事里那些可爱的梧桐子就像一个个活蹦乱跳的小孩，他们向往自由，向往更广阔的天空，一心想去冒险。每当看到这里的时候，我仿佛看到了我自己，因为我也曾经幻想过离开父母去独自旅行，独自玩乐。不过，妈妈对这样的事情总是反对的。因为在她眼里，我永远都是长不大的孩子，她总希望可以时时刻刻保护我。我能理解妈妈的用心，但是我也相信，总有一天，当妈妈看到我成长为一个勇敢的大人时，她一定会让我去创造自己的生活，也一定会为我取得的成就而骄傲的。

稻草人的爱和无奈

叶 云

《稻草人》是叶圣陶爷爷的一本童话集，里面收录了很多有意思的小故事。不过，最令我记忆深刻的还是《稻草人》这篇文章。

故事的主人公是一个被固定在田地里的稻草人，他的职责就是驱赶那些破坏庄稼的害虫。稻草人非常尽职尽责，时刻不忘自己的使命。他从不偷懒，从不贪玩，一心只希望自己的主人——一位可怜的老太太今年能有个好收成。

然而，不幸的事还是发生了，一只蛾子来到稻叶上产卵，尽管稻草人使出了浑身力气，却还是无法赶走蛾子，甚至连提醒自己的主人也做不到，只能眼睁睁地看着蛾子将庄稼一点一点地吃完。不仅如此，当稻草人看到辛苦的渔妇、病重的孩子以及想要投河自尽的妇女时，他仍然无法帮助他们。最后，稻草人终于在不断的焦虑和自责中倒下了。

通过这篇文章，我看到了一个富有责任心、富有爱心的稻草人，他乐于助人，默默奉献，从不求回报，他的这种无私的精神深深打动了我。然而可惜的是，稻草人的力量太弱小，不能帮到每一个人，无奈的他只能不断地自责和内疚。

由此可知，我们不仅要学习稻草人那种乐于助人、无私奉献的精神，更需要不断锻炼自己，提高自己的能力，只有这样才有可能帮助更多的人，才能为社会做更多的贡献。虽然稻草人最后失败了，但他不畏困难、敢于拼搏的精神将会永远激励我，敦促我加倍努力，做一个有爱心、有责任感，不畏困难，坚强勇敢的人。

图书在版编目（CIP）数据

稻草人：叶圣陶专集 / 叶圣陶著；闫仲渝主编. ——
成都：天地出版社，2023.10（2025.4重印）
（经典文学名著金库：名师精评思维导图版）
ISBN 978-7-5455-7936-9

Ⅰ.①稻… Ⅱ.①叶… ②闫… Ⅲ.①中国文学—现代文学—作品综合集 Ⅳ.①I216.2

中国国家版本馆CIP数据核字（2023）第163406号

|经典文学名著金库：名师精评思维导图版|

DAOCAOREN　YE SHENGTAO ZHUANJI
稻草人　叶圣陶专集

出 品 人	杨　政
著　者	叶圣陶
主　编	闫仲渝
责任编辑	李红珍　李菁菁
责任校对	杨金原
责任印制	刘　元

出版发行	天地出版社
	（成都市锦江区三色路238号　邮政编码：610023）
	（北京市方庄芳群园3区3号　邮政编码：100078）
网　　址	http://www.tiandiph.com
电子邮箱	tianditg@163.com
经　销	新华文轩出版传媒股份有限公司

印　刷	水印书香（唐山）印刷有限公司
版　次	2023年10月第1版
印　次	2025年4月第3次印刷
开　本	720mm×975mm　1/16
印　张	16
字　数	230千字
定　价	25.00元
书　号	ISBN 978-7-5455-7936-9

|版权所有◆违者必究|

咨询电话：（028）86361282（总编室）
购书热线：（010）67693207（营销中心）

如有印装错误，请与本社联系调换。

经典文学名著金库

名师精评思维导图版

LITERATURE OF CLASSIC

经典文学名著金库
名师精评思维导图版

LITERATURE OF CLASSIC